白國王

REY BLANCO

胡安・高美
Juan Gómez-Jurado

致
我珍愛的芭芭

致
最忠誠的卡門

致
成為主角的安東妮娜

最終章

安東妮娜・史考特（Antonia Scott）甚至連三分鐘都沒有。

對其他人而言，三分鐘微不足道。

但對安東妮娜卻非如此，或者說得精準些，儘管她的智慧是超大容量的數據資料庫，但她的腦袋卻不是硬碟，所以就算她能讓馬德里的街道巷弄鉅細靡遺地浮現在眼前，但她的腦袋仍不是一臺GPS。若要比擬安東妮娜腦子裡的狀態，可以想像成一座叢林，裡面住著數不清數量、齜牙咧嘴的猴子，牠們拿著無數的事物，攀著藤蔓，來回在空中穿梭。

不過，安東妮娜已經學會控制住猴群了。

其實三分鐘的長短已不再重要，因為安東妮娜連這三分鐘都沒有。兩個蒙面男子（與一個面容和善的女子）剛抓走了喬・古鐵雷斯（Jon Gutiérrez）警官。

安東妮娜沒有追車，沒有呼天搶地要人幫忙，更沒有不知所措地打電話報警。這些事她一件都沒做，因為她跟我們不一樣。

她所做的事，僅止於站著不動十秒。十秒裡，她閉起雙眼，手撐著牆壁，保持冷靜：

◆計算三條最可能逃脫市中心車陣的路線。
◆並把廂型車與歹徒的外貌，從頭到腳再仔細回想一遍。
◆決定拯救喬的行動策略。

張開眼睛。

按下一組特別的電話號碼。曼多（Mentor）一接起這通電話，明白什麼都不必問，只要聽從即可。

安東妮娜傳達緊急狀態的關鍵字（10-00古鐵雷斯警官，10-37賓士Vito，最優先處理），車牌（9344 FSY），車身（當然是白色）。最後，她從最可能駛離市區的三個方向：黎牙實比市區，馬德里里約街，皮拉梅德站等，決定了其中一條，下令所有巡邏警車都匯聚到那條路上去。

這三條方向中，馬德里里約街正好位於聖母瑪麗亞人行道旁，那裡人潮洶湧，常常擠得水洩不通，是路況中最差、最塞、最寸步難行的一段路，而且上交流道的匝道口，正好就有一間市警局。

安東妮娜立刻排除車子開向那裡的可能性。

剩下黎牙實比市區與皮拉梅德站。

她認為應該是皮拉梅德站，那裡是離開馬德里最短、最快速、最必然的選項。

警報

魯阿諾（Ruano）最後一刻打了方向燈，但並沒有轉向警局，而是反向駛去。

「再繞一圈，沒問題吧？」

他的同伴不耐煩地看了一眼手錶。他的勤務早該在十一分鐘前結束，此刻他內心就只想與家人在一起。不過，奧索里奧（Osorio）很瞭解他的心情。快月底了，魯阿諾一定很想要開出足夠數量的罰單，所以才會延後下班時間。其實，市警根本沒有規定每個月要開出的罰單張數，那只是都市傳說，純粹謠言。

「你還要開幾張？」

「十五張。」

「不多啊。繞一趟卡洛斯五世大道就有了。明天做就可以了。」

他們把車子停在一家人煙稀少的酒吧前，對一個想衝業績的警察而言，那個地方不是理想開單的位置，那就像是在水桶裡釣魚。最終，他們整整巡了兩趟，只找到一輛報廢的汽車，並與一個飢餓的流浪漢打聲招呼。最後，魯阿諾唯一的收穫，是手裡提著裝有十二吋魷魚圈潛艇堡的袋子，回到車上。食物的味道十分強烈，散發出誘人的香氣，基本上，飄散在空氣中的氣味似乎忽然成了揭示自身的內容：一塊要價兩百歐元的濃郁乳酪，而這便足以令馬德里人胃口大開。
慵懶的午後，老警員分享著他最近帶新進實習生的狀況。
魯阿諾不喜歡帶那些小夥子，對於他們個個懷抱理想，一副有遠大抱負的樣子，他覺得實在太白痴了。他內心的排斥可能來自以往的工作經驗，但也可能單純只是他還太嫩，或許等到有一天腦滿肥腸，想要恪守本分，感受就會不一樣了。
魯阿諾對工作的喜愛只在於薪資的部分。奧索里奧跟他說的那些上街抓個「真正的」罪犯，圍堵巷弄角落裡暗中交易毒犯，抓到「真正的」罪犯，成為「真正的」警察。魯阿諾聽到此說法，總會用一種千禧年小孩獨特的訕笑方式來回應。他是真心覺得太可笑了。
「走著瞧，等你跟我一樣老，就會懂了。」
「奧索里奧，你才三十七歲。」
「所以我還要帶著你逛大街。」
「最好是你能少幹那……」
「最好是你能吃大便……」
魯阿諾往東北方駛去，然後直覺性轉彎，他在商業區晃晃。事實上，他們一天要路過那裡約十二次，一年，數以千計。假若聖母瑪麗亞那區的路況沒那麼糟的話，路過的次數可能會更多。不過，那裡真的無時無刻都很塞，今天尤其嚴重。
他們開到建築師街，聽到警員頻道傳出請求支援的警報：一名警官被綁進一臺白色廂型車。奧索里奧皺起眉頭，魯阿諾臉上印上一道陰影，不過他才正要開口說些什麼，隨及被頻道中**叭嚓叭嚓叭嚓叭嚓叭嚓**的噪音切斷。

儀表板上的顯示器開始閃爍著令人不安的橘燈，一串符號浮現在中心位置。

9344 FSY

他們駕駛的這輛巡邏警車配有光學字符辨識系統，並且在車頂、儀表板與擋泥板上都裝有監視器，能夠記錄下路上遇到的每輛車的車牌號碼，而且也能即時與市警區的影音綜合中心的資料進行比對。不過，平時不常有狀況，所以系統不太有存在感，很少發揮作用，就算偶爾會跳出訊息通報，顯示車牌號碼與攔阻事由，情況大多是贓車，或是車主積欠上千塊的罰單，或是車內有個警官被挾持。

「不對勁。」奧索里奧困惑。「系統顯示『黃色雷諾』。但不符合先前 10-00 通報內容。」

「不是輛白色廂型車嗎？」魯阿諾詢問，眼睛盯著後照鏡。

奧索里奧扭轉身體向後看。剛才有一輛八人座的賓士從他們身邊駛離，然後停在離他們兩條街距離的車陣中等紅綠燈。從他們的所在位置，無法看到車牌。

「先通報。」魯阿諾指示。

奧索里奧回報的時候，車陣再次移動，但魯阿諾沒有動作，後方駕駛開始按喇叭，巡邏車還是沒有動靜。

「得追上他們。」

「你沒辦法開上安全島，太高了。」

魯阿諾不斷用手指敲打方向盤。車陣不會讓出一百公尺的路，太長了。

馬德里五十八號小組，確認看到可疑車輛。報告。他用無線電回報。

「抓不到了。」

廂型車消失在後照鏡中。魯阿諾不作多想，直接轉動方向盤，輪胎對向安全島，油門踩到底。日產 Leaf 車款的保險桿硬聲被撞爛，白色膠片碎落在花叢裡。他們後方的車趁亂長鳴喇叭。他們最終成功越過障礙，開到對向車道上。

「馬德里五十八號小組，往西南方前進，開往聖母瑪麗亞路。大家，10-00，追捕賓士 Vito。」奧索里奧向對講機發話。他鬆開通訊鈕，憂心地看向魯阿諾。

「小子，你真的瘋了。」

「不能讓他們逃走。」魯阿諾扭一扭脖子，回答。

他打開警燈，但沒有開啟警笛，因為這就足以讓前方的車讓道。車流量真的很多，不過雙線道還是為他們爭取出能夠往前的路。當然，大家對罰單的害怕也是讓道的原因。馬德里人一看到市警車上閃耀刺眼的藍白燈光，讓道的速度是比看到救護車或憲兵車隊還要快。

幾秒鐘的時間，他們又看到白色廂型車的車頂了。

「只要他們開進隧道，就成囊中物了。我們先通報，做好準備。刑警從另一頭包夾。」

「如果過了橋，那什麼都不用談。」魯阿諾咬著下唇，回答。

奧索里奧嘆了一大口氣。他說得沒錯，一旦過了橋，廂型車要往哪開的選項就變多了。他們只要鑽到兩旁像迷宮一樣錯綜複雜的巷弄，就能有更多選擇，能從無數條小巷中順利逃離馬德里。如此一來，情況會變得更複雜。

馬德里五十八號小組，勿介入，重複，勿介入。Z組已從皮拉梅德站趕過去。於四分鐘後抵達。

「中控，現在才告知也太慢了。」奧索里奧回答。口氣聽起來就像是在自言自語一樣。

聖母瑪麗亞路上最後一個紅綠燈的交叉路口，剛剛變成紅燈。廂型車排在第三輛車的位置。

馬德里五十八號小組，重複，勿介入。勿阻擋嫌犯。

真的，現在才告知已經太慢了，因為警車上的警示燈為他們開出一條直達廂型車的道路，而且藍燈的光狠狠地映在賓士的車身上。兩車現在只隔著一輛車。人行道上的號誌發出尖銳的聲音，預告著燈號即將轉換。最後一位行人一腳剛踏上人行道上，第一輛車就已啟動駛離。

廂型車沒有前進。

在警車前的那輛車不斷按喇叭，然後轉動方向盤開向另一條車道。其他的車也照做，不過有幾部車邊開邊按喇叭，以示不悅，甚至有幾人還刻意拉下車窗，對著那輛不動的廂型車叫囂。

魯阿諾緊咬牙根，看向奧索里奧。

「怎麼辦？」

「先警告，看看他們的反應。」

魯阿諾按下警笛的按鈕，然後又鬆開。世界響了一聲死氣沉沉的鳴叫，但車子毫無反應。

「媽的，搞什麼鬼。」奧索里奧邊說邊打開車門。

「你去哪裡？」魯阿諾傾身，抓住他的外套。

「你抓著我，我哪也去不了。」

魯阿諾十分驚訝，因為那不是他平時的態度。不過，自己的同事被挾持在那輛白色廂型車中，的確不應該等閒視之。

「我們被告知不能行動。」

奧索里奧不屑地啐了一下。

「我沒有要介入，他們付我的薪資還沒高到要做這件事。我只是要確保他們留在原地，等到……」

魯阿諾才稍稍鬆手，奧索里奧便一腳踏在地上。靴子碰到柏油路，發出像落水般「咚」的一聲。那個聲音人根本不可能聽得見，但卻仍不斷低鳴迴盪在魯阿諾的耳中，甚至蓋過了開車門時擦過賓士車側邊發出的金屬摩擦聲，就算是前幾發槍聲響起，那道聲音仍在腦中來回撞擊。

魯阿諾聽不到其他聲音了。但他能感覺到車身的撞擊，聞得到引擎燃油的焦炭味，以及空氣中飄散著一股幫他擋下彈道的盾（燉）肉味與一股從副駕駛旁的破碎擋風玻璃竄入的氣流。然後，他察覺到玻璃碎片掉在他頭上，落到他的制服裡，皮膚正在龜裂。

奧索里奧，他的同袍，在幾個禮拜前才邀他一起和他的家人一起過聖誕節：「別一個人待著，可憐蟲，家裡容納得下四個人……」他雖然總愛大聲嚷嚷一切，但對他又極為友好；而現在，他幾乎不見人影，只剩慘白的肩背骨不自然地垂掛在脫落的車門上。

魯阿諾既沒有聽到槍擊聲，也沒有聽見群眾悲慘的尖叫，甚至連廂型車的輪胎因極速奔馳駛離的摩擦聲也沒有聽到。奧索里奧靴子踩在地上發出回聲的瞬間，一切都灰飛煙滅。

第一部分　安東妮娜

監管之人誰監管？

尤維納利斯（Juvenal）

1 飛機

現在的早晨天空只透露一點白光。

巴迪環球快線七○○○客機從西邊降落時，仍未日出。這架客機完全無須在空中盤旋排隊等待降落航道，因為機場為了迎接此架飛機的到來，早就拒絕所有航線通行。

安東妮娜從飛機落地那一刻起，就坐在車子的引擎蓋上，感受清晨特有的冷冽，眼睛直勾勾地盯著，等著飛機停在他們面前。

機艙門開啟，光線中有一個清晰的人影。安東妮娜滑下引擎蓋，感覺雙腿有些發麻，但仍一手放在背後，逕直走過去。

「來得好晚。」她抱怨。

「從格洛斯特出發時，遇上了麻煩。」背光的身影答道。

安東妮娜慢慢爬上八個階梯，一隻手一直放在身後。直到她確認見到的正是她在等待的女人，她才把手指從貼在腰間的 P290 手槍上的扳機鬆開。

「妳染頭髮了。」

「這是我真的髮色。我看膩了金髮。」

卡拉・歐提茲（Carla Ortiz）十分疲累，兩顆棕色的大眼睛流露出不安，但臉上仍掛著燦爛的笑容。她想和安東妮娜握手打招呼，但在最後一秒又把手收回。

「我不……不喜歡身體接觸。」安東妮娜感到抱歉。

「我明白，有人提醒過我了，此事與其他別的注意事項。」

「我猜都很可笑。」

「猜得很好，女孩。」機內有個人用英文回應。

安東妮娜走向前，跪倒在第一張座椅旁。一雙載滿寶石的手指，雖然如冬天的被單一樣冰冷，但溫柔地撫摸著她的頭髮。

「妳看起來真糟。」史考特奶奶邊說邊指著孫女的黑眼圈。

「妳看起來……」安東妮娜回答，努力壓抑住內心波濤洶湧的情緒。

奶奶與馬可士（Marcos）是她唯一渴望聯繫的兩個人。幾個小時前，安東妮娜才決定讓丈夫擺脫生命維持器的依賴，鬆開那隻自己死抓不放的手，讓他離開人世。因此，就算奶奶此時能在她身邊的時間不多，但這段半夜驚喜的重逢還是十分珍貴。

安東妮娜盯著奶奶圓點點衣服下的身形，以及她那隻沒有在安撫孫女的手，正放在一只裝著威士忌的酒杯旁。但安東妮娜發現杯緣並未印上奶奶的紅唇，她呼吸的氣息也十分微弱，並且她的左臂似乎無法移動。

當她想要開口問是怎麼回事，有個聲音閃過腦中。那個聲音帶著濃厚（非肥重）北方巴斯克人的口音。

她可是耗費了好大的心力掩蓋此事，就讓她真以為自己辦到了。

「……美呆了。」最終她竭力吐出這句話。

「寶貝，我年近百歲，好幾十年前就不再漂亮了。」

安東妮娜看著奶奶黯淡的藍眼珠，十分揪心。這很可能是最後一次親眼見到彼此了，她很想倚著她，用盡全身力量抱緊她，但她做不到。

「好了，寶貝。」奶奶道歉，向她做出最親切的道別。「去做妳要做的事。之後好讓妳能跟我分享這段故事。」

安東妮娜點頭，起身，花了很長一段時間掃視機艙內部。她發現卡拉一直在努力找話題，整個人感覺十分焦慮，但沒有時間可以浪費了。

她靠向卡拉。

「有警官的消息嗎？」這名女企業家詢問。

「沒找到車子。目前為止，一無所知。」

卡拉有些遲疑，雖然內心十分恐懼，但最後還是鼓起勇氣。

「她……她也在，是嗎？」

安東妮娜點頭，空氣中瀰漫著不安，過往她在事件中許下的諾言再次浮現在眼前。那些誇口許下的話，對別人而言可以都只是空話，認為誰在那種情況下說的話都可以當作虛妄。但安東妮娜會把每句話都當真。

安東妮娜認為，許下諾言就是簽下合約。就算不想兌現，仍要付出一樣的代價，或是更高的給價，因為還會摻雜內疚與懊悔。因此，那一刻，安東妮娜不會為了填滿空氣中的寂靜，就開口說「我會找到古鐵雷斯警官的」或「會抓到那個虐待你的綁匪」，不會的，安東妮娜從最近這幾月發生的事情中，已經從諾言中學到了

卡拉

拉蒙・歐提茲（Ramón Ortiz）中風幾個月後，生命就只是風中殘燭，只能拖著軀體苟延殘喘活著。每個人都在死亡名單上，就算世界首富也已登錄在案。企業家擁有再多的權力與財富，也做不到長生不老，僅只能氣絕在較好的病床上而已。

繼承人在被伊斯基爾（Ezequiel）綁架的那段時間裡，就已經徹頭徹尾地變了一個人了。

從地下水道出現的她已是不同的人了。她個性中有過的任性妄為、陰晴不定，都在那暗黑的地牢中被抹殺得一乾二淨了。過往的自大與亟欲被肯定的心態已不復見，現在就算是徨徬不知所措，一樣也能慷慨大度，保有自信。雖然笑容少了，但只要露出笑顏就一定出自真心。

然而，關於她的父親，她不能，也絕不原諒。當父親與記者、攝影師一同站在街邊地下水道出口，等待她的出現，當時她刻意接受了古鐵雷斯警官的攙扶，而沒有伸手握住父親的手，因為在充滿煙硝的隧道中，古鐵雷斯才是真的挺身而出，為她擋下子彈的男人。因此，她拒絕拉蒙的手，不回以笑顏，更沒落下一滴眼淚。她直接經過他的身邊，走向記者，用令人不敢置信的清晰聲音感謝大家的關心，並表示自己狀態良好，可以馬上開始工作。全世界的人都從早晨新聞聽見她溫和有力的發言，股價硬生生漲起。

她私底下不再跟拉蒙說過一句話。偶爾她有想過要逼問他為什麼要拋棄她，為什麼不遵照綁匪的指令，如果換作是她，她一想到兒子陷入那樣的危險，一定二話不說立即服從。

她此生唯一在乎的兒子，此刻正躺在私人飛機的中段沙發上，蓋著毛毯，安穩地沉睡著。如此就好，她別無所求。再次擁抱自己的孩子，是她被關起來時唯一的願望。為了自己的兒子，她可以不要一切，丟掉自己擁有數十億歐元的資產也可以，變得一貧如洗也在所不惜。

然而，當拉蒙過世了（某個週六的三點新聞播放中），她才領悟了父親的道理。那一天，他躺在醫院的病床上看電視，頭微微垂落，像睡著了一樣。剎那間，他離世了。他走得輕巧，沒有半點聲響。這個情況是由四位二十四小時輪班的看護的其中一位告訴她的。卡拉是在下午三點零八分接到電話，從那人的口中得知（這種事傳得很快）父親剛剛離世。然後，她掛上電話，漫不經心地看著新聞臺一件接著一件的無聊報導，且沒有注意這事隱含的天大諷刺，因為就算她與父親相隔五公里之遙，他們仍看著相同的世界。

現在繼承千億資產帝國，卡拉成為一的後面有十一個零跟隨著的人。所以，這筆破天荒的數字，雄厚的資產已不勞拉蒙費心管理了，就像現今的新聞報導不關注他現在能擁有多少了，那些只是資料畫面，只是存在那裡的東西，而真正發生什麼事不再是他的責任，也無能為力改變什麼。

卡拉當然投入大量的時間治理公司，但無論她如何埋頭苦幹，也無法贏得她唯一想擁有的：父親的認同。

隔天，她幾乎能看到自己的身影出現在家中一百吋電視螢幕的各大新聞臺。當然不是每一臺都有她，因為電視機再怎麼昂貴，她也不是蠢貨。她從中看到自己穿著黑衣，在殯儀館接待弔祭的賓客，蒞臨的人物有國王、皇后與政府部門的首長，當然也有其他貴客，像是銀行家蘿拉・崔岱（Laura Trueba）或比爾・蓋茲。自此之後，卡拉很快地變了，她感覺身上被一噸重的砂石壓著，她每一個決策都要對上百個員工的生計與數百萬人的投資負責。只要強調不同的重點、在錯誤的時間發言，都可能毀了一切。

直至那時，她才瞭解父親的背叛。直至那時，她才想向他大聲疾呼，告訴他自己瞭解他了。他得不到她的原諒（也不可能了），但她已經能理解他的做法了。

她繼承了那一筆誇張的數字，成為拖著十一個零的一。

然後，她才真正瞭解到這個鋼鐵般堅毅閃耀不變的實情：她拋不下。

2 骰子

「我們再確認一次計畫。」安東妮娜邊說，邊走向機艙的前半部。

卡拉看著這位矮她近一個頭的罕見女孩，內心感到一絲莫名的嫉妒。不是因為外貌，安東妮娜是不醜，但也不算美若天仙，甚至卡拉也不羨慕她的聰明才智。她的剛毅果絕才是卡拉嫉妒的部分。不過，是她把卡拉從哥雅比斯的幽靈地鐵站救出來，所以卡拉這一輩子永遠對她懷抱報恩之情。

她被救出幾個禮拜後，接到了安東妮娜的電話。卡拉一直都等著她開口提出要求，就算是一筆鉅款也沒問題。她不僅早就準備好，而且還十分樂意給予報償。

這世上能用錢解決的事，都不是麻煩的事。

然而，安東妮娜談的不是錢，她向她說了一個讓她胃打結、徹夜難眠的故事。那個故事是關於某個陌生女子，暫且稱之為珊德拉·法哈多（Sandra Fajardo），她如何假扮成一個神智不清的男人的女兒，如何操控他執行整起綁架案，並故布疑陣地向她的父親勒索贖金。最後，至今仍未尋獲假珊德拉的屍體。

以及一切大家所認為自己知道的事情，都只是一個巨大的謊言。

「我不懂，不是真的想勒索我的父親？」

「僅是精心安排的騙局。」安東妮娜回答：「一切都衝著我來，但其中某些緣由還未釐清。」

她也從珊德拉那條線索中，談到了那位身在迷霧之中，形象模糊不清的懷特先生。

「真不敢相信。那些為了救我而身亡的警察，還有妳兒子學校裡的那位女老師，死了那麼多人，就為了妳所謂的騙局？」

「據我所知，共有八人為此喪命。」

「我以為……一切都結束了。」卡拉回答的聲音，因害怕而顯得縹緲。不管安東妮娜多麼冷靜，都無法讓她平復內心的波濤。

因此，過往又攫住了她的目光。

道路施工。持刀的男子。樹林間的追捕。被抓到時，脖子上的刺痛。然後，迎接而來的是絕望與黑暗的搏鬥，以及最折磨她的，那溫柔親切的聲音。

「那妳知道……知道他這麼做的目的嗎？」

「我不知道，但我會找到的。」

掛電話前，她給了卡拉明確的指命，要求她如果最壞的夢魘到來時，該做什麼事。

十小時前，惡夢上演了。

安東妮娜的簡訊僅寫著：

來了。

因此，卡拉便開始準備。她收到訊息時，人正在開會。

她起身隨口胡說了一個離開的藉口，接著搭上車，並立即指示保母把兒子帶離家裡。

飛機從西班牙的西北方拉科魯尼亞城起飛，抵達英國西南部的格洛斯特城接史考特的奶奶，這已花了他們兩個小時。

離開機場後，又花了四個小時。無論如何，他們還是按照計畫，抵達目的地。

「禁止使用手機或任何電子設備，而且也不能在網路上搜尋我的消失，或任何關於西班牙的新聞。不能收電子郵件，以及與任何人聯絡。」卡接唸著字條上的指令。

「給我妳的公事包。」安東妮娜請求。

卡拉審視了一下自己的袋子，才噘著嘴不悅地遞給對方。

安東妮娜把包包內的所有卡片、信用卡與身分證，甚至是化妝品店絲芙蘭的會員折扣卡等全都丟進嘔吐袋，再丟到垃圾桶內。接著從側背包拿出菸灰缸與打火機，頃刻間，卡拉的生活就成了一團散發惡臭的灰黑塑膠物。

「安東妮娜，小心使用這張黑卡，金額無上限。」

「我不是那種揮霍的人，妳會需要用到錢的。」

「好幾個禮拜前，行李就備妥了。」卡拉回答，手指著一個大型高檔品牌的行李箱。

安東妮娜不再打開察看，她清楚裡面放了什麼物品。

「有美金嗎？」

「也有日元、歐元和英鎊。」

安東妮娜滿意地點頭。

「我們該往哪裡去？」

「知道目的地，可能會深陷險境。妳不該用理智做決定。不過，這個東西會有幫助。」

安東妮娜給卡拉一顆兩公分大小的骰子。卡拉一開始十分不解手中物品的用途，然後忽然間她便意會過來。

「讓骰子決定要換搭哪一班飛機，往哪個目的地前進。只要換飛機，就丟一次骰子。然後，飛行達七百公里後，就改搭小型客機。接著，下一趟旅程要往相反目的地的航班。這趟旅程會十分艱難。」尤其是，卡拉的肩上承受著所有的重擔。

卡拉順著安東妮娜的目光，看向彷彿在沉睡中的史考特奶奶。

「放心，我之後會告訴她我們談話的內容。」

「我實在難以安心。危險太靠近了。」安東妮娜回應。

因為卡拉可怕的表達方式，她再次意識到自己掉入語言陷阱，只注意到字面上的意思，而忘了這是人際關係中關懷的表現。如果喬在這裡，就會說幾句話緩和氣氛，但這是不可能的。

安東妮娜對此並不感到抱歉，她根本不懂如何當個暖心的人，她也不瞭解暖心的目的是什麼。更重要的是，危險是確確實實在靠近。

此刻，珊德拉又回來了，每個人都可能是目標。尤其是卡拉，她是其中一個沒被惡魔吞噬的人，所以很可能成為頭號目標。

「我們得啟程了。」女企業家表示，雙手不安地緊握在一起。

安東妮娜理解，已經沒有時間再拖延下去了。

3 書包

安東妮娜走出機艙門外，向車子招手。一輛勞斯萊斯尊榮車款不久前才抵達，停妥在附近。一個身形瘦長，身著西裝，兩頰凹陷的男子從車上走了下來。那個人儘管坐在後座很長一段時間，但領帶仍緊緊勒束著領口，手上背著一只高昂的包包。他是另一個逃過珊德拉魔爪的人。

「要多久？」剛抵達的男子開口。

身為外交人員，他的婉轉辭彙表現不但不理想，可能根本就不在他的能力範圍內。不過，彼得·史考特（Peter Scott）先生的身分是英國駐西班牙大使，一位富有的中年英國紳士，所以他當然可以擺出一副趾高氣昂的樣子。此外，在車上過夜，又在清晨的濃霧中醒來，這更無助於讓他維持自己的良好修養。

他抬起頭，好奇地打量著女企業家。

「抱歉，還沒人為我介紹您。」卡拉說。

「您很清楚我是誰，您的事我也知道得一清二楚。現在，請有話直說。」

安東妮娜搖頭，卡拉沉默以對。

「該花多長時間就花多長時間。」沙啞的聲音從背後傳過來。

這位外交大使轉過身，目光正好與史考特奶奶嚴峻的眼神對上。他瞬間嚥了一口口水。

「抱歉，母親。我才剛進來，並沒有見到你。」

「當然看不見，你忙著擺架子。你多久沒打電話給我了？」

「因為工作……」

「工作比家人重要，這點你表現得清楚。好了，你把我的曾孫抱來給我看看。」

荷耶・洛薩達・史考特（Jorge Losada Scott）酣甜地沉睡在自己的夢鄉中，完全遠離四周正在上演的劇碼。他穿著尤達寶寶的睡衣，裹著棉被被抱到史考特奶奶前。奶奶把被子往下拉，讓他泛紅的雙頰、半開的嘴巴露了出來。

「彼得，他的鼻子跟你長得一模一樣。」

「是的。」大使的臉上露出一抹微笑。

「好險其他部位都像安東妮娜。好啦，趕快把孩子抱回沙發上，以免你脊椎側彎得更嚴重。」

史考特先生遵照指令行事。當他把荷耶抱到卡拉小孩旁邊時，聽到靜電皮製沙發椅發出嘶嘶的聲響。他們書包大小幾乎一樣，兩個人也才剛使用沒幾個月。

「不會有問題的。」卡拉表示。

「這事誰都無法保證。」

「老天爺，彼得，」奶奶斥責他。「她只是在告訴你，她會盡其所能做到最好。你那麼想要保證，那去買臺烤吐司機就會附贈了。」

大使走向艙門，邊走邊看著自己的孫子和史考特奶奶。最後他朝著那位年長者點點頭，然後頭也不回地走下階梯。

兩分鐘後，安東妮娜也跟大家道別，交代幾項事情，然後就走回到父親的車上，而飛機的輪胎也開始在跑道上奔跑。

「妳沒跟我說妳奶奶也在。」彼得先生抱怨。

「她也是個目標。」

「安東妮娜，妳該先知會我的。」

「你也該跟他們一起走的。」

「要妳奶奶跟我關在同一個空間好幾個小時？想得真周全，那就不用等那個變態來殺我們了。」

「你會比較安全。」

「會比有特種空勤團保護的英國大使館更安全，上帝會知道有那地方嗎？」彼得十分不屑。「真不曉得自己怎麼會答應讓荷耶……」

「珊德拉可是在光天化日之下，在我們以為最安全的地方，把荷耶帶走。你真的想冒這個風險嗎？」

大使內心一陣挫敗，發出「嘖」的一聲。在幾個小時前，他才接到自己女兒的來電，要求陪她度過生命中最艱難的道別，與丈夫的永別。他遵守為人父母的義務，立即趕到她的身旁。這是好現象，事情正往好的方向發展，馬可士的離開是讓安東妮娜拾回丟失的人性的第一步，而且讓他有機會修補與女兒的緊張關係。當聽著心臟儀器的心跳頻率越來越慢，彼得先生恍惚間好像看到年紀比現在荷耶更小的安東妮娜，她在巴塞隆納領事館的走廊上玩耍，臉上洋溢著燦爛幸福的笑容。如果她能一直擁有燦爛幸福的笑容，她就會過上另一種人生。

那樣的小女孩絕不會變成現在跟他一起站在飛機跑道上，那樣罕見的女人，擁有一雙黑曜石般的眼珠，閃耀著無堅不摧的決斷力。

而且，最恐怖的事，大使思索，**即是發生她剛才向我說的事。**

「我不想冒任何風險。」他承認。

「你也應該上飛機的。」

「飛機已經飛遠了。」

「能讓飛機掉頭。」

「妳才是真的該坐上去的人。」

「我能照顧好自己的。」

一直隱身在暗處的一位保鏢，走到父親身旁。安東妮娜認得他是誰。那個男人就是把她從馬可士病房拖出來的人。身高有一百九十公分，體重八十七公斤，身形壯碩，受過菁英訓練，是特種空勤團出身，他現在以十分不友善的眼神看著安東妮娜。

當他為彼得打開車門時，大使向他介紹安東妮娜。

「謝謝，諾亞（Noah）。」

然後他看向那個孤零零、弱小的女子。

「安東妮娜，我二十四小時都有人保護，但妳沒有。」

4 螢幕

安東妮娜一個人站在飛機的跑道上，看著父親的車遠離，心裡迴盪著他對她說的最後一句話。

「我有人保護，但妳沒有。」

安東妮娜翻譯成另一種語言：Rakṣakuḍuha。這是印度南方達羅毗茶人說的泰盧固語，約有七千四百萬人說這個語言，意思是沒有盔甲的保護者，一個裸身上戰場的人。

安東妮娜曾被如此保護過。但現在那人不在了。懷特毫無理由地就把人從她身邊帶走，只傳了簡訊說：

希望你沒忘了我。
要來玩嗎？懷特。

一輛有雙層玻璃的黑色奧迪A8開向她，副駕駛座的門打開，讓她上車。一時半刻，安東妮娜（十分反常，毫無道理）期待駕駛座上的人是喬，她瞬間陷入自己的渴望，緊緊用力交叉手指，祈禱一切能成真。其實世界是會回應安東妮娜的乞求，但安東妮娜覺得這麼做十分丟臉，彷彿自己向世界低頭。

忽然，她內心湧上一股怒氣，所以她打開後車門，鑽了進去。

「史考特，現在妳當我是司機？」

「我得闔眼一會兒。」

「前座也可以完全躺平。」

「是啊，但後面我才獨處。」

男子轉動方向盤，車子開向另一個方向。他皮膚黝黑，瀏海抓高，八字鬍修剪整齊，一雙十分不真實的無辜大眼，像畫出來的一樣。當然，還是穿著那一件駱駝色短版大衣。

「小心腳放的位置，後座有一把契訶夫。」曼多警告。

安東妮娜早就發現了，車一進入飛機跑道時，她就一直注意著那被蓋住的東西。

「那不是契訶夫，是雷明登八七〇霰彈槍。」安東妮娜回答。她睜開眼睛，用鞋尖頂著槍。

「那把槍已經上膛了。」曼多緊張地回答，身體立即轉向後座，把槍從安東妮娜的腳邊移開。「妳聽得懂一把霰彈槍上膛的意思。」

「我聽不明白。」

「如果妳一旦先瞄準，三個動作內就要射擊。」

「彈在槍口上了。」

「史考特，這就是我的意思。」

曼多稍稍與安全帶拉扯了一會後，最終把槍奪回，放在副駕駛座上。

「妳父親的狀況如何？」

「跟期待的一樣好。」

「這麼差？」

安東妮娜沒有回應，眼睛直盯著窗口。曼多發動奧迪，車子轟隆轟隆的聲音，與遠方飛機拉升的噪音重疊。雨滴變成在玻璃窗上追逐的流星。

車子開在馬德里四十號公路上，接近普勒魯尼大型購物商場的入口處時，車流量變多，他們行駛的速度慢了下來。安東妮娜盯著隔壁車道，有一輛白色廂型車，正好跟綁架喬的車的品牌一樣，但不是同一車款。那輛車的後座有兩個小孩正在爭搶玩具，那原本應該是一隻恐龍，只不過現在綠色身體上布滿齒痕。母親轉身面向他們，語氣嚴肅為他們進行裁判，但並非真的在生氣。

平凡無奇的一天，一個平凡的家庭與無數平凡家庭，一同在開往市中心的路上。安東妮娜自問他們做了什麼而能擁有那般的人生？以及自己做了什麼而活成如此？當然，無人回應，唯有……

Potbos。希臘語，無法實踐的願望。

安東妮娜並非第一次期望擁有家的避風港，一個讓自己隱身其中的家庭。然而，她一無所有，只有腦海中那群齜牙咧嘴的猴群。最終，她帶著沉悶乏味的困惑，進入夢鄉。

當她醒來時，太陽已高掛天空。

她下車，揉一揉雙眼，感覺口乾舌燥，膀胱快要爆炸。他們的車停在一個普通社區工廠裡的停車場。此處是馬德里巴哈拉斯機場的南邊，大約是旅客從市區往機場方向，在計程車上看到跳表到三十歐元時會看到最後一處模糊的郊區。當然，每年有上百萬的人到訪普勒魯尼購物商場，但就算那裡是馬德里最大的購物中心，也沒有人敢再把車往前開到那塊停車場。那附近有算規劃良好的小型社區，不過相距兩公里的東邊，地景迴異。不高的屋舍讓混亂的空間規劃更加顯眼，破房子挨著空蕩蕩的倉庫、果園與馬舍，以及蓋到一半的辦公樓。一棟棟別墅的柵欄上掛著待售的看板，太陽吞噬廣告上的紅色與黑色，現今變成慘淡灰暗的招牌，上頭的電話難以辨識，但就算仔細辨別，也會發現只有七個數字。

這裡已是上帝以及市議員接管的地方了。

一堆以月份命名的街道，只是八月與十二月的街區風景卻相差不遠。沒有路通往那裡，就算到了也找不到出口，所以曼多才把西班牙紅皇后總部設在那裡。

外觀如一般的鋼筋水泥蓋出來的工廠，四周有柵欄圍起，停車場有管制，廠名聽起來像是一家生產穀物的企業。

曼多坐在水泥階梯上，吞雲吐霧。那一座堆積如山的菸蒂頭，證明了他已在那裡待上了好幾個小時。

「你抽太多菸了。」安東妮娜表示，並且從車上走向在等候室前臺階上的曼多。

「我太太也這麼說，但找不到戒菸的時機。」

「你幹麼不叫醒我？」

「明知故問。妳才剛結束了一段相當長時間的案子，而且昨天徹夜未眠。」

「我們沒時間浪費了。」

「妳沒有休息的話，就會易怒、傷感。」

安東妮娜很想反駁，狠狠踹地上一腳，但她現在睡飽了，所以她命令自己深呼吸，直接走上樓。

玻璃門的另一邊，既沒有上鎖，也沒有任何安全裝置，可以看到一個三聚氰胺的展示臺，以及在等候區裡有兩張割破的扶手椅、幾本穀物雜誌，花草的官方雜誌ANEFA最新一期也已經擺在上頭了。本月特刊：**關於矽砂的一切！**

「請出示證件。」一個在櫃檯後的年輕人要求。

安東妮娜不悅地看著曼多。曼多無辜地聳聳肩。

「他新來的。」

「得遵從指令。」男子表示。

「我無法叫他通融，而且妳也很久沒有出現在這裡了。妳得證明妳自己。」

安東妮娜屈服，靠近一臺看起來老舊的網路攝影機，機型應該比祖克柏建立Facebook還要早以前，而且鏡頭相當骯髒，上頭還蓋著一層玻璃紙。

當然，在玻璃紙的後方藏著的是一臺最新型的視網膜掃描器，因此能聽到從櫃檯後方傳出嗶嗶聲。

「先生，準備就緒了。」

「謝謝，走吧，史考特。」曼多邊說邊指向門口。她望向他，但沒有移動腳步。

「你布置好課題了？」

「聽不懂妳在說什麼。」

安東妮娜嫌惡地跟著曼多走向另一道鐵門，然後咔嚓一聲，門打開了。曼多推開門，但安東妮娜抓住門，不讓門打開。

「你讓我在車上睡了四個小時，現在，又在入口浪費幾分鐘。我會找出來你想要試著和我說些什麼。」

「史考特，我們真的是非常想妳。」

「節省時間，不如直接說怎麼一回事。」

曼多咬住下嘴脣，努力保有耐性。

「想跟妳說，這事妳不孤獨，我們得比以往更加小心謹慎。」

「知道了。那現在若沒其他的事，我們快開始找喬吧。」

「妳以為妳睡覺時我們在幹麼？」曼多回答。他終於能推門進去了。

安東妮娜深吸一口氣走進去。她幾乎都快遺忘那個地方的重要性了。

幾乎，但沒有忘記，因為安東妮娜什麼事都記得一清二楚。

5 總部

接待處布滿灰塵，家具皆生產自九〇年代，但一個箭步後，空間立即變得寬敞，天花板在挑高六公尺處，並且有一千兩百五十瓦特的高效能聚光燈，把屋內從上到下的鋼筋水泥結構照得一清二楚，裡頭就如同一座小村落一樣。入口處停了一輛改裝過的奧迪Ａ８。有四個停車格，但只停了一輛車。其他空格的地上，有Ａ３尺寸大小的連續車禍現場照片。

安東妮娜一看到照片，忍不住露出微笑。曼多沒放過這個細節。

「一點都不好笑。你們在一內年竟然讓三十萬歐元的車報廢。」

「只有十萬可以算在我頭上，剩下的是喬要負責。」

「所以我還得想方設法把他救出來。」

他們經過的第一個空間，是一個水泥結構的立方體，一側有一面巨大的窗戶，但裡頭沒有光線，不過就算黑漆漆一片，安東妮娜也能知道裡面的模樣。訓練室裡的每一寸土地她都瞭如指掌，就算那些不快樂的回憶也一樣。

她撇開視線，加快腳步邁向厄瓜朵法醫的實驗室前，那裡有一輛移動實驗室的車子。往前走，就可以看到會議室。那是個開放的空間，中央擺著一張大桌子，牆上裝了十二臺三十英寸的螢幕顯示器。在此，沒有人想過要花一分鐘，或用上一滴油漆來整理紅皇后的總部。這個地方每個物件都有實際用處，這可能就是為何安東妮娜覺得那裡很美。此外，她幾乎有長達四年的時間沒進到那間會議室了。

曼多側身，讓安東妮娜能夠走進去。不過，當他注意到她緊握拳頭，便決定放慢節奏。

「史考特，等妳好了再開始。」

看來此事還有得等了。

安東妮娜的心跳加速，呼吸急促。她一想到喬的生命就掌握在自己手上，恐慌就淹過了她，因為她這次一定要成功才行。

長久以來，她不停逃避自己的能力，拒絕表現，但現實一鼓作氣湧上她的面前。就算安東妮娜是欺騙自己的高手，但她也得承認她有多害怕跨進這道門，就有多渴望再一次能走進那個房間。

儘管那不是個好主意。

儘管她曾對那個已入土，已放飛自己的男人發過誓，絕不再踏進那裡一步。

儘管整個胃都揪在一起，讓她十分想轉身逃離那棟水泥建築物，遠離那一個永遠無限美好又無限可恨的地方。

然而，當她從門口看到螢幕上的每一張畫面，所有的碎片構成了一張完整的圖像，也就是古鐵雷斯警官的面容：捲曲的紅髮，濃密的鬍鬚裡摻雜幾根灰白，下巴如字典般寬厚，雙眼因閃光燈而瞇成一直線。

安東妮娜忽然又變得憤怒，因為她發覺自己中了曼多的詭計，自己的情緒被他操控住了。

「不急。」曼多在她的耳邊輕聲安撫她。

安東妮娜正要開口反駁，就被他打斷，並且兩人距離十分靠近，近到嘴唇都要親到的程度。老菸槍的口氣十分溫苦，噴得她十分不舒服。

「如果妳要跟我說自己做不到，別白費力氣了。不管妳內心怎麼想的，都得戰勝那些念頭。我已經給妳一晚上的時間，安置自己的家人，以及一個早晨的休息。妳已經得到應得的了，那個男人正盼望著妳去救他。老實說，比起妳救他的次數，他救妳的次數多到數不出來。」

安東妮娜一聽到他的這些話，原本壓在胸口上的大石落了下來，心中湧起一股堅定的信念，呼吸也跟著平穩，腦中猴群齜叫的音量小了一些。這就是擁有信念的美好，能以平和的方式滋養我們成長。

安東妮娜吐出一直憋在心中的一口氣，然後轉向曼多。

「我可以。」

「這才是我認識的安東妮娜。」

「你沒聽懂我的意思。我可以數出來，是七次。」安東妮娜邊回答，邊走進會議室內。

6 問題

厄瓜朵（Aguado）醫生一見到安東妮娜走進去，便立即起身。她年約四十出頭，長睫毛，臉上妝容已經脫落，穿了鼻環，目光中除了有機靈之外，現在還多了害怕的神情。

「我十分抱歉您的……」

厄瓜朵沒有把話說完，因為事實上她不曉得從何說起。安東妮娜客氣地點點頭，內心很慶幸她也在這。

「工作吧。」

「沒問題。對了，我幾乎忘了。」醫生遞給她水杯，以及另一個小的塑膠杯，那裡頭放了一顆紅膠囊。

安東妮娜搖頭拒絕，克制自己不把眼睛望向另一個杯子。

法醫不解地看向曼多，但他只是表示同意，所以就把桌上的藥丸收起來。安東妮娜坐在螢幕前，那是她專屬的位置，她坐的椅子是一把人體工學椅（尺寸比較小，為了讓她的雙腳踩地）。當她滑近桌子時，輪子在水泥地板上發出了金屬碰撞的噪音。

「有什麼線索？」

「全部都在此了。」曼多手指指向她的前方。

透明玻璃桌上有數十份報告與照片。安東妮娜手肘靠在桌上，身體微微傾斜，眼睛開始掃描每一張檔案內容。五十秒後，她抬起頭來。

「也就是一無所知。」

「車牌號碼是假的，不過這妳應該也知道了。」

「珊德拉・法哈多自殺時，開的車子也是那個號碼。」厄瓜朵插話。

「史考特，這個笑話挺恐怖的？」

「這是個簽名，讓我們知道它無所不在。」

安東妮娜仍記得，在喬被擄走的廂型車前，她迎面朝自己走過來問候。那是一個面容友善的優雅女人。

「有任何監視器畫面？交通資訊？任何其他資訊？」

曼多搖頭，安東妮娜本就不抱希望。若有，早就放在她面前了。

「我們可以根據您的描述，讓機器人畫出肖像，並在半小時內向各大新聞臺播放，只不過……」

「只不過。」安東妮娜重複，並憤怒地拍了一下桌面。

只要喬在珊德拉手上，就不能輕舉妄動。

他們能使用的資源有限。

「我派出所有的工作人員努力在中國城內跟蹤車子。中央支援我們六名可隨意使喚的菜鳥，另外也有資安團隊……」

「還有我個人的助理。」厄瓜朵補充。

「會盤查每一輛私家車，看看有沒有人見過那輛車。」

「可行性太低了。」

「史考特，我們別無他法。既沒有珊德拉的照片，也沒有線索。基本上，我們什麼都沒有。而且已經死了一個市警，另一個躺在醫院中昏迷。」

他警告過他們別正面交鋒，但他們兩人仍想要攔阻賓士，企圖不讓車子通過曼薩納雷斯。他們可能想要勳章，卻接收到上百顆子彈的大禮。

「您已看到彈道的報告。」厄瓜朵向安東妮娜指著一本小冊子。

「彈頭是五點五六乘四五的北約會員國的標準用彈。」安東妮娜連看都沒看便回答：「太過常見了。近十年內，歐盟裡的軍人都會用這種武器，此外還要把上千個警員算入。」

隨之而來的沉默中，空間迴盪的摩擦聲聽起來格外響亮。

曼多與厄瓜朵注意到了安東妮娜顫抖的左手，手中的紙張也跟著不停來回晃動。

厄瓜朵尋找放著安東妮娜紅色膠囊的小鐵盒，曼多微微抬起眉毛，緩慢示意別給她藥。

最後，安東妮娜也注意到自己的顫抖，她用右手抓住左手腕，然後嘴巴說出一句極度不堪入目的謊言。

「我很好。」

這不是真正問題的答案。然後，她大聲表示：

「我們浪費太多時間了。單靠這些，是不可能找得到喬。」她邊說邊把眼前的文件推向桌子中央，遠離她顫抖的手可觸及的地方。

「有更好的辦法嗎？」曼多問。

「我們得瞭解到底發生了什麼事。你得跟我交代布魯塞爾發生的事。」

布魯塞爾發生的事

曼多屈服於安東妮娜的要求，他請厄瓜朵依照指示把他的電腦畫面，投影到螢幕上。

「事件發生在九天前，當時你們正前往南部馬拉加市，支援搜尋蘿拉・莫雷諾（Lola Moreno）的任務。」

螢幕上出現一間非常豪華的旅館房間。一張兩公尺長的大床，床單棉被全都裹成團。照片上有兩個人，其中一人是赤裸的男性，兩隻腳垂掛在床上，明顯遭刺。另一個人的身體全身插滿刀，垂掛上方八十公分處的風扇上。下一張照片，聚焦吊在上方的人的面容，整張臉十分扭曲，眼睛從眼眶裡凸出來，舌頭垂在兩齒之間。

「英國的。」

「怎麼看出來？那張臉恐怕連他母親都認不出來。」

「我不認得他，我是說吊扇是英國品牌。」安東妮娜回答，手指出在風扇上一排極小的品牌標誌。「那款式只在英國販賣。」

「卡倫・戴維斯（Callum Davis），英國的紅皇后。」曼多證實，手指著吊在上方的人。「以及他的守護者，瑞斯・柏恩（Rhys Byrne）。」

「愛人？」

「史考特，這是隱私。」

「你不是已……」

「沒錯，實際上我談過這件事。是的，他們是愛人，但未公開。只是在我們團隊中很難保有祕密。」曼多回答，並瞪了她一眼。

此時，安東妮娜竭力克制自己，但她實在很難忍住讓自己不要望向厄瓜朵醫師袍子上的口袋，那裡正放著紅色藥丸盒子。

「卡倫與瑞斯當時在執行一個相當危險的任務，追查一群走私鑽石犯，牽扯到黑手黨，是十分危險的人物。那時我們以為是那群人下的手。」

「法醫調查犯罪現場時，」厄瓜朵接著說：「發現真相並不如想像的單純。」

安東妮娜起身，走近螢幕，瞇起眼睛凝視一會兒。然後，她開始在內心盤算著某些事情，並且同時反覆抬起手臂。之後，她才又看向照片。

「他先殺了他，然後才上吊。」

「怎麼……？」

「血噴濺在襯衫上的痕跡，較血跡幾乎形成完美的半球形，這是唯有持刀的人是卡倫，血跡才會留下這樣的情況。」

厄瓜朵不舒服地吞嚥口水，眼睛看向曼多。

「沒錯。」他認證她的說法。「我們也是在不久前才知道。凶器不在犯罪現場。約一小時後才在飯店的花園內找到，但那時候已發生很多事情，一切都亂成一團。」

螢幕上又出現新的照片。一輛奧迪A8停在住宅區附近的人行道上，四周被紅白封鎖線圍起來。這一次安東妮娜無須做任何推理，即可知道事發現場在荷蘭，因為封線上印著大大的荷蘭文：POLITIE，NIET BETREDEN（警察，勿入）。然後，下一張是一段由相機錄製的影片檔。奧迪的車身上有著很小的彈孔，大約只有一枚硬幣大，不過造成的傷害卻十分巨大。副駕駛座上有一個穿著灰色夾克外套與鉛筆裙的女性屍體。車窗上中間的凹痕就是被那名女性頭部撞擊後所產生的裂痕，看起來就像一幅紅色的抽象畫一樣。

「樂天・楊森（Lotte Janssen），荷蘭的紅皇后。她死在鹿特丹的自家門前。她的守衛者在案發地點兩百公尺外被找到，神情十分緊張，手緊握著槍，在街上漫無目的地徘徊。」

「當你們真的掌握到情況時，事情已經很糟了。」

「一個殺了守衛者的紅皇后，一個殺了紅皇后的守衛者。兩件事相隔僅短短幾小時。史考特，就連平凡人也能發現事情恐怕不單純。」

「你做不來。」

「什麼？」

「喬的角色，你不適合。」

曼多點燃香菸。

「我也很想他，但是，史考特，我們得做最壞的打算。」

安東妮娜花了幾秒思索話中的意思。之後，她給了唯一可能的回答。

「沒必要。」

「可能他……」厄瓜朵接話。

「荷蘭發生了什麼事？」安東妮娜打斷她的話。

「我們與上面的大頭在布魯塞爾開會。確定一定有問題，只是沒有找到相關訊息。大家壓力很大，爭執不休。我們審訊荷蘭的那名守衛者，但他死都不開口。當時……」

曼多垂下頭，靜默。厄瓜朵把目光撇向別處。

「當時又發生另一起事件。」安東妮娜接話。

螢幕上出現一張照片。在煙霧瀰漫的瓦礫堆間，安東妮娜可以辨認出一張長椅、石刻的聖徒雕像，以及浮雕的青銅門。然後，她停頓了一會兒才發現那些她不太熟悉的歌德風格，與她中學記憶裡的學校課堂中看到的畫面完全吻合。她記得那是個百無聊賴的週五午後的課，教室裡的百葉窗全都拉上，巴塞隆納當時正處於春夏之際的乾爽。投影機上正播放的畫面是一座有七百年歷史的德國古老大教堂。

「科隆。」

「發生一起爆炸案。」曼多解釋。「兩人死亡，六人重傷。」

法醫打破沉默。

「死者是……」

「我知道他們是誰。」

安東妮娜感覺自己又想哭了，又想揍人。她無法分清自己到底想做什麼。

「我們是獵物。」她說，聲音因為憤怒而顯得十分高亢。「一個接著一個，所有紅皇后計畫裡的成員。短短兩天內就死了五個人。英國、荷蘭與德國。其他人有事嗎？」

「我們一直在監視荷蘭的守衛者。法國的伊莎貝爾·布爾多（Isabelle Bourdeau）與她的紅皇后一起失蹤了。義大利的葆拉·迪坎狄（Paola Dicanti）與她的紅皇后昨夜失去聯繫，她們的最終定位在往佛羅倫斯的路上，不過我們覺得這是他們刻意的行動。」

話聲落下後，大家靜默了好長一段時間。在此之際，曼多用指腹按壓額頭，彷彿是在復甦自己的毅力，或可能是在驅逐內心的絕望。不過，不管做什麼，看起來效果都不好。

「這就是我所知的一切。」他總結。

「說謊，這不是。」

曼多困惑的傾身。

「我跟妳說了所有……」

安東妮娜舉起手指要他閉嘴。

「昨夜，你和我通話的時候，明明說了自己已經知道英國和荷蘭發生的事。你說我的幻覺是千真萬確的。」

曼多盯著她。

「你給我看的這些證據，」安東妮娜持續說下去。「根本不可能得到那個結論。」

「史考特，請注意說話的態度。」

「四年了。四年前那個怪物闖進我家，我那時就不停提醒那個人的存在。四年來，我收到的唯一回應，不是暗示我瘋了，不然就是給我一副在聽笑話的微笑。」

「發生馬可士的事件之後……」

「『拿證據到我面前來。只要有證據，我就相信妳說的凶手存在。』這些話你向我說過多少次？」

「史考特，當時妳說的話，聽起來就像是謠言和胡謅。」

「那你這次怎麼相信了？」

「犯罪手法……」

「這些照片上沒有任何犯罪手法，眼睛所見的只有暴力與隨機死亡事件。」

事實上，一對一的瞪眼比賽中，輸家並不是因為先不看對方的眼睛而輸掉比賽，而是為了避免從對手的眼睛裡看見自己，才會快速避開，成為輸家。

「醫生，您能讓我們倆單獨談一會兒嗎？」曼多要求。

法醫走向安東妮娜的椅子後方時，她輕輕地點頭，耐心地等候著她身後的門闔上。

「好了，現在……能告訴我布魯塞爾的實際狀況？」

布魯塞爾的實際狀況

曼多先鬆開領帶，然後把筆電挪向自己，接著又慢吞吞點燃另一根香菸，就像他在拖延遲時間。不過，當他吐出第一口煙後，他就再也找不到沉默的理由。

「荷蘭的守衛者……說了。」

「你說他整個人緊張兮兮。」

「那個狀態維持了好幾個小時，然後才平靜下來。不過，他一直都不想開口講話。」

曼多在他的筆電上按了一個鍵，原本的德國攻擊照片消失，取而代之的是另一張照片。是一個皮膚黝黑，輪廓深邃，年約五十，身材健壯的男子。

「他是麥可・西多夫（Michael Seedorf），出生於南美的蘇利曼。是後備軍。我們在他人生十分特殊的階段，招募他加入組織。」

「這是常見的流程。」

「他當時剛失去自己的女兒。他女兒是個基因遺傳學家，學經歷豐富，前途光明，卻車禍身亡。」

「這是你們可以下手的弱點。」

「我跟此事無關，但我的荷蘭同事把工作做得很好。西多夫與他的皇后算是完美的學習榜樣。他愛她如同自己的女兒。兩人從頭到尾都一起工作，攜手解決了好幾件艱困的案子。」

「我有耳聞此事。」

「當然沒有妳那麼厲害，但絕對是優秀人才。」

安東妮娜咬住下脣，忍住不再發言，她想讓曼多繼續說下去。他按下按鈕，螢幕變黑。

安東妮娜深吸一口氣，闔上雙眼。

「你們做了什麼？」

「上頭的人開了很長的會，進行很久的討論。最後達成共識。」

「你們做了什麼？」

「決定……」

安東妮娜準備再問一次。

曼多站起身，身體貼靠著水泥牆面，雙手使勁搓揉。

「嚴加審問。」最終，他還是說了。

安東妮娜睜大眼睛。她眼神所散發出的訊息，正是曼多害怕見到的。這件事不管他說得多麼委婉，背後隱藏的意思根本無法逃過一個喜歡語言精準的語言學家。

「你們虐待自己的同伴。」安東妮娜感到不可思議。

「史考特，我們只是做該做的事。現在我們處在危險之中。」

「該做的事。」安東妮娜重述了一次，並放聲大笑，但臉上沒有愉悅。

她停頓了一會兒。

「從馬拉加市回來之前，喬說了一些關於這份工作的事，那些話讓我想了很多。他說雖然我們努力做該做的事，卻又要繞遠路前行。你猜當時我如何回答？」

曼多不語。

「直行走不遠。我就是這麼回答他的，你知道這句話是誰說的？」

他當然知道，但他不會承認的。

「是你的話，曼多。是你說的。遇到要做出不光采的事，我們用這類的藉口來合理化自己的行為、謊言、欺騙，以及無視自己因權力而擁有的捷徑。」

「妳不會認為喬……？」

安東妮娜舉起手指。

「想都別想。你別想要合理化自己的行為，就拿喬當說辭。我知道他是個正直又善良的人。」

「安東妮娜，我們還是得調查清楚到發生了什麼事。有守衛者殺了自己的皇后。這事不會莫名其妙地發生。」

「很好，那就全盤托出，交代清楚。」

「史考特，我無法跟妳多說什麼。」

「你不能，還是你不想？」

曼多雙手交叉抱胸。他想維護自己的自尊，不要一下子就被看扁，試圖為自己以後留下點什麼。

「我不能，也不想。」

但是安東妮娜依舊不買帳。

「那看我有沒有能力，可以告訴你發生了什麼事。如果你是對的，你就點頭。可以嗎？」

曼多十分猶疑，但是他知道此刻自己只是困獸之鬥，想要擺脫絕境，唯一方法就是接受。

最終，他點頭。

「上頭因為科隆發生襲擊之後，一致認為那些可怕的威脅，剛好給大家一個正當理由，可以對一個不合作的成員實施酷刑。」

點頭。

「不過你們誰也不敢親自動手。」安東妮娜繼續慢悠悠地說下去，假裝自己並不是把腦中的自問自答說出來而已。「也可能是你委託某人去辦此事。」

沒有反應。

「或是某人委任你辦妥此事。」

曼多的頭仍無動靜，但她還是察覺到對方的肯定。

「就是發生了，僅此而已。那不重要。」安東妮娜撒謊，但掩飾得不好。「反正有人幹了。我猜也不怎麼殘暴，我們不是野蠻人，應該也沒拖很久，因為我們很急。應該還是在人道範圍內，不會做出不讓人睡覺……不能喝水？倒吊？水刑？」

安東妮娜一直說著各種酷刑，直至曼多的瞳孔出現微小的反應為止。

「水刑，可真經典，最經濟實惠的方案。跟我說件事，你在場嗎？」

沒有反應。

「沒有，當然不可能在場，你不是那種人。委託別人，坐享其成才是你的風格。很好，那麼讓我為你說明一下流程。首先讓他坐在浴缸裡，水要滿到下巴的位置，然後用一條毛巾蓋在他的臉上，接著不停將水倒在毛巾上。」

曼多點燃另一根香菸，裝成一副事不關己，或漠不關心的樣子。安東妮娜能學會所有審訊技巧，當然都是拜他所賜。

不過，此時她會的更多了一些。

透過毛巾，水開始湧入他的鼻子和氣管。大腦開始以為自己溺水了，因此身體不自主地產生痙攣、嘔吐現象。痛苦難以忍受，因為那個狀態正好跨在死亡的門檻上，但卻從未真正地越過死亡。一分鐘的瀕死狀態，整整六十秒的要死不活。

曼多手上拿著菸，但沒有抽上一口。星星之火緩慢把紙與菸草燒成一段不規則圓柱體的灰燼，岌岌可危將坍塌到桌上。

「那個人不到一分鐘就投降了，沒有人可以撐過一分鐘以上，這已經超過人的極限，所以拿開毛巾之後，會完全不考慮後果，說出知道的一切。」

「水讓人說話。」曼多漫不經心地回應。他完全沒有察覺自己的指頭快被菸蒂燙傷。

「別無他法，所以西多夫說了。我猜猜看他怎麼說的：有個男人找上他。可能剛開始是收到簡訊，之後是通話。然後，第一次見面的時候，也在他面前展現暴力，一張斷指的照片。」

「一條沾上血跡的毛巾。」曼多承認，此時他終於意識到自己快被香菸燙著了。他隨即捻熄菸頭。

「毛巾跟西多夫的家人有關。妻子？」

「母親。」

「指示很清楚。他得殺掉自己守護的紅皇后，換取那位給予他生命的女性。」

點頭。

「他能說的也不多。他或許完成任務後就該自殺，如此母親才能獲救。」

點頭。

「你們毀了他最後的希望。他還活著嗎？」

點頭。

「他母親呢？」

曼多的頭靜止不動。

安東妮娜轉身向後。她需要時間消化一切。她臉上沒有顯露出太大變化，她不會允許自己，更不會放任自己被憤恨的情感駕馭情緒。對她而言，那個當下的所有情感都是櫥窗中的奢侈品。

「我敢說，就算你們先獲取資訊，也不會聯想到懷特。」

點頭。

「因為沒人會認真考慮別人的幻覺。沒人想過怪咖西班牙女的胡言亂語。你的同事都把我當成一個失去現實控制能力的瘋女人，對吧？」

頭沒有移動，沒有任何改變，但那也只是更加證明安東妮娜的懷疑是對的。

「告訴我……你是否曾跟上頭談過懷特的存在，一次就好？就算是為了取笑我？」

曼多在此事面前，終於改變態度，因為他可以很自信地說真話。

「沒有。」他很肯定。

安東妮娜搖頭，但她不覺得難過，更不覺得失望。

她感受到 åselichibå。奧羅莫語，由非洲大陸索馬利半島上四千萬人使用的語言，意思是一座由陌生蠢蛋生產的寂寥之湖。

一股巨大的厭倦，任由自己沉沒在一片沉悶的汪洋大海之中。最有精神的行為不是高舉手臂求救，而是放下手臂的表現。

或許以往遇到這種情況，安東妮娜會立即甩頭走人。但她不能這樣對喬。對馬可士，對卡拉。甚至是對她自己。

因此，她深呼吸，起身走向曼多。

「你折磨一個人，就為一件我已經告訴過你，你早就知道的事。這事我跟你說了好多年。如果當時你懂得支持我，想要幫我找到懷特，那現在你與我就不會陷在這裡。」

安東妮娜使勁按下鍵盤，螢幕再次亮起。

她開始快速打字，把所有資料畫面叫了回來，每個檔案慢慢疊加在一起，塞滿螢幕。

一張莊園犯罪現場的照片，一個失血過多、乾枯的男孩，那是珊德拉殺的第一個人。

「也不會有無辜的受害者。」

珊德拉在尼古拉・法哈多（Nicolás Fajardo）家中引爆的兩顆炸彈，造成突擊的緝捕綁匪專案小組成員死傷慘重。

「也不會有身亡的警員。」

近期在荷蘭、英國與德國的死傷。

「也不會造成自己同袍的離世。」

安東妮娜用顫抖的雙手，蓋上筆電。螢幕上展示曼多的罪過，因輕忽而犯下的過錯，當然她也一樣有責任。

「史考特，夠了。」曼多用沙啞的聲音抗議。

「不夠，還沒說到重點。你還沒跟我說，該如何做喬才會回來，我要他回來。那樣的話，你才能夠合理化自己施加在別人身上的虐刑。」

曼多想開口回答，但他錯過機會，因為此時安東妮娜的手機響起。嗶嗶聲，然後震動。

她從口袋裡拿出來。閱讀簡訊。

接著，跑了出去。

7 車庫的門

她聽不見身後曼多的叫喚，也無視厄瓜朵臉上的驚訝。她沒有時間管這些。

她衝進奧迪A8，坐定便啟動車子。她沒繫安全帶，沒把座椅往前調整，無視剛才駕駛那輛車的人足足比她高出三十五公分。她什麼都沒做，因為她連做這些事的時間也沒有。

簡訊不給她有那些時間，她得到了一個地址，以及六個字。

八分鐘。

妳一人。

因此，安東妮娜直接發動車子，朝著停車場的鐵門衝過去。她在車上左右張望，但沒看見遙控器。每分每秒都在流逝。

在此之際，安東妮娜的手機自動與奧迪車上的免持聽筒喇叭連線，曼多的聲音從擴音器上傳出來。

「希望妳知道自己在幹什麼。」

「當然知道。」

接下來的沉默，顯然意味著她不分享訊息。

「他打來的？給我地址，我派小組過去支援。」

安東妮娜緊閉雙脣，思考他提供的選項。碰面的地點十分遼闊，時間又十分有限。支援反而誤事。

「那個方案不好。」她不假思索地回答：「打開門。」

「史考特……」

「他應該全盤計畫好了。喬的性命就在我們手上。拜託你，這一次，讓我用自己的方法解決。」

「突發狀況才行，現在不是突發狀況。」曼多回答。

「只要你沒意見就行。」安東妮娜解釋。那句話是她在曼多掛斷後才說出口。

與此同時，停車場的門打開來了。

安東妮娜油門踩到底，車底在出發的瞬間與坡道相互摩擦，迸出火花。

8 突發狀況

曼多對當下的情況思索了一會兒。他的拳頭抵著牆，額頭靠在拳頭上，雙眼緊閉。他的身體正在重新調整平衡。

太冒險了，他評估，**要信賴史考特的做事方法**。

他原本四分五裂的身體，似乎因為這個決定而又找回平衡。

「傳一封訊息給大家，要他們立刻歸隊。妳別跟丟她。」他對厄瓜朵醫師下達指令。此時，她已經再一次回到會議室，坐在筆電前。電腦螢幕正顯示著奧迪A8的地理位置，此刻正以一個紅色小點在地圖上移動。

9 赴約

紅色小點以每小時七十公里的速度前進，已經在以月份為街名的路上繞來繞去。先經過二月、三月，然後到十二月，她在街區內一路逆向行駛，不停按喇叭，以免有人突然衝出，截斷她的行徑方向。對安東妮娜而言，交通規則的存在更像個建議，友善的提醒，而且只有在無所事事的時候，才可能注意到的存在，就像Facebook通知妳今天是某個表妹生日一樣。

因此，當她開上冬季大道時，速限雖然是三十公里，但她是以時速八十前進。路邊有好幾輛公車停靠在一起，不過真正讓她動彈不得的，是開到薩馬涅戈街上時。儘管那裡是雙向道，但整條路上都是載著全家人的車子，大排長龍等著進到購物中心的停車場。因此她只好使勁把右邊的輪子開上人行道，並以此方式，在憤怒的喇叭聲（以及某些羨慕的眼神）中，開了十五公尺遠。

儘管安東妮娜不打算排隊，但她也不想把車子拋在半路上，她不清楚之後是否要用車。所以，她又立即迴轉，開向購物商場前的停車場。要進入停車場，就得先把車停在柵欄前，並等待取票，但安東妮娜忽略這道手續（在過去七分鐘內，小小違規次數已達到三十六次），直接踩油門衝進去，無視金屬柵欄在引擎蓋上留下三條美麗的花紋。

她到停車場內，神奇地發現入口旁的殘疾專用車位尚未被任何人占用，她馬上把車子丟在那裡。

十一秒後，她進到購物商場內，幾乎晚了一分鐘。往二樓的手扶梯站滿了一群慵懶的顧客，大家都忘記搭電扶梯只是一種幫助，而不是要人沒用地全身癱靠在欄杆上，然後把死氣沉沉的身體送到另一頭的方法。安東妮娜邁開步伐，努力穿過陌生人的身體。

夢娜咖啡廳開在二樓走道的底部，看起來孤零零。二樓本來有許多連鎖店，許多獨特的品牌商家，不過經過去年的金融危機之後，大多已關門大吉，像是此樓層的外國品牌漢堡店和披薩店都已人去樓空，只剩空殼骨架，看起來就像是裝過飲料的玻璃杯底一道未被抹去的汙漬。現在的顧客在一樓最便宜的地方用餐，或聚集在服裝店與熱門的保齡球場附近。

然而，夢娜咖啡廳卻客滿。六張桌子，坐的人看起來像是常來逛街的常客。安東妮娜在進門前緩和呼吸，並在那一瞬間把店內所有人做好分類。

有三對情侶在看手機，不過同時假裝有在關注對方。兩個穿著時髦的人看起來正忙著在Mac電腦上寫一部關於心理變態殺手的小說。最後一個人也很醒目，因為他是唯一一個手裡拿著書，而不是電子設備的人，而且當那人抬起頭時，兩個人的視線剛好交會在一起，安東妮娜的胃突然揪在一起。她明明在犯罪現場或驗屍間的鋼床上看過無數個死人，見過無數具屍體，但那些閉起來的雙眼，都比坐在店後面，凝視著她的那雙閃閃發光卻冰冷的藍眼珠，更富有生命力。

當然，是陷阱，但別無選擇。她判斷大眾場合應該可以提供保護，因此她走進咖啡館，往史上最危險的人物靠近。

當安東妮娜走近時，他站了起來，但沒有伸手打招呼。相反地，他只是優雅把手指向自己對面的空椅子。

「請坐，史考特女士。」他用英文向她問好。「希望您不會覺得很難找。」

安東妮娜慢慢坐下，雙方花了點時間解讀彼此的沉默。

這名男子大概比她年長四歲。有一頭捲曲的金髮，以及細緻的白皮膚。他的五官彷彿是用大理石雕刻而成，下巴尖銳得像能敲碎核桃，身上穿著西裝外套，背心與褲子都是同一系列的深藍色，內搭白色襯衫但沒有打領帶。衣服像訂製款，肩線標準地落在肩上，質感像睡衣一樣舒服，這身打扮肯定要花上一輛小汽車的價錢。

「用了定位系統，不過要在這麼短時間內找到，比較困難。」

「是的，時間倒數計時是無可避免的，恐怕這也是必要的措施，就像此時此刻，妳的同事正在執行逮捕我的行動。」

「我已經指示他們不要輕舉妄動了。」安東妮娜挑眉解釋。

「向自己的雇主——曼多下達指令，他不可能聽妳的。我們大概有……」

他彎起手腕看錶的時候，安東妮娜發現他那件往上拉的衣服，發出輕柔的摩擦聲。此時，她改變自己的估價。那套衣服比任何一輛房車都貴，只不過衣服正好與那只醜陋的透明塑膠錶帶，形成鮮明對比。

「……十七分鐘。高超的組織效率下，把這偌大的地方包圍起來，大概要花上這麼多的時間。」

他的英式口音與文法十分標準。安東妮娜幾乎不敢相信，那個朝她開槍，導致馬可士昏迷，然後綁架喬的人，就是眼前的男子。她花了那麼多年的時間尋找他，但忽然他就活生生地出現在她的面前。

她腦中演練過無數次，無數個漫漫長夜她都在想像這一刻到來時，自己要對他說什麼，要對他做什麼。數十行對話，數百種變體。

但現在到了說那些話的時刻，她腦中卻一片空白。

她既困惑又憤怒。她有一股無法抗拒的衝動，想要摸左肩上的傷疤。懷特的子彈穿過她身體，在那留下一道不規則的星星，五條扭曲的疤痕。

她沒有伸手碰傷痕，她不想表現出自己脆弱。她只是在桌底雙手握拳。

「我先幫妳點了。」男人說，此時一名服務生端了一壺茶過來。他把書移開，讓綠茶有地方擺放。那本書是用皮革裝訂的舊書，是十九世紀出版的，標題燙金壓印，名為《小行星的動力學》。作者，難以辨認。

一杯咖啡放在安東妮娜的面前。

她疑心地看了咖啡一會兒，隨即判斷出下毒的風險是不存在的。她啜了一口咖啡，企圖整理好思緒，讓腦中的猴群平靜下來，並抑制住自己內心的怒火，同時也在想對策。

「妳喜歡喝牛奶比較多，咖啡少一點的，所以我點了卡布奇諾。」男子表示。

「你似乎對我很瞭解。」

「史考特女士，您已經默默研究了我好幾年。」

「沒有特別的發現。」

「女士，妳太謙虛了。能夠推測我的存在，算是很了不起了。」

此時，安東妮娜腦中浮出的唯一策略：

一、把杯墊摔向桌邊，

二、選一塊尖銳的陶瓷碎片，然後——

三、割斷眼前傲慢自大的混蛋的喉嚨。

經過一系列的計算，喬可能會因為她的行動而活不了。

「似乎不太厲害，我還不曉得您貴姓大名。」

「稱我懷特先生，這樣滿好的。」他同意，並開始用手搧風。

「愛當個匿名者。」

「愛當個自由人。」

「從我踏進那道門到現在，已經過了三百一十一秒。如果您還想保有自由，請有話直說。」

懷特對於她精準的數字表現，驚訝地抬起眉毛。他看一眼手錶，嘴唇往上拉扯，臉上有一塊肌肉移位，露出一口漂亮的白牙，以及一抹詭譎的笑容。笑意中帶著無情與陰險。

「妳真的就如大家說的一樣，十分優秀。」

那個怪物的讚美讓安東妮娜覺得十分恐怖，不知怎麼說，是比他先前所說的話都還難聽。她不禁打了一陣寒顫，本能地環顧四周。

「啊！您顧慮是對的，太多人了，對吧？」懷特看起來十分欣賞。

他拿起湯匙，像指揮家一樣在空中短暫地揮了揮，在杯子上慢慢地敲了四下。

噹。

噹。

噹。

噹。

最後一聲消失前，咖啡廳裡的每個人，甚至連服務生都直接站了起來，連個人物品都沒帶走，就開始魚貫朝著門的方向離去。所有人瞬間做著同一動作，看起來既夢幻又不真實，以至於最後空無一人的時候，讓人誤以為那個空間原本就是如此冷清。

安東妮娜看著空盪盪的咖啡廳，內心除了害怕，還有一種五味雜陳的感受。如果硬要把感覺說出個名堂，大概就是種椎心與欽佩的混合。

這種情感來自大腦中最切實的理性，經過剛剛親眼目睹的過程，心中明確接收到對方巨大的能量與能力，因此從心底刺痛的感受中升起一股由衷的欽佩，心田裡悄然萌生一絲認同。

最好讓這男人以為自己怕他。她讓大腦裡埋藏在最深處隱晦的過往記憶，浮在腦海裡，讓眼珠裡映上一抹黯然，瞳孔變成一雙褪色的赭石，並發出一絲苦楚的聲調。

安東妮娜做起這些事，毫不費吹灰之力。

「懷特，可以了。您表示得很明白了，一切都在您的掌控之下。」

懷特又露出笑容了，這次連牙齦都能看見，所以看起來也就更加凶殘。不過儘管令人膽顫心驚，但比之前，看起來真心多了。

「您終究還是明白了。」

安東妮娜試圖控制住自己的情緒，爭取時間。

「我不會替您殺人的。」

「我要求您這麼做了嗎？」

「那麼，您想要什麼？」

「很簡單，我希望您做最擅長的事情，替我破三樁犯罪案，伸張正義。」

10 委託

安東妮娜不知如何反應，那些要求是她不曾想過的條件。

「為什麼要我破案？」

「那不是您在做的事嗎？」

「沒錯，與您做的正好相反。」

懷特頓了一下，盯著自己纖細的手指，以及修剪得十分完美的指甲，似乎在思索什麼。

與此同時，她無法不想起自己丈夫的手指，幾個小時前她才握住他的手，做最後的道別。那雙方形的大手，指節突出，男人的手，雕刻家的手。但那雙手失去了力量與生命力，就因眼前那雙手。

那雙手與馬可士的手完全相反。安東妮娜感覺到一股噁心。

「史考特女士，恐怕您對我有很大的誤會。」

「您是在逃嫌犯，專門脅迫無辜的人替您幹壞事。」

懷特抿嘴搖頭，彷彿自己的名聲受到侮辱。

「您把手段與目的混為一談了。」

「那請您糾正我說錯的地方。」

「這事情您很快就會明白了，現在恐怕我們對話要結束了。」他回答，並再次看向手錶。「今夜您會收到第一個任務。」

「我想您下一句話要說，假若我按照您的要求行事，我的夥伴會完好無缺地回到我身邊。」

「聽起來您不太信任我。」

「換做是您，會信任嗎？」

懷特聚精會神地盯著安東妮娜看。他的瞳孔縮到最小，像兩根釘子要釘住雙眼一樣。安東妮娜感覺自己就如被毒蛇盯上的老鼠，而當她察覺到背後逼近的危險時，時間已經晚了。她的肩胛骨間已經被槍管抵著，一道溫熱的氣息噴向她的脖子。她的耳邊能聽到一聲緩慢悠長的吸氣。

「聞起來跟妳睡著時不一樣。」珊德拉在她耳邊輕柔地說道。

安東妮娜感覺肚子像被揍了一拳，一個由憎恨壓縮而成的冰塊打到了她。若把她對懷特的感覺，與綁架她兒子的那女人相比，根本相形見絀。安東妮娜筆直站著，一動也不動，珊德拉優雅地繞過桌子，站到他身旁。

她就活生生站在面前，在咖啡廳的聚光燈下，珊德拉的面容看起來一點也不親切。那一頭挑染成灰色的黑髮綁束得十分緊實，就像把罪犯的手往後拉的手銬，緊得難以動彈。

槍口一直朝向安東妮娜。

「時間到了。」她對懷特說明。

懷特惱怒地看了她一眼，然後轉向安東妮娜。

「我可愛的朋友，您很快就會收到我委託的訊息。我當然得告知您，別想跟蹤我們，或透過電話定位我們的位置。請在十分鐘後離開此處，一秒鐘都不能提前。」

懷特做出要離開的手勢，不過像忽然想起了什麼，接著又補充。

「還有一件事，為了確保您能在最好的條件下處理我的任務，我離開後會送您一個禮物。」

安東妮娜跟著懷特指頭的方向看過去。她一點都無法相信眼前的情況。她看到在輪椅上有個無精打采的人，那人雖然頭被麻布罩住了，但還是能馬上認出來那是屬於誰的身體，因為單從胸膛占的體積，就能明白誰是主人了。這真的不是在說他胖。

這個大驚喜讓她幾乎沒有注意到懷特從店後方離開時說的最後一句話。

「因為……安東妮娜不可能沒有喬·古鐵雷斯在身邊的。」

第二部分　喬

「至少他死的時候，是在做他喜歡的事情。」
「我寧願死在我討厭的事情上。」
傑里・賽恩菲爾德（Jerry Seinfeld）

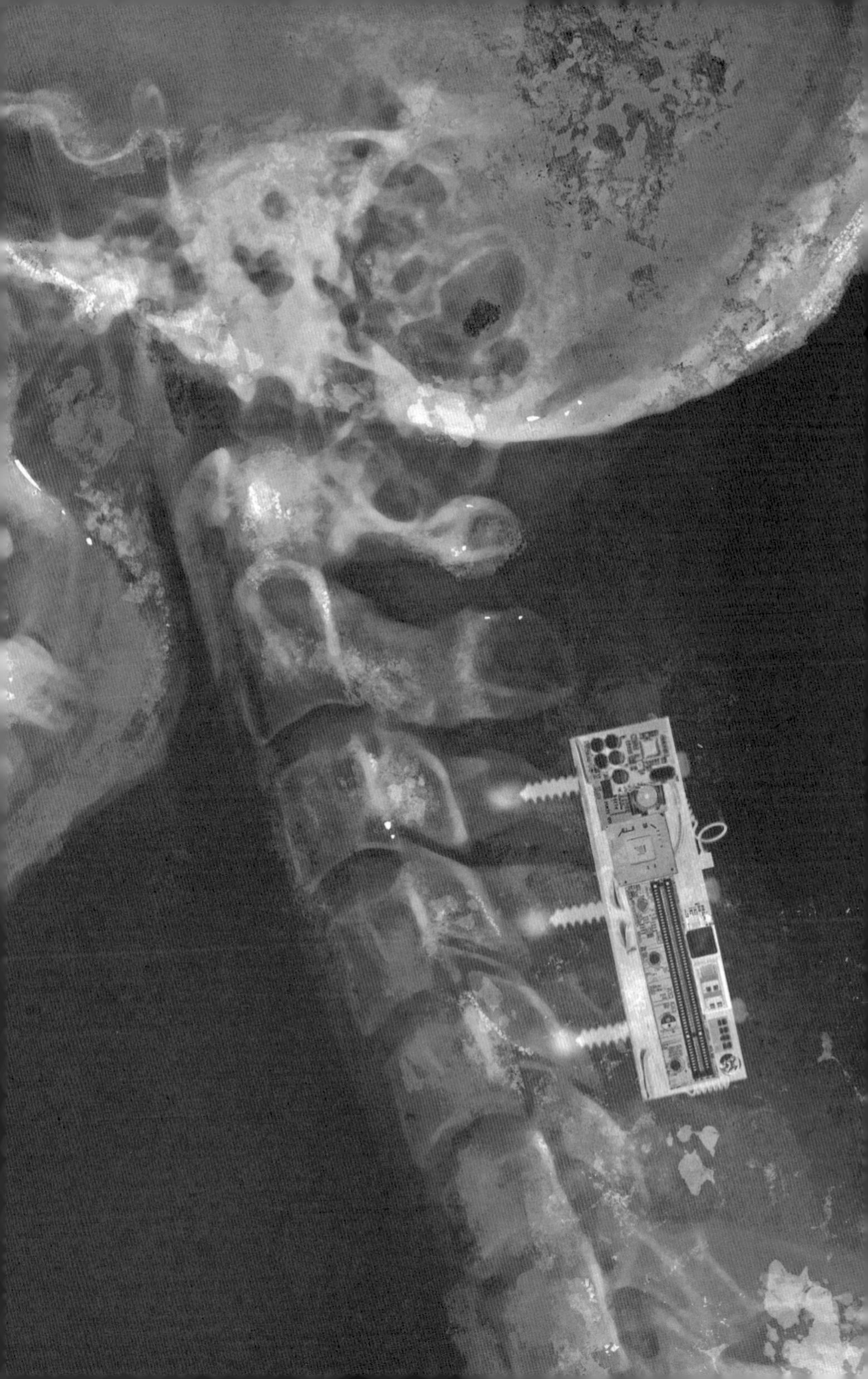

1 輪椅

喬・古鐵雷斯不喜歡綁架。

不是美學問題。這事至少在初期是比謀殺還溫和，既不血腥也不暴力。多數的情況，綁架就是一種缺席。

當然，痛苦不單單只限於受害者被迫囚禁在狹小陰暗的地方，同時也是察覺到自己的缺席而感到難過。並且隨著一分一秒的期待，與隨之而來的落空，不安累積成焦慮與恐懼，然後在達到某一個高點後引爆，內心就會出現一個窟窿，吞噬一切的痛苦和絕望的黑洞。

然而，這一切都不是喬不喜歡綁架案的理由，因為他早就習慣缺席的感覺（他小時候就被父親拋棄了），也善於待在狹小空間內（他是個同性戀），對於家庭的苦情劇碼也司空見慣（他是個警官）。

讓喬最唾棄綁架的情況，是他是被綁架的人。

走在街上，頭被套住，塞進車裡。喬暗忖。**這事在畢爾包根本不會發生**。

他思考的速度非常緩慢，因為他雖然清醒，但他的身體要花點時間退掉麻醉劑的效果。此刻，所有聲音在他耳邊，都像是從三百萬光年外傳來的（周圍黑得像洞穴一樣）。他想移動，但身體沒有反應。他很害怕，喉嚨很痛，膀胱爆裂。

忽然，罩住他頭部的麻布袋不見了，眼前出現模糊卻熟悉的臉龐。

「你有想我嗎？」

「妳明知我第一個想到的就是妳。」喬回答，並且不斷咳嗽，努力想為肺部再次送入些新鮮空氣。

即使喬仍沉醉在異丙酚與吩坦尼之中，但還是很珍惜自己明白了一個不爭的寶貴事實：他這輩子從來沒有像現在，那麼高興能聽到安東妮娜的聲音。

她擔心地望著喬。他現在仍暈頭轉向，瞳孔縮得很小，行動遲緩笨拙是過量麻醉劑中毒的反應，但也可能是腦震盪，或與其他致命情況有關。

「你看這是幾根手指頭？」她張開手詢問。

「十五或二十。」

安東妮娜收回自己的三根手指，她推斷十三到十七的誤差幅度太大，數值不可能是由於神經損傷造成的。因此，她歸因於幽默感，而這表明她的夥伴狀態良好，可以繼續一起工作。

她把手伸進口袋，尋找手機。

「我們得通知曼多，現在還來得及抓……」

喬身體倒向她，想要抓住她的手臂。第一次沒抓到，第二次，他終於把自己那一隻沉重得像裝滿石頭的海鮮飯鍋的大手攀住她。

「不……不要打。」

安東妮娜不解地看著他。

「你瘋了嗎？」

警官搖頭。

「你最好有好理由。」

喬費盡極大的力氣才開口。他感到自己的脖子像是橡膠水泥做的，根本無法支撐他那一顆高密度的腦袋。

「炸彈。」他終於吐出字來了。

她飛快地眨了五次眼皮。

「這的確是非常好的理由。」

但是喬聽不見她的結論，就先昏了過去。

安東妮娜俯身檢查輪椅。常見款式，骨架可折疊，材質十分普通，要價不到一百歐元，任何藥局或骨科醫療診所都可以買到。不過，若是從醫院走廊偷來的，成本也就更低了。

輪椅下方與椅背上，也都沒有黏貼任何物品。椅架的中空鋁管也沒有太多的空間可以隱藏東西。因此，她把注意力放回喬的身上。他穿的是自己最愛的 Tom Ford 西裝外套（翻領、貼邊胸袋、正面翻蓋的口袋、直版型、黑色、羊毛），既皺又髒。身上的埃及棉襯衫，先前是純白的，現在是深灰色。安東妮娜拍了拍他的胸口，但是她在那相當柔軟的衣服材質下，除了那強壯的大肌肉外，什麼也找不到。

感覺就像摸一層氯丁橡膠的鋼筋一樣。安東妮娜想著這無用的比喻。

她身體靠向他進行檢查，將雙臂環抱他，藉助雙腿的力量好移動那具重死人的身體，讓她檢看他的背和頸椎。就在此時，她的指尖摸到了衣服下面一塊潮溼黏稠與灼熱的東西，一個根本不應該存在於那裡物品。

就像摸到一塊浸在油裡的抹布。安東妮娜思索著這個較有啟發性的比喻。他的手臂被綁住了，不過她已經知道手臂下會有什麼了。

她設法挪動喬的手臂片刻，在最後一次掙扎時，見到自己手指一片暗紅。在那暗藏玄機的可怕笑容中，安東妮娜已經知曉那群畜生對自己同伴幹的好事了。

儘管如此，她內心還在掙扎，她看著手機，想要通知曼多，要他前往最近的出口，在逃生路線上找人。然而，當她回頭看向自己手指上的鮮血，便又緩緩把手機放回口袋，就像是在被強迫做出不合理的動作一樣。

不合理卻有道理。

2 甦醒

古鐵雷斯警官俯臥在總部專用的醫療擔架上。全身幾乎光溜溜的。安東妮娜與曼多先貼心幫他調整好姿勢，盡量不曝光他的重點部位，然後才走到另一個房間，並從那裡的大型玻璃窗觀察他的情形。實際上，窗戶看起來像是一面鏡子，只是這並無助於改善問題，反而讓喬更能從想像中，具體看到大家探望的神情。

「你們知道，我知道你們在那裡看著，對吧？看我屁股。」喬的話語從對講機傳出來。

安東妮娜一陣羞赧，一時不知如何應答才好。她從來就學不會那些在社交場合中，能與別人相處融洽的特殊技巧，例如在公車上讓座，或在大眾澡堂中並排坐在一起，或是與一個正被檢測皮膚下遭嵌入炸彈的裸體同事的交談。

她從小到大即活在沒有歡笑的沙漠中。以前有馬可士，他是支持她的生命，給予她力量的人，他是能懂得（翻譯）安東妮娜語言的人。所以，即使他在昏迷之中，她還是會找他談話（在護理師不在時），傾訴她與人交流上的問題，就好像只要把那些困難大聲說出來，就能更快找到解決方案。

喬慢慢地取代那樣的角色，但是現在他卻成為人際困擾的來源，因此安東妮娜轉身朝向曼多。

「這種情況該如何回答？」

他一臉嚴肅，說出一個恰當的應對。

「不能那麼回話。」安東妮娜抗議。

如果妳就是要照妳自己意思做，幹麼問我意見。曼多聳聳肩無奈表示。如此一來，安東妮娜按下對講機的按鈕，把曼多的話重複一遍。

「你有顆奪目耀眼的屁股。」

喬驚訝地放聲大笑。

太棒了，枯燥的女人。

他的笑聲在空氣的傳播下，聽起來幾乎如痛苦的哀號。因為當他扯動自己的橫膈膜、肩胛骨內側肌肉與肋間肌，便造成背部皮膚的拉扯，所以被撕裂的背部皮膚，直接讓他發聲抗議。

警官表皮傷口不只一處，而是兩處。一處在脖子與背部相連的地方，另一個在後背腰部繫安全帶上方四個指頭處。

四道精準筆直的十字形切口。第一個約八公分，第二個稍大一些。用粗黑線縫合皮開肉綻的切口。黑線打結的位置比傷口歪曲的紅肉還要突出，就像是從地面上冒出來的蛆，且不斷喘著大氣。

某個人拿著一塊金屬板，懸浮在他的切口上檢測，喬聽到那槐板子嗡嗡的移動聲，讓他不安地扭動身軀。

「如果你無法保持不動，就得花上更長的檢測時間。」

厄瓜朵正在使用使用攜帶式的奈米炭管執行放射檢查。

「這支要價十萬歐元。」當厄瓜朵要求使用這項工具時，曼多告訴她價值。

「如果史考特斷了骨頭，難道我們會把她送到醫院放射科的候診名單上嗎？」

曼多沒有回答。他就像一位優秀的公務員一樣，十分節約。因此在寒磣的實惠性考量下，他選擇了小兒科用的模型，功能與普通模型相同，只是在設備底部黑膠圓盤處有一個彩色動物貼紙。厄瓜朵是個能清楚看見病兆的人，所以看到曼多臉色有些扭曲時，便沒有再多說些什麼。

在此之前都沒有任何人斷過骨頭，但今天終於證明她當初要求的這筆開銷是合理的。

當檢測完成後，厄瓜朵把酒精洗必泰噴在警官的背部，然後用一根非常細的針為他注射抗生素。

「壞消息。」她表示，並遞給他一件醫師袍蓋住身體。

她向鏡子打了個手勢，接著曼多與安東妮娜便走了進來。

喬坐在病床上，等待宣判。

「醫生，他還好嗎？」曼多詢問。

「依目前狀況來看，外觀上，沒有問題。沒有休克與明顯失血現象。」

「壞消息？」

厄瓜朵把喬的X光片掛在牆上。

「儘管設備能照到範圍比一般的X光小，但我想從這張照片，我們還是能看出問題所在。」

圖片顯示警官脊柱的上半部分。巴斯克人的身體在與發射的光子與自由電子碰撞之後，健壯的骨骼結構在陰暗的底片上，看起來像幽靈般十分脆弱，彷彿一口氣就能讓一切化為烏有。然而，與此同時，附著在頸椎上的金屬結構，明顯清晰、有力且具有威脅性。

「如你們所見，」厄瓜朵用原子筆指著，「在第三節和第六節之間有兩個明顯的固定零件與四顆螺釘。不過似乎沒有傷及脊柱與神經。切口很不美觀，但乾淨俐落。」眾所周知，螺絲不成問題，只是螺絲上焊接了一塊不大的扁平突出金屬片。在其中一個X光片中，可以直接看到一根電線穿過下方，連到金屬片的底部。

「我們在X光片上看到的物件都不是特殊物質，面積也很小，每個物件幾乎完全嵌入面板之中。使用的螺絲和一些常見的鋼製零件，沒有鈦金屬，也沒有用到任何醫學的材料。這些部分是可從照片中發現的。」

「醫生，這代表什麼？」曼多發問。他緊張地不停小踱步。

「我不是爆炸裝置的專家，但明顯能夠識別或就我的直覺判斷，這些東西很可能是GPS接收器。」她一邊說明，一邊指向那一條明顯的電線。那條線通向一個面朝外的四方型。「線的終點很特別，此外，款式型號也清晰可見。」她指向照片中顯現的數字。

「也就是說，懷特可以從任何地方啟動裝置。」曼多回應。

「而且他刻意要我們知道這件事。」安東妮娜說明，指向那些數字。「不然不必讓我們看見那部分。」

「我們能從裝置模型中得到什麼有用訊息嗎？」

「全球速賣通上只賣零點八歐元。」安東妮娜回答。她剛剛用 iPad 查到這個資訊。「此產品有上百個通銷商。」

「老天爺……」

「在你發表意見前，」她打斷他的發言。「您得知道高規格手機也是使用相同的零件。價格的差別就在於上頭有沒有貼蘋果標籤。」

曼多噤聲。厄瓜朵嚴肅地證實安東妮娜所說的話，接著繼續說明。

「這個暗部的位置，很不透明且密度很高，應該就是炸藥，應該與某個我肉眼無法看到的物體連接在一起，可能就是引爆器。」

「威力有多……大？」

曼多沒有對此表示意見，但也不必要。因為他一直與喬保持一定相當的距離。

「不多，依照大小看來，設計的人已經想到如果爆炸，現場只會有一個受害者。」

安東妮娜沒有對此表示意見，但她不停思索，犯罪手法不斷更新，而他們也要更上一層樓才行。警察擁有半自動手槍，罪犯就買自動槍；有人穿上防彈背心，有人就使用穿甲炮彈。就算有辦法把每個親友都送到了安全的地方，但他們卻早已把炸彈嵌進了骨頭裡。

「我們有辦法卸除裝置？」

法醫看向喬，他從大家走向房間後就不發一語，整個過程就只是茫然地盯著螢幕。

「或許最好是……」

「您直說。」他表示。

當喬抓住厄瓜朵的手臂時，她看向曼多尋求意見。

「我想知道自己有多少選項。」

曼多朝著法醫點頭。她向大家展示喬下背部分的照片。

「看起來幾乎與上面的相同，但其實不一樣。我確定這個是塊光電傳感器。」厄瓜朵邊說邊指向某塊可見的零件，「然後，這是另一個藍牙接收器模組。」

「醫生，請說得簡單明瞭一點。」曼多要求。

「她要說的是，」安東妮娜忍不住插嘴了。「想嘗試卸載任何一個裝置，都可能會觸發光電傳感器的啟動裝置。藍牙十五公尺射程範圍內，都可以執行無線電信號工作。」

「我覺得這兩個已經進行配對了。」厄瓜朵大膽預測。「所以只要碰一個，另一個，或兩個一起引爆。」

那一刻，喬站起身。他光著腳走在水泥地板上，不發一語地走出房間。

安東妮娜跟在他身後，但曼多攔住她的路。

「史考特，給他點時間。」

她不解地看著他。她明白喬焦躁不安的感受，所以她只是想去表示自己的支持。她試著繞過曼多，但他仍不讓她前進一步。

「現在他要做的，得要自己克服。」

3 沖澡

喬・古鐵雷斯現在該做的，就是大哭一場。

或許，喬的內心溫柔又多愁善感，可能家裡放滿了柔軟可愛的小馬娃娃，但在外頭他是個巴斯克警察。巴斯克警察不會在陌生人面前哭泣。那是永遠不會發生，也無法發生的事。**該那樣就不會是別樣，媽的。**

因此，喬走進空蕩蕩的更衣室，然後一股腦地往後走到淋浴間裡。他把厄瓜朵借給他的袍子扔到地板，但他卻難以拋下自己皮脂下的威脅，所以他只好把水扭轉到最燙的程度，雙手撐在牆上，任水灑在皮膚上，想任由眼淚流下。但他只是像條大狗一樣嗚咽，內在已被齧齒咬得殘破不堪，卻掉不出一滴淚來，自己只留下無盡的空虛，陷在不確定性的深淵之中。

時間似乎像過了好幾個月，或許其實才半個小時而已，熱水不斷撞擊他的脖子與背部，不停流過縫線，不斷撫摸著那處喚醒死亡之手的皮膚。喬忽然明白為何自己無法流淚，因為他已被憤怒淹沒了。不過，當他意識到這一點前，他已用盡全身的力量猛擊淋浴室的隔間。幸運的是，隔間板是用塑膠合成物，在喬的指關節碎裂前，牆面在被敲擊的三下時就裂開來了。

憤恨發洩過後，他赤裸著身體，渾身溼透，雙手沾滿鮮血，鼻子塞滿鼻涕，然後喬突然驚嚇地看到自己發飆後展現的成果。水龍頭下方的區域已被他摧毀了，而他又唐突地只想馬上修好自己搞出來的混亂。

當他關上水龍頭，轉身，便看到了安東妮娜。

她側身坐在更衣間的長椅上，眼睛盯著儲物櫃，一臉就像做彌撒中傳遞聖器時會有的莊嚴，或者要向服務生透露信用卡密碼時的謹慎，反正就是一副想明確表明自己沒有看到任何不該看的東西時的那種神情。

喬圍上毛巾，走向她。

兩人靜默不語了幾分鐘。更衣室的聚光燈照在他的肩上，蒼白的肩膀布滿了橙色的雀斑，彷彿要與他的紅髮合為一體。安東妮娜看著他身上的異物，壓抑著自己想要撕下他背上那兩塊突出腫塊的衝動。

「厄瓜朵要我拿給你。」她說，手指向手機。「然後，我去你家拿了這個。」他把感謝的話嚥了下去，然後當他拿起西裝，（費了更大的力氣）沮喪地嘆了口氣。

「我的杜嘉班納草綠色西裝。」他努力用中性的音調說話。

「我從沒看你穿過。」

「小妞，因為這不是工作服。」

安東妮娜好奇地看著他。

「為什麼你不上班時還要穿西裝？」

喬翻白眼，但這也讓他想起跟安東妮娜相處最重要的原則，就是要有耐心，而且她本來就不在意穿著，她的衣服看起來就像從垃圾箱裡找來的。所以，他先努力地把自己塞進衣服裡。首先，他拿起襯衫，雖然先設法把一隻手臂穿過袖子，但另一隻卻困難重重。傷口的縫線拉扯著他的身體，不過這與內心的恐懼相比，肉體上的痛苦根本就微不足道。

安東妮娜一直觀察他如何為自己做不到的事情掙扎，她很快就掌握情況，站上長椅。

「小心點，你快要扯斷縫線，我們不需要你再多縫幾針。」

她自顧自地抓住他的袖子，方便他穿上。背心也是同樣的過程，不過他們跳過領帶的步驟，因為無法套在有腫塊的脖子上，最後穿上外套。安東妮娜一邊幫忙，一邊思索自己幾週前才做過同樣的事，當時她和兒子在一起，與喬現在的情況非常不同。

「我算哪門子的守衛者。」

「我不打算找別人。」她回答，並且幫他把領子翻好。

「小妞，問題是也沒有人來應徵。」

「太扯了。」

「很可能是同事問題。」

「可是我不算差。」她反駁，但也不算澄清。

喬慢慢察覺到，問題其實不在她身上，而是在她所做的事情，以及在她身上所引發的混亂。科學家表示，地球上每十九分鐘就有一個人被閃電擊中。喬懷疑那一個人是否指的就是在安東妮娜十公尺範圍內的人類。

「不差，妳不算差。」

他以此代替自己目前僅能提供的感謝或安慰之情，這是他目前至少還能做到的程度。感謝她把他救出來，感謝她幫他穿衣服，不論大小事都值得這樣的回答。

「你還好嗎？」

古鐵雷斯警官感覺了一下自己的狀況：儘管醫生給他吃了消炎藥和止痛藥，但他仍然有強烈的噁心、耳鳴，背部隱隱作痛，雙腿像宜家家具一樣脆弱。

「感覺自己有病。」他總結。

「那是因為你血糖過低，你最後一次吃東西是何時？」

喬對這件事記得十分清楚。他離開住宿的地方，打算上街買宵夜，做為離開馬德里的最後一頓晚餐。

最後，當然是沒吃到。

4 土耳其口袋餅

如果有一天真如《啟示錄》所言，末日後世界成一片荒蕪，所有的乳牛都滅絕了，就連神級地位的燒烤店阿特克松多（Etxebarri）的廚師都把烤架當成刀劍使用，即使世界變成這般模樣，要喬進到安東妮娜那間停奧迪門口的餐廳，他可能還是會裹足不前。

「吃口袋餅？我他媽的淪落要吃土耳其料理？」

「這是最近的店了，快下車，這是命令。」

「妳不是上司了。我已經辭職了。」

「下車。」

喬十分疲憊，沒有吵架的力氣，基本上毫無心思做任何事。因此，他也只能乖乖進去，但內心仍發誓一口都不嘗。

在他青少年時期，畢爾包的聖兔斯兔街區開了一開《土耳其一號店》（但從未聽聞過一號店的開業），喬看著一堆不成形的嫩肉片積累在一根鐵棍上旋轉，覺得十分噁心，因為他常聽到同學們用那模樣來取笑自己的外表。強壯的娘兒們。事實上，這事沒有持續很久，因為一旦大家年紀到了可以徹夜喝得爛醉的時候，土耳其的烤肉串就成了三更半夜的救命綠洲，安撫胃裡的酒精，讓食物好好待在體內，不然就只能全部吐出。但這並未消除喬對土耳其料理的厭惡，他每回都只是遠觀，從未進入店裡。

但現在他與安東妮娜坐在一張（銀色、跛腳的方型）桌前，眼前有兩個紙盒與兩罐可樂。他死都沒碰那罐飲料，但淋上不知名的醬汁，並包覆在生菜裡的肉捲，散發出與外觀極度不同的香氣。他好奇嘗了一口。三十秒後，眼前的食物已消失無蹤了。

「你餓壞了。」安東妮娜開心表示，然後才一口一口地慢慢咀嚼手中的食物。

「肉怎麼會如此美味？」

「我猜想是羊肉、雞肉和優酪乳醬的混合物。」

喬有一瞬間身體揪了一下。

「我們得談談妳的飲食習慣。」

「吃得飽就行了。」

「小妞，妳若讓我**老娘**聽到妳這麼說，妳就慘了。老天，我真得打通電話給她，讓她教訓……」

一下，一下就足夠多了。但最好還是別說教了。喬暗忖。

「你不能打給她。」

「沒錯，老太婆可能會腦神經衰弱。」

安東妮娜喝了一口飲料。

「不是，我說的就是字面上的意思，你不能打給她。我們已經把她安置在安全的地方了。」

「什麼？」

「在幾分鐘前，曼多的下屬接到她。他們正在車上，會離開幾天，一直到事情解決為止。」

喬激動（但仍很吃力）地站了起來，拿起厄瓜朵剛才給他的新手機。當然，電話那頭無人接聽，不過喬朝著電話大吼大叫的聲量，讓安東妮娜不禁懷疑其實他根本就不用電話，也能把話傳到畢爾包。

當他回到餐廳後，她用了三寸不爛之舌，才阻止他拿起車鑰匙，打消回畢爾包的主意。

「別激動。」她說：「這是必要的預防措施。我的家人也是一樣的情況。」

喬聽到她這麼說，情緒稍稍獲得平復。

安東妮娜向他講述整個過程，自己如何安排奶奶與荷耶，但喬仍無法置信，感覺像在聽一件遙遠星系中的虛構事件。

「妳不覺得可怕嗎？不知道他們在外頭的哪裡，也無法和妳聯絡？」

安東妮娜一邊咀嚼食物，一邊盤算著該如何回答，因為那是一道深刻的問題，是得要仔細思量評估，就像在回答製造炭－14這類規模的問題一樣。

「我當然覺得可怕。但是如果他們在這裡，就不只是可怕而已。我們要面對的是一個冷血的變態。珊德拉能夠帶走荷耶一次，就能再帶走第二次。」

「我一直無法相信他竟然會對小孩下手。」喬邊搖頭邊回答。他腦中浮現當時在哥雅比斯幽靈車站內的晦暗場景。當時他不僅要試圖營救她的兒子，而且還要努力在一個充滿陷阱的隧道中不被炸毀。他現在覺得那一切如過往雲煙，根本無關緊要。畢竟，現在還有離自己更貼近的炸藥要擔心。

「那就是他慣用的手段。對方的弱點成為自己的優勢。」

「如此說來，與小混混敲詐勒索沒有多大區別。在畢爾包，警察把這類人稱為芭蕉人，那種混球都耍相同的手段：先偷車，再打電話通知車主，要在一小時內到指定位置交付五百歐元，否則就放把火燒車。」

安東妮娜露出一副要笑不笑的表情。

「喬，你最愛哪道菜？」

「哈，那還不簡單，我**老娘**做的巴斯克燉魚。」

「你說懷特是芭蕉人，那就像是把巴斯克燉魚想成是土耳其口袋餅。」

喬拿了一張上面寫著「謝謝您的光臨」（此面朝向她）的餐巾紙擦拭嘴角。他一點都不喜歡看到安東妮娜此時眼中散發的光芒，這讓他自覺要小心用字回答才行。

「我對這種天差地別的對比感到不舒服。不過，我察覺妳的音調中，帶有欽佩的意思。」

「喬，他是我們從未遇到過的厲害角色，是比我更聰明的人。」

「但他是個罪犯。那個男人讓妳的丈夫昏迷不醒，還對我做出這種事。」喬回答，並指著自己的背。

「他所做的事都比放火燒車還要厲害。」

喬搔了搔那一頭捲曲的紅髮，然後深呼一口氣。基本上，要把那個巨大的軀體充飽，需要花費不少的時間與氧氣，而且在這種情況下，還能燃燒脂肪並且產生一股北非摩爾香料的香氣。

「厲害？小妞，我有時候真的搞不懂妳。」

安東妮娜雙手抱胸。

「他的手法比芭蕉人複雜多了，事實就是如此。這也說明為何他能不斷犯案，卻沒人知道他的蹤跡，沒人聽說過他的事蹟。」

假若要說明喬天生的驕氣，就像他雙臂展開後高於平均水準許多一樣，或是像九〇年代的廁所中五顏六色花紋壁紙，那可是連天花板都貼上了。

「妳得承認幻影殺手的故事，本來就難以置信。」

「我想現在你該信了？」

這一拳正中喬的痛處，他微微縮頭與抬起肩膀，一副預備還擊的模樣。不過，當他想張口噴毒時，卻吐不出來隻字片語，話留在嘴裡，但又嚥不下去，因此毒就擱置在舌尖，慢慢吞噬掉他的語言能力。

兩人沉默了下來，各自看向他處，四周只有電視機發出的雜音。螢幕上正在介紹某個不知名的島嶼上，有很多對感情不忠、出軌的伴侶。顯而易見，此處也不是個適合休息的地方。因此，當他厭倦了不停旋轉的肉串時，他便起身走了出去。

這是個再開始抽菸的絕妙時機。他思索著，因為他發現自己孑然一身，身無長物，沒錢、沒手機、沒皮夾，甚至連車鑰匙都不屬於他的。等他來殺我，倒不如我自己動手。

5 承諾

安東妮娜用土耳其語與老闆道別後才走出外頭。她走向車邊的步伐，一如往常一樣慢吞吞，就像是在太空漫步一樣，她這樣走路就連馬德里市中心擠得水洩不通的人潮，也能成功地避掉與人接觸的機會。然而，當喬看著她連在郊區野外狹窄單行道上也用同樣姿態行走，即使喬都覺得自己是全世界最可憐的人，他內心對她仍激起一絲憐憫。

「聽著……」她說。

「我知道。」

她不解地看向他。

「你知道什麼？」

「我們就得要一起面對，因為如果我不這麼做，會被殺。至於妳……可能活得不比報時的丹扎里鐘長。」

「是活不久的意思嗎？」

「之後我再寄影片連結給妳。不過，要等我先學會用這支新手機再說。」

「好啊，但你的手機怎麼了？」

「他們拿走了。」

安東妮娜微微點了頭。

「這幾個小時發生的事情，你記得嗎？」

「就跟我先前和醫師講的一樣，眼前一下變黑，但能聽到遠方有人在交談。接著就聽到妳的聲音，這就是全部了。」

「聽起來沒什麼特別的。這就是你能記得的全部事情？」

當然不是。他還記得自己很害怕，不僅無以名狀，更是無法承受的恐懼。

儘管他整個過程都處在睡眠狀態，但這並不代表他完全沒有知覺。他只是什麼都看不見，也幾乎什麼都聽不見，但他是活著的，所以一樣能感覺到自己身上不對勁，他正在經歷一段可怕的事情。他還記得努力擺動手臂和雙腿，但發送到大腦的命令，沒有得到任何回應。因此，他記得那份任由擺布的無助感。他記得鑽頭穿透脊椎的聲音，金屬嵌入原本的身體產生的抗拒與不安。一切都是難以言喻的感覺。

沒受半點苦，卻心生恐懼。

喬不會去說這些，因為根本無法表達。而且對付恐懼最好的方法，就是假裝不害怕。

「對，這就是全部。」喬說謊，但似乎也不假。

安東妮娜和他一起坐在車子的引擎蓋上。兩人看向遠方，太陽正沉沒在倉庫的屋頂之後。波浪形的鐵皮屋頂看起來就像一顆顆利牙，夕陽的餘暉中，長長的黑影一步步向他們逼近，威脅要吞噬他們。

「要日落了。」安東妮娜說：「他很快就會跟我們聯絡，要我們幫他辦事。」

喬不語。

「狀況都一樣。他先提出要求，一旦照做的話，就會毀了自己。」

「妳為什麼會這麼瞭解他？」

「我不瞭解他。我一直在收集關於他的訊息。有一些，僅僅是直覺。另一些，靠有根據的假設。但都沒太大用處。今天以前，都沒有找到任何直接證明他存在的證據。」

喬把手指放在脖子上，表明那裡有個明確證據。

「他一定也給過妳一條線索，不然怎麼發現他的存在？」

安東妮娜停頓了好長一段時間。

「那件事，我現在不想談。」最後她還是拒絕說明。

沒關係，看妳哪裡方便再說。喬譏諷，他感覺那一口毒要噴向嘴邊了，但他再一次努力閉上嘴巴。

「那麼我們現在有什麼線索？」

「什麼都沒有。我們不知道他們身在何處，不曉得行事動機。」

「關於珊德拉呢？」

「知道的更少。不過她的情況看起來，似乎有別的因素，有個人問題。」

「如果妳指他和她狼狽為奸，那是肯定的。」

「有些事你不知道。他們看起來籌劃此事很久了。」

然後，她開始告訴喬，在他們兩人都不知道的時候，其他國家發生的事件。她緩慢道出英國與荷蘭發生的事情，詳細交代每個細節。當喬聽到荷蘭的守護者冷血地殺死自己的皇后，他的心猛然地跳了一下。

「安東妮娜，我絕不……」

「喬，什麼都不必說。」她阻止他說下去。「你有沒有想過如果他綁架的是你的母親，那會發生什麼事？你會如何反應？」

「我絕不……」喬再重申一次，而且說得更加緩慢清楚。

「絕不屈服威脅？你現在在這裡，就是因為你屈服威脅。難道你不記得曼多如何利用你，好讓我復出？那段後車箱的影片？」

古鐵雷斯警官滑下車蓋，站了起來，感覺身體開始燥熱。

「這完全是兩碼子事。」他邊說邊翹起一根攻擊的指頭，僵硬得像男友的雞巴一樣。但是當他回想自己說過的話，一想到那些事，他那根手指就失去了硬度，氣餒地縮了回去，與其他四根手指困在一起。

「因為愛，我們就不再自由，能做出任何糟糕的事。愛是最強大的存在。」

他不再說「我絕不」，因為他瞭解她的意思，不過身體仍需要時間才能適應。

安東妮娜從保險桿走向垂頭喪氣的喬，然後說：

「喬，這不是容易回答的問題。只要你皮膚下裝了那個東西，我們就得照他的遊戲規則走。」

喬焦慮地來回踱步，很想踩爛一切。他環顧四周，尋找能當發洩的物品，只見到一個用過的乾燥保險套包裝紙，一罐被壓扁的啤酒，一輛車，還有安東妮娜本人。他權衡了各個選項後，選了最有代表性的東西，一腳踢向鋁罐，讓它鏗鏘地滾到街的另一頭。

「安東妮娜，我們不可以屈服。無論要求我們做什麼，我們都不可以照做。」

「難道你有別的辦法？」

「妳就直接消失。」他回答：「去找妳兒子，別管這一切了。」

「要我別管你，那是不可能的。」

喬點點頭，那個動作並不會造成他脖子上的縫線更多的疼痛。

「你身體裡裝的就是兩顆電池。只要沒有電池，其實也就只是醜不拉嘰的義肢罷了。」

「電池也會有耗盡的一天。」他回答，並且開始理解事情的真相。

「沒錯，所以我們得先照他的遊戲規則玩，爭取時間，等待他犯錯的機會。」

警官心想，這是哪門子策略，犯人花了那麼長的時間執行計畫，而我們等著他犯錯。他張嘴想抗議，但卻聽到：

嗶！嗶！

手機顫動了兩聲。

安東妮娜從口袋掏出手機。

事實上，根本不必多說，但她還是說了。

「是他。」

6 拜訪

安東妮娜讓喬看了內容。

瑪卡多聖十字街三號。

「什麼意思？」

「他想要我辨三個案子。這應該就是第一個。」

「給我們的線索很少。」

手機再度響起，她解鎖閱讀訊息。手機螢幕的光照亮她整張臉。安東妮娜是那一種會把亮度調到最高的可怕人類，這使得喬每到晚上就可以感受視網膜受損，不過他還是請求自己寬恕她這個無法原諒的缺陷。而且，也幸虧那惱人的光芒，他能看出她臉上的不悅。然而，當他讀到接下來的訊息時，更不開心的人換成是他了。

你有六小時。

懷特

「媽的，耍人。」

安東妮娜開啟手機上的計時機，設定懷特限定的時間。

「我們先到那個地址去。」

「這麼簡單，沒別的？收到指令就照做？」

「就這麼簡單。」

「我們應該先追簡訊發送地。那是最有可能追蹤到他的線索。他們把我綁架的時候，身邊有兩個人。一定是在某個地方招募到他們的……」

「你的思考像警察一樣。」安東妮娜打斷他的話。「我們現在不需要警察。」

喬的臉皺了一下，但沒有回話。當安東妮娜想要打開駕駛座的車門時，他把手擋住。

「幹麼？」

「維護我們的生命安全，如此行動才能順利進行。曼多告訴我了，這是我們僅剩的最後一輛車了。」

「那幾輛車的事故，根本不能賴在我們頭上。」她嘆了口氣回答，並把車鑰匙遞給他。

「老天爺，小妞，妳真的有很多說辭可以脫罪。」

她認為就連喬都不必負起半點責任，說他得為撞毀奧迪支付十幾萬歐元都算是太超過了。況且，曼多才是一切的始作俑者。

安東妮娜坐在副座上，旅途中她用 Facetime 打給曼多。她把 iPad 架在儀表板上，好讓喬同時也能見到畫面。

「警官還好嗎？」他一接起電話就關切詢問。

「顯然，他現在好到可以開車。」她無奈地回答。

「史考特，我直白地跟妳說。就算喬中彈，妳得陪他去急診室，我還是寧可是他開車。」

喬控制不住，笑了出來。

「實際上，他技術比我還差。」

「實際上，我壓根不在乎。有那爛人的消息了嗎？」

「他聯絡我們了。」安東妮娜把懷特剛剛傳送的內容，完整向他說明。

曼多要求他們在他搜尋資料時，不要掛斷電話。喬還以為等待期間，會為他們放上一段糟糕的輕音樂，不過什麼都沒有，而且他不到一分鐘就又接起電話了。

「過去的三十五年裡，那個地址只發生過一起犯罪事件，而且我們沒有太多相關資料。」

一張照片出現在螢幕上。有一個年輕的女性，捲髮，笑容靦腆。

「她叫做拉奎爾．普拉納斯．門瓜爾（Raquel Planas Mengual）。一名室內設計師。」

那是一張犯罪現場的照片，影像十分模糊，無法看出任何細節。有一件風衣覆蓋著她的身體，周圍都是鮮血。

「四年前，在瑪卡多聖十字街的一起刺殺案件。」

喬一聽到他的說明，不由自主地抓了抓脖子。

偶然間，喬曾協辦過一起舊的調查案，或是依警察的說法，一起老案子。因為在畢爾包郊區找到一件沾有不知名血跡的襯衫，發現新證物跟一名青少年被謀殺有關係。由於被害者相當有名，案發當時還登上了所有報紙的頭版頭條。調查此案，就花費了數萬歐元在這件事上，經手調查的人員就有八位巴斯克地區的調查員，三名國家警察，兩名法醫專家，甚至動用到行動實驗室。因此，找到新證物，便使得案子在兩年半後重啟調查。但人事已非，當時調查人員再次查看與受害者有關的地方，已有太多細節不再相同。甚至就連證人也記不清楚了，就算記得的事情，也與他們最初告訴警方的情況不同。

警察最怕接這種老案子了。

「嫌疑人？」

「一個。」

一張新的照片出現在螢幕上。三十多歲，長髮，下顎線條不明顯，眼睛小如豆。脖子以上，任何情況都稱不上帥，但可以看出他為了彌補上面的不足，在脖子以下所花的功夫。他有一身在健身房才練得出來的肌肉線條，一顆翹屁股。手腕上戴著一只勞力士金錶，看起來就像在宣揚：「我可以彌補所有的不足。」

他得上傳一張跑車的照片才行。喬忖量。看起來就是不懂善待女性的人。

「她丈夫？」

「男朋友，維多・布拉斯克斯（Víctor Blázquez）。健身房老闆。有暴力前科。」

「關在哪裡？」

「關在索托德爾雷亞爾。判刑二十三年，不過大概只會關六年，因為表現良好。」

「真不愧是司法體制。」

安東妮娜先看了一眼照片，然後看向外頭的馬路，接著看向她的同事，最後她做了一個決定。

「迴轉。」

「什麼？」

「叫你迴轉。我們先去索托德爾雷亞爾。」

「不去瑪卡多聖十字街？」

她擺出氣勢凌人的姿態，一臉你最好少廢話。所以喬直接違法，來個三百六十五度迴轉。當安東妮娜在處理曼多對違規不滿時，喬在奧迪的GPS上搜索監獄地址。

「史考特，妳想做什麼？」

安東妮娜其實並不清楚，她只不過遵照腦中浮現的詞來行動。

Katsrauvaali。高棉語，兩千萬的柬埔寨人使用的語言，擁有世界上最長的字母表。麥子成熟該割時，就有人來割了。肇事者的最佳說辭。

「一般程序是先查看證人名單、案件摘要、走訪犯罪現場，然後與檢察官、法官以及負責的警察交談。這一套要多久才能完成？」

「時間不夠。」曼多肯定。

「現在入夜了。就算調動一支軍隊，把大家從床上挖起來，列隊等著我們一一交談，也是曠日廢時的大工程。」喬肯定。

「而且你認為他們都會說什麼呢？」

車子已經開上馬德里六〇九號公路。GPS顯示距離目的地還有三十五公里。

「懷特要我們解決這個案件。」安東妮娜回答：「如果布拉斯克斯不是凶手，那他就是唯一要問清楚的人。」

「如果他是無辜的，盤查那個囚犯又有何用？」喬回答，車子打方向燈。

「我同意警官的說法，你們在浪費寶貴時間，史考特。」

安東妮娜沒有回話。這是常見情況，但她一點都不關心別人的意見。曼多很懂她的意思，所以用了每個老闆都會的技巧：假裝一切都是她的想法。

「最好動作快一點。抵達之後，我會盡量安排妥當。警官，離監獄有多遠？」

「大約二十八分鐘，但我會在優良駕駛的情況下，十五分鐘內抵達。」

曼多無視她對完美的西班牙監獄系統的冷嘲熱諷，直接向安東妮娜說一件事。

「史考特，接電話。」他說，然後有一通來電打斷了FaceTime的介面。

「別開免持聽筒。」他警告她。「我要和妳單獨談話。」

「好啊。」她回應，但充滿困惑。

7 區隔

曼多只給她資料，卻不想讓她的同伴知情。這事不僅不常見，而且很反常。

「史考特，我需要知道妳現在有能力做這些事。」

「為什麼沒有能力做？」

「別裝傻，妳有多長時間沒有吃紅色膠囊？」

安東妮娜很清楚時間長短，她甚至能說出多少個鐘頭、分鐘與秒數了。

安東妮娜小時候，曾經有一次不小心手被車庫門夾住。因為她曾看過父親把車子開出車庫後，會用最短的路徑進到車庫，按到按鈕讓門不再向上，開始向下關起。這是大人不想走路時的偷懶招數。不幸的是，車庫門沒有安裝自動感應裝置，只能持續無情地輾壓她的肉體。雖然父親很快就出現，解救出她的手臂免於被沉重的紅色鐵鋁門截斷的危機，但疼痛仍未終止。父親像瘋了一樣開車送她到最近的醫院，儘管一切都是虛驚一場，她打了鎮靜劑，右手有一個月的時間無法動彈，最後獲得上手臂一道三公分長的白色傷疤，一處肌肉完全無法正常生長的凹陷，基本上這件事也就沒有更大的傷害了。只不過她每次聽到車庫門的聲音，或是看到自己的疤痕，身體感受過的痛楚又會清晰地被召回，一種被電到的刺麻感劃過她的手臂和大腦。因此，就算時至今日，不管做什麼，她對此感覺仍有些畏縮。

喬也有類似安東妮娜的感受。他有一回得在被害人家中的水管中撈屍塊，他費盡極大力氣才讓自己把手伸到洗手臺下方，拉扯快被洗潔膠囊溶解的、髒水中的東西。雖然那事件只在他的記憶中停留了幾天，而不是好幾個年頭，但即便如此，刻進骨子裡的感覺幾乎是相同的。出乎意料下的猛然暴擊，承受巨大無情地不斷逼近自己，壓制行動能力，或是釋放（就喬的情況而言）。一切雖如過往雲煙，但在肌肉痠痛過後，那股疼痛卻銘記在心。

「我狀態很好。」她回答曼多的提問。接下來說出口的謊話比第一句話還離譜。「根本不需要了。」

「安東妮娜，」曼多回答，但這實在太怪異了，因為他從未喊過她的名字。「好幾年前就這麼跟妳說了，怎麼現在就相信了？」

「我試圖讓自己順著流水，不想著馴服水流。我說不是字面上的意思，但我想你應該很清楚我的想法。」

「很棒的哲思。所以妳才從冷藏室偷膠囊？」

安東妮娜闔上眼，緊咬嘴脣。她十分慶幸自己是用電話交談，而不是開啟視訊，否則她拙劣的表現馬上就會被識破。在說謊這方面，安東妮娜還在牙牙學語階段。

不過，她也無法吐出實話，那不是她該做的事。所以她開始繞圈子，轉移他的注意力。在這方面，她是個中翹楚，無人能敵世界冠軍。

「會不會是庫存清點有誤？」

「史考特，少了五十顆紅膠囊與十顆藍膠囊。」

「滿多的。」

「只有我能進到冷藏室內。」

「那犯人不就抓到了。結案。」

「唯二可能打開那扇門的人，就是妳。」

安東妮娜對他的推論毫不訝異，並非她這幾天沙盤推演好幾次了。而是她看起來就是會貪婪地去到那個邪惡之處，拿走一切，然後大把大把地將膠囊放入口中的人。

「妳有能力找到輸入平臺的十個數字，或是取得複製的物理性鑰匙。更別說獲得我任何特徵檢測步驟，那對妳來說根本像個笑話一樣。我若沒有記錯的話，監視器使用磁帶來儲存影像，那部分妳檢查了嗎？」

曼多親自要求使用反面鍍了一層鈷鐵合金的磁帶，那類的磁帶完全不可能偽造。就算磁帶被破壞、摧毀，或鏡頭被蓋起來，反正就是可以做出任何事情，但就是無法變更。

曼多對此知情。

安東妮娜對此也知情。

而且，他知道她知道兩人都對此知情。

最後，算平手。曼多身為管理者，或許不該再追究下去。他與安東妮娜的關係並非爭先搶後的賽車比賽，而是環法自行車賽。過程中要維持住續航力，盡可能一步一步地努力前進。但他內心就是有一股氣（被攻擊下的壓力），所以得發出聲來。

「磁帶上沒拍到什麼。但我就是認定妳是最有嫌疑的人，或許這是因為妳在馬拉加市做出踰越本分的事，也或許是因為妳早就是個毒蟲了。警官現在很需要妳，妳得有好狀態才行。」

安東妮娜艱難地嚥了一下口水。她想回話，卻無法輕易鬆開咬緊的牙齒。

「或許你當初就不該在我身上注射東西。明明我當時還未確定。或許你一開始就不應該讓我染上那垃圾。」

接著，她想起不久前喬傳授給他的古老智慧話語，因此決定要毫不含糊地把自己感受傳遞出去。她深吸一口氣。

「或許你早該知道別來煩我的臭雞巴。」

8 電動車

曼多掛斷電話，他感覺到臉與手像被一股電流鞭笞著，雖然惱怒，但同時也覺得內疚與羞愧。他先打了一些電話為安東妮娜與喬的到訪鋪路。完成後，他的身體疲憊地像被一噸重的磚頭壓著一樣，十分沉重且脆弱。

「您先休息片刻。」他向厄瓜朵建議，希望她藉此機會小睡一會兒。雖然曼多這個人很龜毛，但身為管理者，做風卻很不西班牙，總是第一個上崗，最後一個離開。

「現在不行，我正要挖出點什麼了。」法醫回答。

「好吧。」他回答，然後手伸進口袋找零錢。「要喝點什麼嗎？」

厄瓜朵無視他的提議，直接招手叫他靠向自己。

「找到了。」

曼多走到厄瓜朵身後，看到她正在使用海姆達爾（Heimdal）的介面，那是一套為紅皇后專案開發的間諜軟體。厄瓜朵正用它進到某個陌生系統內。

「那是什麼？」

「購物中心的監視器畫面。您仔細看。」法醫要求。

曼多什麼都沒有看到，因為螢幕是黑的，畫面只有計時的數字不斷往前跑。

「看起來像停電的樣子。」

「就是停電。」厄瓜朵證實。「不過是人為操作的。監視器被駭，刻意在史考特離開商場的前後一小時，鏡頭處在關閉狀態。」

「所以我們什麼都沒有，對吧？」曼多回答，手掌輕拍臉頰，想要離開，因為他的肚子很餓，內心正認真考慮要到兩個街區外的土耳其小店，吃點口袋餅，但事與願違。

「等等……有件事他們沒算到。」

當監視器回放到更早之前，厄瓜朵指向停車場，有一臺跟其他車子停得有點距離的車子，而且那輛車子連接上一旁牆上的電纜線。

那條電纜線價格不菲，只有富人才買得起的程度。**而且，一旦買到，就會立即變成更棒的人**。曼多自忖。那種人會把自己當成地球上的救世主，停紅綠燈時若對上了眼，會輕蔑地看著別人。

「這意味著什麼？」

「這類車子……在充電時，狀態很脆弱。只要一個不小心在充電時被撞，就可能毀了整個電池，那是整輛車最貴的裝置系統了。」

「然後呢？」曼多回答的語氣相當不耐煩，因為他的肚子餓得更厲害了，所以他這次離厄瓜朵耳邊十五公分不到的距離發問。但是法醫沒有察覺異狀，她仍很激動地在鍵盤上輸入指示。

「一下子……」她要求，但仍沒有打開系統，也就是子程序。曼多記得似乎是這個名稱，這是他在與團隊領導一起上課，瞭解海姆達爾系統運作時聽到的講法。

最後，螢幕出現知名電動汽車品牌的標誌，一旁還有一連串用韓文寫的文字。困難的事情果然馬上就浮現了，設計海姆達爾系統天才們竟然忘了要配備自動翻譯器才行。

一個花了上兆歐元的軟體，最終還是要偉大的Google翻譯幫忙才行。曼多思索。

「真希望史考特人在這裡。」厄瓜朵抱怨，因為她得輸入手機才能逐一瞭解訓民正音。

「史考特不會韓文。」

「她這項能力還沒有登錄，不過已經學到一定程度了。」

「何時的事？」

「三個禮拜前。我們打了個賭。」

「誰贏？」

「您認為呢？」

與一個聰明絕頂的人相處久的缺點之一，就是會深刻意識到自己毫無能力可言。

如果是個白痴，這個世界算是個不錯的世界，因為一個人最大的幸福就是不清楚自己是誰。

曼多搖頭，努力假裝無法得知真相的樣子。

「如果努力一點，也能和她一樣好。」

「事實上，這是絕對不可能的事。」厄瓜朵回覆，並把手機放回桌上，手指向螢幕。「這裡是這輛車子的控制臺。這個按鈕能啟動……」

然後，他們眼前跳出影像。

「車裡安裝的攝影機。」

「我不懂。這是當下的時間嗎？」

「車子在充電時，狀態非常敏感。所以，攝影機開啟的作用是為了檢測任何被別的車子突然快速接近的可能。所以，我們現在看到的影像是今天早上車子在充電時的錄像。」

「願上天保佑這群有錢的科技佬。那麼，車子有保留下這段影片的檔案？」

「平臺上是沒有這筆資料存在的，但實際上是有的，這是一段很有價值的資料。而且，您很清楚任何程式軟體的基本原刖：用戶不知道的，就不會傷害到用戶。」

他不知道有這條原則，但這與政府單位處理的基本原則相同。曼多自忖。

他往前靠近一些，想要看清面前的內容。幾分鐘過後，他發現這是一部比俄國導演塔可夫斯基電影還要無聊的影片。畫面總共分成四個區塊，拍攝的地點是汽車的側面與前方。其中兩個畫面能看到車子兩側附近停了幾輛破車。不過，在第三個畫面中，偶爾有些動作，會有人從附近牆壁的一扇半隱的門中出現。從他們穿的服飾看來，曼多判斷那裡是購物中心的工作人員通道。

厄瓜朵把畫面快轉，越轉越快，然後在安東妮娜與懷特相遇的時間點開始正常播放。他們兩人聚精會神地盯著畫面，門一次也沒動過，到時間碼標示出已超過他們的會面時間，依舊沒有人從那裡通過。

什麼都沒有。

「沒用……」曼多說。

「至少努力過……等等……」

門打開了，但在那一刻畫面上卻突然飛入一團黑色的東西掛在車門上。

「真不敢相信。視野竟然被什麼東西擋住了。」

曼多這個人，整體來說是很少表現出暴躁或是一些粗魯行為，但這是他鮮少幾次表現出自己情緒狀態的時刻。

「那……看起來像廂型車。」厄瓜朵回答，並指著畫面角落。

廂型車開遠之後，後方什麼也沒有留下，就只有一扇與大樓牆面相同紅色線條的門。

「倒帶，就停在廂型車抵達前。」

厄瓜朵往後退了十一秒。

「請您現在把畫面上每一秒鐘的廂型車都印出來。」

法醫把時間軸拉寬，幅度至每一張圖像在顯示器底部欄位中都能顯示出一張小照片為止。然後開始慢慢地按右鍵列印。一張、二張、三張。

「這有何作用？」

曼多指著車門的門框上較清楚的地方。

「等等……」

厄瓜朵放大那個區域，然後再往前移至下一張。另一張的相同位置看起來更清晰明亮，而且在間隙中，有某個東西十分顯眼。

「您能去除雜訊嗎？還是這只能是部爛電影？」

厄瓜朵因主管講的俗套玩笑，露出一絲苦笑。

她大概已經聽過這個笑話十次了，但因為她提報購買此軟體的預算是由曼多親自允許的，所以算是為能買到平均邊緣滑動銳化過濾軟體（顯然沒人想特地為此軟體取一個更簡潔的名稱），所贈予的小小回報。

其實讓曼多覺得最可笑的，是這項技術在本世紀初真正上市的五年前，美國影集《CSI犯罪現場：拉斯維加斯》每週都靠它破案。

當過濾器開始解析設定的部分時，下方的臉龐開始顯露出來。

首先，能看到眼、嘴的部分，看起來就像是臉的位置上出現幾個汙點。接著，五官的特徵在過濾軟體一遍一遍的解析之下，越來越清楚。

嘴角揚起一副要笑不笑、意味深長的樣子，不過也可能是緊迫的姿態。

目光略微朝下、眉毛微微上翹，整體勾勒出的是一張女性化的臉龐，乍看之下感覺十分友善。

曼多全程緊盯著畫面看，但畫面不盡理想（只能良好描繪出面容線條）。不過即便如此，那張臉仍在他身上引起既奇怪又激烈的反應。

他的手臂往前移動，按下鍵盤上的組合鍵，然後剛才軟體輸出監視器畫面上的所有內容，瞬間消失在螢幕上，並且同時一併刪除電腦終端過去一小時的所有活動，也就是說汽車錄製的影片文件已消失了。

法醫不解地看向他，曼多靠向她，距離近得像要貼到她的睫毛一樣。厄瓜朵不舒服地往後靠，但她的上司仍不斷逼近。

「您不曾看過那張臉。醫師，妳懂我的意思吧？」

他的聲調就如同他的態度，沒有給予任何質疑的可能。

「但是……」

當她可以轉過身時，曼多已經不在後方，而是拿著椅子上皺巴巴的夾克，逕直走向門口。但在開門離開前，他又回頭，臉上沒有任何表情地說：

「一句話都別向史考特提起。」

9 階段

喬是一個能與全世界和平相處的人，很有交際手腕，雖然懂得以柔克剛，但也有鐵腕的時候，就算要讓運轉的空中纜車停駛，也知道該使出什麼手段。但是對一個算是擅長處理社交與微妙關係的人而言，當他聽到安東妮娜掛斷電話後，他並沒有說：

「我要打得他滿地找牙。」

沒有，他與自己的同伴已建立起一定的默契，因此他就只是雙手抓緊方向盤，指甲掐進手心的肉中，開啟CD播放音樂。唱片名稱是《物理化學（Física y química）》，是張新曲，喬把音量調到最大，好淹沒安東妮娜的哭聲，同時也讓她聽不到他的碎語咒罵。有時候，難過要用沉默來修復。

任由時間不斷流逝，公里數不斷增加，她埋頭進到iPad裡頭，研讀資料，然後掉幾點眼淚在平板上。白色水珠在閃爍的像素化材料上形成彩虹，她用拇指將其拭去，以免妨礙工作進度。

喬依然任由時間流逝，因為整段對話他都在場。沒錯，因為車內有良好的隔音，再加上電話音量很高，所以他連曼多說的內容也聽到了。之前他把藥丸倒掉時，強制進行戒斷，然後她大喊「不可以！」的時候，他就明白安東妮娜有事不想告知他。

原本在那次的任務過後，她應該休息一陣子，或許能戒毒成功。她真不該像現在這樣，與時間賽跑，就為了對抗一個壞透了的瘋子。

並且，原本在那次的任務過後，他應該回到畢爾包，躺在**老娘**家的沙發上，享用鱈魚配蒜油醬，而絕不該像現在這樣，開車去監獄，努力絕地求生，並希望不要太常吃到口袋餅。

當然，有太多原本應該發生的事，但世界不是一個滿足願望的許願池。每一項的規劃與想法，都隨著喬頭部移動而扭轉的脖子，顯得微不足道。現在，在他看來，所有的渴望都很蠢，是小孩子的玩意兒，弱者的遊戲。不過，也許這就是成長：意識到自己曾經有多蠢。

談到成長，安東妮娜得到十二分。喬想著。他是歐洲歌唱大賽的忠實觀眾，十二分是第一名的意思。至少從她個人的標準上看來，她回應曼多的方式堪稱壯舉。他很樂意和她談談改變，用他的方式恭賀她。但他不認為現在說這些，是個好時機。爆粗口後，她大概潰堤了，食人魚在她心中游盪。

此外，還有更緊迫的事情。

「安東妮娜。」他用溫柔的聲音喊她。

她的目光離開平板，但沒有看他，而是看向前方的公路。儘管如此，喬還是看到她紅腫的眼睛。

「什麼事？」她帶著濃重的鼻音問。

「舊案重查就像是用開山刀喝湯。」

「你想說什麼？」

「很繁瑣，很挫敗，而且一定會有傷口裂開。」

「這我知道。」

「需要很多資源、人力與時間的配合。」

「這我也知道。」

「六小時內辦成是不可能的。」

「你要一直說廢話嗎？」

「我只是想確定我們彼此在同一陣線上。」

「我們別無選擇，而且你脖子上的東西也還在。」

「或許根本就是個騙局，皮膚下只是幾塊金屬，嚇唬嚇唬我們，讓我們乖乖聽話。」

安東妮娜就像往常用三十秒停頓，來衡量話中的意義，喬期待著她會好好跟他解釋炸藥安裝的技術面問題。但是，安東妮娜的回答從來都不乏味。

「你熟悉庫伯勒–羅絲模型的那幾個階段嗎？」

「誰……什麼……階段？」

「憤怒、否定、害怕、協商與接受。」

喬的腦海浮現出一位身穿黑衣的醫生與一個穿著內衣的黃皮膚男子交談。那人以飛快的速度經歷了五個階段，而且所作所為幾乎與他做的事一模一樣，首先是破壞淋浴間，然後再否認脖子上戴的東西的真實性。

「我在《辛普森家庭》上有看過。」他承認。

「在哪看過？」

喬因為自己聽到的回答太過離譜，腳底輕輕鬆開油門。

「真不敢相信，難道妳不曾在中午時段看第三臺，那已經播了快一世紀了。」

她頓了一下。雖然喬很專注在駕駛上，沒有看見她的表情，但耳朵幾乎能聽到她的笑聲。

「我在耍你。」

「真好笑。」喬回答，並且打方向燈準備下交流道。雖然是反諷語氣，但突然感覺心情莫名其妙放鬆許多。

當然，也不可能真的有多輕鬆。

10 另一個櫃檯

抵達羅培茲・醫博精神病院的停車場時，時間已經很晚了。

曼多對馬德里的歷史略知一二。當然，不到安東妮娜博學多聞的程度，她閱讀這座城市就像一個創傷科醫師在研究人體狀態一樣，會透徹地理解骨骼、肌肉、器官與皮膚等一系列的運作方式，而不會只是單純地體察呼吸與運動表現。

假若要與安東妮娜做比較，曼多僅只業餘，但也不算全然無知。

至少他知道誰付錢成立眼前這棟大樓的。在佛朗哥政權期間，由一名號稱能治癒同性戀者的厲害醫生集資創建的。當時治療的方式，用的是腦葉切除手術與電擊治療。而且，手術可以在未經患者同意下進行，當時生意可好了。

曼多並不是共產黨員，他的政治理念在西裝顏色選擇上，已有明確的說明。但就算如此，這並不妨礙他對是非的區分，或是徹底忘記建築物地基裡的無數條魂魄。

就算根本不見得有療效。

就算吹噓人數多寡也不代表什麼。

這就是我們所建立的基礎，不一致也不協調，但正是我們因為擁有與不穩定的狀態共存的能力，才使我們得以成長與繁榮。毫無疑問，對於曼多而言，有這些矛盾才能造就出今日的他。

他關上車門，自問是否已到了為此付出代價的時刻了，他得還這筆積欠多時的債。

他快到入口處時，突然雨滴落下，就像馬德里時常發生的那樣。一顆顆厚圓的水珠，落在汽車的引擎蓋、排水溝或交通標誌上，發出極大的聲響。不過也有一些是悄然無聲的，那些精準且無情地滴到了曼多脖子與襯衫領子之間的縫隙內。

曼多走到門口，原本那裡應該可以讓他躲避雨水，獲得照明與中央空調的暖氣，但玻璃門卻推不動，裡頭的接待處有個女人，她的手好像在撫摸著某種動物的背。曼多不斷敲門，她抬頭看到了他，但目光似乎在說「營業結束明日再來」。

曼多從口袋裡掏出警徽。他總是隨身攜帶此證件，以防不時之需。例如闖紅燈時就可以出示。證件與真正的警徽無異，因為那就是真的，只是免責聲明，以免有人認為是假的。

不過，那個女人看起來要更大的壓迫，才願意加快腳步上前開門。

「我們沒有報警。」她表示。那是個中年婦女，有滿頭的白髮。實際上，沒有染髮的她讓曼多挺欣賞的，所以除了因為她是長輩之外，他有另一個理由決定對她露出友善的笑容。

「我們偶爾不報警也會上門。」

「會面時間已經結束。」

「小姐，我知道，但這個案件很急。」

她闔上正在閱讀的《戰爭與和平》。

「如果是跟病患有關，那您要等到明日，管理人員在此時才行。」

「我很喜歡那本書。」他手指指向書背。

她半信半疑地看向他。

「您讀過？」

「幾次。」

「那……故事是關於什麼？」

「實際上，什麼都有。」

如果回答「關於戰爭」或「一段愛情故事」，她或許會有別種反應。但她似乎喜歡這樣的答案。因此，肩膀便不再那麼緊繃，臉上的皺紋也柔和許多。

「這是我父親送給我的書。是我的最愛。」

「真幸運。我父親不喜歡書，說這個世界上已經有太多的知識，多到沒地方放了。」

「什麼意思？」

「我也無法理解。」曼多回答。

事實上，他非常清楚是什麼意思。他的父親，無論如何，身上都流有那些家族的血液，那些人可能在街頭，也可能就像這大棟建築物裡的某個人一樣。

她無奈地聳聳肩。

「請問有什麼是我能為您服務的？」

「我來見一名病患。」

他告訴她名字。她神情困惑地歪著頭。

「沒聽過。」

「能麻煩妳查資料，求證一下？」

「是家屬嗎？」

曼多出示身分證。真的是他本人的證件，那一張放在皮夾的底層。證件可能過期了。他不記得最後一次拿出來使用是什麼時候的事了。

「我是保證人。」

她查核了資料上兩邊的名字。

「先生，這裡的資料登計是出院。」

如果這是一部黑色電影，此時導演會在接待員的話聲落下之後，安排空間變得異常的寧靜，並再加入一聲不祥的雷聲。不幸的是，現實生活通常無法配合得如此完美。雷聲響起的時間晚了一些，搭配他失語、結結巴巴的狀態。

「啊！……但……什麼時候的事？」

「超過四年了。」

「這是不可能的事。」他說，並伸長脖子想要看螢幕上的資訊，但她把資訊關了起來。

「抱歉，但資料就是這麼寫的。」

「那為什麼我每三個月都要繳三千八百四十五歐元？」曼多質疑，他伸手進口袋要拿出手機，想要給她看銀行帳單的定期轉帳明細，以及從他的個人電子信箱（Hotmail 專門收他羞恥的郵件）找出精神科醫師每季用ＰＤＦ檔傳送的心理評估，內容都會在「穩定」與「沒有變化」畫上底線。

「抱歉，先生。如果跟繳費有關的問題，管理人員明天九點才會來。」

女人回到警戒狀態，身體往椅子上靠，肩膀緊繃，眉頭深鎖。

曼多瞭解再追問下去也沒有用。就算真的問了，得到答案的機會也很小。一個精神病院的接待員，靈活性不是工作必備的能力清單上。

曼多感到疲累後，他原路離開。十一步就能走到門口，三十步到那輛在暴雨中等待主人的車上。至少這是曼多所期待的。雨下得很大，幾乎讓人無法看清前方的道路。因此，當他踉蹌走回那臺奧迪前，途中還撞上了別人車子上的保險桿。不過，當他要打開車門時，他猛然住手。他看見雨刷下有人放了東西。不是路邊常見的賣春廣告單，那類型總是印在亮光紙，讓五光十色的圖片變得十分耀眼，讓人不得不注意廣告上的活力。

不是那種傳單，那張紙只有單面列印，整張紙就黏在玻璃上。

曼多很緩慢地走近。一隻手拉起雨刷，另一手把溼漉漉的紙從擋風玻璃上撕下來。他毫無困難地就把紙翻面，閱讀上面第一排文字，此時他的胃揪了一下。

是她的字跡。

PCL-R 人格測式結果，那是一份哈爾精神病臨床醫學家制定的量表。

溼透的紙張在雨水與他指間融化，但不重要。裡頭的內容，曼多記得一清二楚，就像死囚不會忘記自己死刑的判決書。他甚至能從頭到尾複誦一遍。

毫無疑問的利己主義者。只關注自己的利益。不擇手段，絲毫不顧忌自己對他人造成的損害，行事不顧任何後果。

人際面：剝削、操縱、虛假、以自我為中心，占據主導地位。

情感面：善變且情緒化。無法與人建立連結，遵守共同原則。無內疚、悔恨或恐懼的感覺。性情穩定時，能做到偽裝成平常人一樣，但在壓力下，反應不佳。

行為面：衝動，需要強烈情感，性情不穩定。易違規，無法遵守責任與義務。

建議立即就醫。

曼多把糊成一團的報告書丟向地上，內容現在幾乎變得難以辨認。他再用鞋尖踩了幾腳，讓紙整個融進水坑裡。他這樣做的同時，不斷環顧四周，望向大雨中的世界。

他沒有見到任何人，但他能感覺到停車場上還有別人。他聽到身後有動靜，感覺地面在浮動，但很可能只是排水口吐出了過多的水。他迅速轉身，什麼也沒見到。虛驚一場。如果這是一部電影，那一定會安排一隻貓在角落裡喵喵叫，但在現實生活中，傾盆大雨時，貓是不會在街角上閒晃的。

曼多不自覺打起冷顫，原因不只是淋溼了的身體。他掏出口袋裡的車鑰匙，然後鑰匙掉到了地上。他蹲下身，小心從泥濘中尋找到鑰匙圈。當他低頭時，感覺到好像脖子被手臂勒住，刀刃刺進他的後背。

但其實什麼都沒有。

他的威脅並不在於生理，也非心理，而是恐懼。他打開車門，關上車門，便把手伸向幾個小時前放到後座的雷明登八七〇霰彈槍。他全身溼透了，冷得直發抖，幾乎要到達心肌梗塞的程度了。他抱著獵槍，把自己鎖在車內，不斷省思自己犯下的錯誤，那些被他掃進地毯下，見不得人的罪過。

不過，持平來說，他反思的時間不太長，因為他隨即踩下油門，揚長而去。

他很清楚自己無法擺脫那些問題，而且毫無疑問，他很快就得要面對一切了。

11 中庭

喬把車停在入口處的空地上，一旁停了一輛豐田普銳斯。他看向她。

「小妞，來吧。」

「來什麼？」

「策略，跟我配合好，不然我會扒了那人一層皮。」

安東妮娜張嘴想發出一個音，但她又收了回去。

又來了。喬想著。

「我覺得你最好是不要說話。」

「有任何理由？還是這麼做很好玩？」

「如果要我告訴你資料上的內容，這本來就是調查的結果，但我們是要來找別的東西。」

「為無辜的人找證據？」喬詢問，語氣中帶有一絲嘲諷。

「不是，我們只找一樣東西：真相。事實跟證詞不一定可以對得上。喬，你對會打女人的人很不客觀。」

我當然無法客觀。他自忖。**我幹麼要對爛人仁慈**。

「所以呢？」

「所以我提問，你最好在一旁看著。此外，任何情況下都不能介入。」

喬雖然認為這個策略不太可靠，但他還是同意了。當他們一腳踏出車外，瞬間就下起了傾盆大雨。他們隨著雨滴落在引擎蓋上的節奏，快步走向入口。

他們出示證件，動作十分俐落，不似以往的複雜，因為今日安東妮娜就只是警官。

態度不佳的警員要求他們把身上的物品放到一個骯髒的塑膠托盤上，然後再通過探測門。喬很瞭解安東妮娜的個性，她出於很多理由（或同一個）討厭觸摸任何經過無數雙手的東西，因此他一個箭步上前先將托盤放在她面前的輸送帶上。

「事先已通報過我們的來訪。」喬表示。

「個人用品得放在箱子內。」警員說明，並遞給他們兩人各自的紙箱。紙箱和托盤相比，托盤瞬間看起來像剛吹出來的波西米亞玻璃杯。

「槍也是？」喬詢問，有點故意嚇唬的意思。

警員翻了個白眼看向他。當喬穿過金屬探測門時，機器不受控制地發出嗶嗶聲，他的臉色變得更難看了。

安東妮娜看向門，而他看向她。

「我不久前剛開刀，身體有裝義肢。」

警員抓住手動探測器，用一種彷彿才經歷過一場手術過後的模樣，無力地起身描掃喬的身體。

「哪裡？」

「鎖骨。」安東妮娜回答。

「脊椎骨。」喬同時也回答。

「是哪裡？」

喬把襯衫往下拉一些，敷布上的血跡斑斑清晰可見。警員把機器掃過那些區域，證實有義肢的存在。

他們跟著官員通過一扇上下都有裂縫的玻璃門，門的狀況明顯不是因為溫差產生的破裂，而是情緒上的躁動下使用了自身四十三號鞋底所賦予的功能導致的。過了那道門後，他們進到中庭。

「請在此稍候。」男子表示，手指向木椅。雖然椅子在遮雨棚下方，但還是逃不過被這一陣伴隨著風聲的大雨澆淋的命運。因此，兩人貼著牆面，雙手抱胸，瞇著眼睛，立定站著。

中庭的另一側，有一座用混凝土做成大塔，占據了絕大部分的空間，塔上的聚光燈全亮著。一盞盞大型頻閃燈。每盞三千瓦，五千七百度K的色溫。在任何一道聚光燈下都不會有溫暖或謊言，就算是雨水，在光束的輪廓中也顯得銳利與精確。

安東妮娜焦躁地來回擺動。

「怎麼了？」他問。

「喬，對我來說，這不是個好地方。」

「得了吧，妳先前來過監獄吧？」

她微微搖頭。

喬的確參訪過這類型的地方很多次，而且次數頻繁到對此無感的程度。不過，儘管如此，他第一次進到此地的記憶仍牢記在心。裡頭的吵鬧、精神狀態、氣味，以及絕望的感覺。

「不用擔心。會越來越習慣的，跟別的地方沒太大的差別。只是多了幾間上鎖的房間，幾個獄卒。」

為了不引起更大的反感，他沒有提及更明顯的問題。但事實證明他的說法根本沒有說到點上。

「根本避重就輕。」她說。

「小妞，那妳說說看。」

安東妮娜的食指顫抖著，指著自己的腦袋太陽穴的位置，但沒有真的頂到，好像害怕會碰到什麼東西的樣子。

「這裡頭有猴子。」

喬從她的語氣聽出來自己要認真以待，不能用開玩笑或翻白眼，或看向其他地方來迴避。他曾聽過那種語氣，那一天也一樣是在一個空蕩蕩的中庭，那裡是一個灰暗又令人沮喪的英國學校。那一天她與他一起站在遠方，看著她的兒子。那是她第一次向他敞開心扉的一天。

但她不再開口，所以只好換他問。不然也別無他法了。

「妳怕那些猴子？」

她搖了搖頭。

「這是在幫我，妳會拿東西給我看，提醒我注意小細節。只不過，有時候太多了。」

又是一陣沉默，可能只在等那一陣狂風暴雨過後。

「我知道那不是真的，不必害怕，只是腦袋裡的組織。其實我能懂那些處理訊息的方式，不會很躁動。但……」

她閉上嘴巴，看向遠方。喬曾見過這樣的神情。那一天（同一天）他問她想要怎麼做。她不想，且也無法回答他這個提問。

「待在這類地方，一般情緒都會很緊繃。」喬大膽說出意見。

「這是我……我受訓的目的。腦袋對謀殺現場或充滿罪犯的地方，會更加敏感。」

喬內心五味雜陳，他明白這是安東妮娜此生第一次向別人吐露自己的腦袋問題。

他當然很開心，因為她終於能夠敞開心胸。

他當然也憎恨那些讓她受傷的事物。

他當然很驕傲，因為他是她傾訴的第一個人。

以及，其他載浮載沉的情緒。就像一坨在游泳池裡的大便。她心頭的怨恨持續在萌芽，不斷壯大。因為，那些東西僅僅只是存在，安東妮娜就會把一切複雜化到極點。

「妳控制不了？」他詢問，努力不讓語氣聽起來像質問。

「很難。」

「所以才要吃藥。」

「但是我不想再看到那些膠囊。」她搖頭，兩手抓住自己的肩膀，看起來像努力想保護好自己的樣子。一般而言，喬見此狀，都會很樂意幫助這項需要兩人才能完成的任務，但這一次他的內在無意為難對方。

「那麼，就像我**老娘**說的，妳會有辦法的。」

安東妮娜的視線看向他方，神情有些落寞。

對她而言，那樣的真心流露，勢必是十分困難的。或許她在期待著不同的結果，聽到一些振奮人心的話語，而不是像喬現在那樣回話。她不確定自己是否應該遠離膠囊。她也清楚一旦遠離那些化學藥品，憑著意志力還有多少辦事能力。

然而，喬一生中看過無數的毒蟲，他知道獲得別人的同情心，只是為了替自己的行為找出口。喬曾在聖法蘭西斯區的巷弄中，看過一個服毒過量的人。當時那個人的手臂上還綁著橡皮管，臉埋在水坑裡，一旁有巧克力派的外包裝，已有幾隻蟑螂定居在裡頭。喬拿手電筒往包裝紙上一照，蟑螂才逃開。那人的母親到達現場之後，只是默默流下幾滴淚（眼淚早就哭乾了），倚著一個年輕穿制服的警察說：

「唉！我好像沒有以前那麼難受了。」

所以，喬不再說什麼，因為其實任何話語也解決不了事情。安東妮娜慣於把自己藏在沉默之中，學著那些無聲的蟑螂在巧克力派的包裝內啃食一切。

因此，接下來發生的事情，就更加令人驚訝了。

「我要跟你說我的感受。請縮一下肚子。」她說，並抓住喬的手肘，摸著他的肚子。這一下比起直接踢他下體還要強烈，讓他一陣頭暈目眩。

「好啦，這件西裝外套真的很不合身。但這不是說我變胖的意思。」他信誓旦旦地說。

「我不是這個意思。照我的話做。」

喬照做了。

「沒有不合身。」她猜測，並用自己的手貼著喬的肚子。「你吐一口氣好像就能講十到十二個字。」

喬又縮緊了一點肚子。但真的只有一點。

「憋住。」

一開始是誰也沒有說話。但是，隨著時間的流逝，他才明白了安東妮娜想要傳達給他的意思。一個人要保持肌肉緊繃，是得付出高昂的代價，很難保持注意力，因為一旦意識到自己巨大的肺部快耗盡所有空氣，就連呼吸的速度也變得難以控制。

「整天都這個狀態？」

她點頭，這就是她整天的感覺。每一天，每一秒都在經驗這樣的感受，她得要維持那些築起來的防禦系統，大腦裡無形的肌肉總是處在緊繃的狀態。

喬還來不及為她的狀況感到難過（但他在一個小時內的某個尷尬時刻，就會為此悲傷了），因為中庭的另一頭有步伐靠近，打斷了他們的交談。

二〇一三年六月十四日，馬德里

一個高瘦的男子，神情疲憊。儘管這一天的工作時間即將結束，但對他來說，要做完第二次訪談，才算是完成工作。

他們現在位於康普斯頓大學的心理學系館內。這裡是掩護進行測驗的最佳位置，絕對沒有人會懷疑在此對學生做的試驗性測驗。外加此處設備完善，有一間白色、可室內控溫，且沒有窗戶的房間，並且房內一邊隔出控制室，附有單眼聚焦功能的拍攝器與音效設備，還有單向透視玻璃的鏡面窗。

「我受不了了。」高瘦的男子抗議，不停揉著他的眼睛。「我要出去抽根菸。」

「你應該戒菸才對。」

「找不到戒菸的時機。」

「現在有一種新療程，用針灸治療。我女友只用了三個療程就徹底戒掉了。」

「妳不是說還剩一個候選人？」

他佯裝做了個不耐煩的手勢，助理便讓最後一個候選人進入。

高個的男子開始喜歡這名助手了。她是個很棒的人。早晨的玫瑰花。臉蛋泛起的紅暈像是上班前先跑了五公里。她可以看見所有事情的優點，下班時會用燦爛的笑容道別，而且總是思考著明天的工作內容。這樣的人是無法被人討厭的。

此外，隨著更多時間的相處，他對她的評價越來越好。有一些日子，他已無心再為難她，以及她之外的其他蠢貨、怪咖和鬼頭鬼臉等七百多個做過測驗的人。

實際上，是快八百人。

但是無一人比今日第二輪面試者更適合的了。

七九四號候選人。

來得正好。高瘦的男子暗自思索。

他心裡十分明白布魯塞爾的總指揮快要叫他滾蛋了。他很不希望這件事發生。他這輩子唯一做過的事，就是坐在書桌前讀書，徜徉在別人的思想之中。他認為重複比創新更重要。因此，當他被推薦成為紅皇后專案的一分子，他不做多想，馬上接受這個機會。然而，現在他幾乎要被自己的失敗淹沒了。

但是七九四號翻轉了他的處境。

安東妮娜．史考特。瘦高的男子想著。**我得開始熟悉這個名字了**。

應該就是她了。她應該就是西班牙紅皇后專案需要的人選。他直覺這麼告訴自己。基本上，他不是依靠直覺思考的人，因為他從來就不曾因為豐富的想像力，而能夠脫穎而出。他比較偏向會計師，而不是藝術家。如果用一至十來表示想像力的高低，一若是個海姆達爾的作業員，十是情歌王子胡立歐（Julio Iglesias），那麼高瘦男的位置，就只能是桌上的計算機。

直覺與威士忌酒杯應該有某些共同點：越不習慣，影響力就越大。所以他很想停止試驗，把賭注押在七九四號候選人身上。

「可以不用看最後一位了吧？」

「大概只需要一分鐘時間。不要讓對方覺得白來一趟……」

他給了同意的動作。反正，一下子也無妨，家裡其實也沒人在等他。

「七九八號，請進。」

一個瘦弱的女子，身高中等，穿著優雅。指甲修剪整齊，年紀應該還不到二十五歲，臉上還帶有些許的稚嫩。

不對，不是稚嫩。他自忖。**是親切**。

「午安。」高個的男子按下對話鈕，跟觀察室裡的人講話。「您會進到我們設計好的情節裡。在這個實驗中，有效答案會成為您的得分。請盡量作答，好嗎？」

女子點頭。

「很好，那我們開始了。」高瘦男回應，接著他開始念出螢幕上出現的說明。經過一個禮拜的工作，他幾乎可以背誦出開頭的文字了。「您的身分是小林丸（Kobayashi Maru）輸油平臺船艦的艦長。船的位置在公海。晚上時間，您正在酣睡。夜半時，助手突然叫醒您。緊急照明已全部開啟。碰撞警報響徹雲霄。有一艘運油船正駛向您們的船。」

女子保持沉默，眼睛直視鏡子。她身上仍穿著大衣，手一直緊抓著包包。

「現在請作答。」高瘦男子指示。

「我們有附設一艘船嗎？」女子詢問，她講得速度很快，好像說話是件令她討厭的事，很希望盡可能不要花時間在談話上。

男子聽到她的提問，感覺十分驚奇。

當然，幾乎每一個人都會問到附設的船。但一般總會先嘗試與運油船聯繫，然後知道無法與那艘無情前進的船接上線後，在沒有任何能力阻止碰撞、無法挽救輸油平臺的狀況下，大家會想出千奇百怪的方案，而最終就會找到唯一合乎邏輯的解決方案：投降。

「從來沒有人在一開始就詢問附設的船。」助理插話，她感到十分不可思議。

「終究如此，不過這樣更好。至少我們能早點回家。」

該測試的宗旨，即是從實驗對象的行為，做出相對應的反應，會隨機改變場景，使內容變得越來越複雜。最終是根據答案的獨創性或即興創作的能力進行評分。

「實際上，」高瘦男子按下對話鈕，回答：「設有救生艇。」

「多大？」

系統提供的答案會根據測試者提問的順序，也就是說第一次提問與多次提問，會得到不同的回答。

「三十公尺。」助理點出。

「我並非船艦專家，不過聽起來滿大的。輸油平臺上有炸藥嗎？」

這樣的問題很少見。事實上，高瘦男子連一次都沒聽過。

不過，軟體給出她問題的答案。他滿臉狐疑地把資訊告訴她。

「很好。」她回答，然後停了片刻。「在這種情況下，我會將一噸半的炸藥堆積在救生艇的船頭，並命令一名船員將船送到那艘朝我們方向前進的運油船的側面。」

控制室內的人因為過於震驚，陷入寂靜。當他們稍稍從驚訝中恢復過來後，助理把回答輸入進到軟體內。這確實只是純理論性的練習，但即便如此兩人卻覺得她的回答十分真實。

高瘦男子按下對話鈕，但不發一語。有一會兒，觀察室內的擴音器只聽得到微弱的靜電噪音。

「我能問您是如何得到結論的嗎？」停頓了很長一段時間後，他詢問。

「很簡單。輸油平臺上的人比運油船的人還多。這是最可能得到的結果了。」她連想都沒有，直接告知。

之後，且是過了相當久之後，當時片刻中的無數細節，會開始一一浮現在腦海中。例如，女人音調上的變化。她神情的堅毅與淡然。她的手一刻也沒有放鬆，緊抓著包包。她視線死盯著鏡子。

許多小細節，幾乎是所有細節都不像是真實的記憶，反而更像是一種投射。這事的優點就能由未來提供給自己的資訊，而重寫過去。但缺點在於所有內心產生的愧疚、自責都只能攤在面前，忍受既定的事實狀態。

然而，在那個時刻，高瘦男子的腦袋突然有個非常不同的想法，那是至今所有參與此項目的國家都沒有想過的事情。

甚至連他的助理也未聽聞過。

「她得到最高分。」她驚訝地說：「根據系統開發商表示，每兩百三十萬人會出現一個得此分者。」

兩個紅皇后。可行嗎？

「我很想與您談個工作機會？」他再次按下對話鈕，詢問。

鏡子的另一邊，那個女人，第一次，展露笑顏。那只是嘴角的一個摺痕，是計算過後的結果，就像她所有的表達一樣。而且，她彷彿早就知道預算會審查通過，知道他是可以負擔得起這筆費用的人。

「先生，我很樂意聽聽……」

「您可以叫我曼多。」

12 鞋跟

「我是管理此處的負責人。」一個憔悴、兩眼凹陷、身高與他齊平的中年婦女說。她的樣子看起來很不開心。她沒有介紹自己的名字，也沒有要握手的意思。

「很感謝您這麼晚來協助我們。」喬表示，舉手打招呼。當喬得要建立人與人的界線時，他都會做出相同的手勢，只不過手上還會多了一枚警徽，然後皮夾「砰」的一聲闔起就能立即結束自我介紹的流程，但現在那個東西放在外頭的紙盒子裡。

「警官，別誤會。我正好準備出家門閒晃。」

喬也遇過類似的場景，在一定位置上的人，很習慣在自己世界中有一小部分，要為一通電話奔忙。不會是自己的直屬長官，因為那樣的話只會引來一陣爭執。不是賣人情就是還人情，反正一定有關係，而關係都靠牽線。

曼多的做法就是打電話給長官的長官，偶爾層次更高。詢問這次是靠誰牽線，大概是某個國家等級的祕書室。或者，很可能就是法務部。親切但簡潔有力的通話，匆忙允諾記下相關名字的問題，然後沒有多餘的商量或反對的餘地，便掛斷電話。

如此一來，我們就能打開一扇大門，以及見到一個臉臭得要命的人。

安東妮娜記起巴西住在亞馬遜地區的原住民，若遇到類似的情況，常會用一句話來表示。**河水下面都是食人魚時，小鱷魚就會仰面游泳。**

「不管是從病理學或是解剖學的角度來看，這不會是真的，但總是能明白這句話的意思。」

喬就是這麼做的。

這句話沒有說清楚的部分是，若遇到河裡有一條背著包包與穿著褲裙小鱷魚，而且不在自己餐桌與《料理廚神》的鱷魚，你會做什麼？

「女士，情況相當危急。希望您能原諒我們所造成的打擾……」

女人沒有理會，便轉身往前走。喬與安東妮娜馬上跟上她的腳步。

「趕快結束，趕快閃人。囚犯已經在六號室等您們了。」

他們通過好幾道牢門，其中一間是控制室，其餘的地方都隨著負責人抬頭看頭上的攝影機後，門就自動開啟了。

一道門都沒有阻止她的前進，就像入無人之地，根本沒有人知道有人在那裡。

她的腳步堅定，毫不猶疑地走在那一條漫長無人煙的通道上，鞋底踏在綠色油氈上發出陣陣回音，穩健而有規律的腳步就像節拍器一樣，但可能出於某種原因，有些許的傾向右邊，因為右鞋（「啪」）的聲音與左鞋（「吧」）略有不同。

因此，聽起來就像是：

「啪吧啪吧」

聲音實在太讓人抓狂了，喬覺得快要瘋了。他斜眼看了一下走在身邊的安東妮娜（一直保持跟他等速並行），覺得她一定更難受。

「女士，這裡關了多少人？」喬問，試圖想讓鞋跟的聲響不見。

「問這幹麼？你還想趁機多叫醒幾個人嗎？」

「就如同先前表示的……」

「監獄的生活最重要的，就是規──律。時間表要嚴格執行，絕對要按表操班。這就叫懲罰，最真實的告誡。規──律若可以調整，可以改變，就算是發生在別人身上，都會導致懲罰好似有喘息的機會。」

「我以為您們要讓他們重新適應社會。」安東妮娜低聲表達。

女人轉頭輕蔑地看了她一眼，但腳步沒有減慢的意思。

「別天真了！拜託，您是個警察吧。」

尷尬的沉默持續蔓延，鞋跟踩在地上的聲音越來越響。如此一來，喬選擇以安東妮娜的名義表示出歉意。

「她的笑點就是很奇怪。」

安東妮娜正要開口反駁，喬就對她做出閉嘴的模樣。女人在聽到他的解釋後，才再度開口。

「這裡上千個犯人。有三個連續殺人犯、十一個恐怖分子、八十四個連續強姦犯、十六個有猥褻兒童的紀錄。然後，有四、五個貪汙瀆職者，有些人您可能在電視上看過。警官，這裡可不是托育中心。這裡是一座監獄。進來的人，必定是要為自己所作所為付出代價。」

他們走到最後一道門前。門的外表與先前的門無異，不過並沒有在他們抵達前開啟，而是很密實的緊閉著。

「這裡是F區段。警官，是監牢中最糟的地方。裡頭都是十惡不赦的罪犯。是我們工作中最危險的部分，在這裡我們不是維持秩序，而是避免自己成為被害者，或是讓他們互相殘殺。」

一名警衛出現在門的另一頭，他的脖子上掛著開門的鑰匙。放他們通行後，他再一次關起艙門，把大家隔離在那片厚玻璃後面。

「聽說布拉斯克斯表現良好。」

「那只是好聽的說法。」負責人回答，露出苦笑，然後便打開六號室的門。「警官，今晚有三個執勤人員得加班，看守這裡的安全。我不知道該如何支付他們加班費，所以拜託快一點。」

喬與安東妮娜走入後，門在他們背後關上。

他們面前有一張不鏽鋼桌，並與一條鐵鍊鎖死在一起，眼前景象與到訪前看到的照片完全不同。

首先，他沒有頭髮，手臂上的皮膚在沒有服用類固醇的情況下，顯得十分鬆弛下垂。就算他穿著襯衫坐著，但那一圈肚子仍清晰可見。不過，他身體最慘的地方不是肚子，而是那張臉。

喬很熟悉他那張臉上贖罪的表情，一副自己正在虛心接受任何指教的模樣。因為他眉間皮開肉綻，腦袋結滿痂，鼻子凹陷，讓他看起就像老了十歲。

沒有長著一張無辜受害者的臉。喬掂量著。

他忽然擔心起安東妮娜做的事只是在浪費寶貴的時間，一切都只是在打水漂。

壓抑住自己的衝動，不要看向時間，但他的手腕卻像戴了一個有五十度高溫的三公斤重物一樣。

「布拉斯克斯先生。」安東妮娜坐在他面前，開始自我介紹。「我是史考特警官，他是古鐵雷斯警官。」

當時的所作所為

整個房間都是黑色的，非常亮。從牆壁到地板都貼著隔音材質的厚毛毯，緊密得無法洩漏出半點聲音。只要曼多從擴音器發話，他的聲音會飄盪在空間的每個角落裡。

七九八號候選人以蓮花坐的姿勢坐在正中央。她身穿白T恤與一條黑褲子。光著腳。房間冷氣很強。雖然溫度是可控的，但調整溫度高低要由曼多的喜好來決定。

「妳把駕照忘在家裡，沒有在規定的人行步道前停車，或慢行。逆向行進了七個街區，有一個交通警察一直跟在妳後方，但沒有要攔下妳。為什麼？」

「因為我步行。」女人立即就給出答案。

「太簡單了。請睜開眼睛。」

女人看向面前的大螢幕，一片黑裡突然出現兩群正要過馬路的人。

「看到什麼？」

女子的眼睛快速掃過畫面，迅速發現異狀。

「一邊只有男性，另一邊只有女性。」

「太簡單但太慢了。」

監視器下方有一個精密馬表，數字以紅色顯示，可標示出千分之一秒。當下數字顯示為03.138。三秒又一三八。

「一個村鎮裡有一百對居民。如果每個居民都生兩個孩子，但死了二十三個，那麼鎮上有多少居民？」

女性感到疲倦，她幾乎整夜沒睡，不斷做曼多要求她的記憶練習，整整六個小時不間斷背誦質數。她充滿困惑。

「六百……不對，五百七十七。」

數字停在04.013。

「太慢，你進步得不夠快。」

「我需要休息片刻。」

女子覺得腦袋很輕，眼皮很重。曼多此時再次調整房間裡的氧氣量。她開始思索著自己是否能夠達成目標，還是其實不夠格。她家裡也沒有人在等她，而且她也沒有什麼更重要的事要處理。

這是她夢寐以求的，也是她所需要的。

她對此十分確信，就像一如往常她對事情的肯定一樣。

曼多每天都會對她說明她目前在全面潛能開發上的進展。她所做的事是至今無人可及的。她同意他的每句話，他說的彷彿就是她在想的。只要能取悅他，她能做任何事，就為了得到他的誇讚。

但是，她實在太累了。

「只要能……」她開始說。

但話還沒說完，還沒完整告知自己的悔悟，門就已經打開來，三個身穿防護衣的人走進來，女人感到危險而轉身，但來不及反抗就被其中一人用手臂壓制住肩膀，強壓她趴下，另一個人把她的頭壓向地板。

第三個人手持針筒。

當那人進到女人的視線範圍，此時她的尖叫聲夾雜著一種輕鬆與勝利的歡呼。她早就知道會有這個過程，她一直要求曼多允許進行這個程序。不過就算這是她想要的，她還是擺出反抗、戰鬥的姿態，因為這是他想要的。

在監控室裡（已經不是在康普斯頓大學裡，而是一間更小更隱密的空間），曼多正與一位身穿蘇格蘭格子花紋外套的長者說話。老人年近九十，禿頭眼花，身體不時微微顫抖，整個外表看起來很糟。他的人生已經直線下滑許久。

不過我們可能都活不到他那年紀。他應該是上個世代中最偉大的神經化學專家。倘若他不是那麼乖誕，他的名字可能會出現在諾貝爾獎候選人名單上。

「這是您第二次觀看，情緒應該冷靜不少。」努諾（Nuno）醫生對著仍不太自在的同事說。

曼多用那隻因尼古丁發黃的手指，貼著玻璃窗，仔細觀看候選人的注射之後，他才發言。

「某些事是無法習慣的，醫生。」

「像是早起，對吧？我們這些高血壓患者永遠無法有這種習慣。」

曼多不想跟他爭論早起與觀看別人把實驗藥物注入腦中，兩者之間的細微差別，就算對方非常樂意參與此項實驗，也是無法相比擬的。

「你應該要很驕傲才對。」努諾肯定。「西班牙本來在紅皇后專案吊車尾，聽說上頭很不滿您進度如此落後……」

說得好像祕密一樣。

「……突然，就找到不只一個，而是兩個有用的候選人。在布魯塞爾引起了一些騷動，你知道……」

這的確是他不知情的。

「……大家都說『西班牙的曼多很不靠譜』，大家怕你提兩個人選只是在粉飾自己花了那麼久時間找一個適當的人。」

講的也沒錯。其中一些。

「……很多閒語閒語。沒人同時就推薦出兩個人選，而且一樣強而有力。不乏阻撓的聲音，說真的，甚至是……」

意思就是要我滾蛋。

「……不過上週七九四號的注射之後。」

「她叫安東妮娜·史考特。是史考特。」曼多插話。

「對我而言，只是號碼。」醫生不屑地回答，他揮動手掌，就像在搧燭火的煙一樣。「我就只用號碼來稱呼人。她的初期效果驚人。」

努諾曾與安東妮娜兩人單獨關在一起一個小時，對她進行各種測驗。原本那個狀況曼多不該知情，但他當然還是在場聽了，因為他不喜歡在他不在場的情況下，別人對他的人動手腳。就算他看到他們很難受，覺得十分愧疚也一樣。

「我只是要跟您說，我回報給布魯塞爾的資訊只有讚嘆。第二個候選的成績，只要至少達到第一個的一半，那結果就更加令人期待。簡單俐落。」

「簡單俐落。」曼多訝異地重複了一遍。

他回過身。房間裡的女人已經完成兩劑的施打。兩個男人鬆開女人，撤出房間。她看起來像完全不曉得自己身上正在發生什麼事。事實上，她幾乎不記得自己的身體曾被強迫入侵，以及釋放的過程。可能未來這些片段、影像會再次回來。但是，此時此刻，她就只是兩手綑綁，兩眼失神，兩腿不時痙攣抽搐地趴在地板上。

「她們還不知道彼此的存在？」

「不知道。我們設有機制避免她們遇見彼此。他們只能在有人陪同的情況下進到大樓內。而且會直接把人帶到測試區，關在裡面，絕不會出現無人看管的情況。」

努諾肯定地點點頭。

「就像里斯本高檔的娼寮。」

「療程完成了嗎？」曼多詢問，他內心焦急地想要回家。

努諾推了一下鼻梁上的眼鏡，臉上撐起一個沒有笑意的笑容。他從公事包中拿出廉價的馬尼拉紙做的信封，攤平交給曼多。

「我已經有一份了。」曼多回答，並沒有伸手去取，就像他無視街上被人突然硬塞一份文件夾，要人註冊成為聯合國的無國界醫生。

「沒有，這一份沒有。」

曼多不情願地收下信封。裡頭有個多孔文件夾。他大致翻了一下，臉上的血色逐漸消失。

「這……與我們處理史考特的方式非常不同。」

「這位候選人非常與眾不同。」

「什麼意思？」

努諾再次展開笑顏，曼多內心很想拜託他別再那麼做了。

「您會明白的，我的朋友。絕對……會很有趣。」

13 大笑

喬身體靠在牆上，那個姿勢讓他能同時看到安東妮娜與布拉斯克斯。囚犯分別看向兩人，然後他盯著喬說。

「要幹麼？」

「布拉斯克斯先生，我們來問您一些關於拉奎爾的事。」安東妮娜回答。

布拉斯克斯沒有看向她，一直把脖子轉向喬的方向。

「為什麼是現在？這個時間點？」

喬沒有回答。他輕易就能掌握住當下的情況。

「請您看著我，布拉斯克斯先生。」安東妮娜要求。

囚犯的身體微微轉向安東妮娜，但仍不是正對著她，而是稍微側身。

「我睡得正好。」他頓了一下才說話。

「我們很抱歉打擾您的睡眠時間，布拉斯克斯先生。但是情況緊急。」

布拉斯克斯穿的牛仔褲相當乾淨，他很想把手放進右邊的口袋裡，但手銬不允許他那麼做。所以他站了起來，拿出口袋裡一包皺巴巴的香菸，打火機也放在裡頭。

「拉奎爾早死了。」他吐了一口煙，接著問：「哪裡有緊急情況？」

安東妮娜小心翼翼地挑選用字。

言語上的破綻，可能讓布拉斯克斯想要見律師，或者有機會跟他們討價還價。他們沒有協商的時間，更不可能給他報酬。所以絕不可能說出此行的目的。

Mlakundhog。

爪哇語，在印尼有七千五百萬人在使用的語言，意思是一個柔軟的人可以在雞蛋上行走而不發出聲音。

「先生，我們在調查一件跟您案件有關的案子。而且我們發現這個調查會對您有幫助。」

「哪裡能幫助到我？」

別說得一副無辜的樣子。喬自忖。

「先生，這方面我無法告知。」

他抽了一口菸，思索著什麼後，再次看向喬。

「您不說點什麼？」

他聳了聳肩，但這導致脖子上的傷口隱隱作痛，縫線拉扯他的肌肉，使他不由自主地眉頭深鎖，而犯人誤以為這是在對他的輕視。

「在整我嗎？對吧？為了報復我的投訴，因為我寫的那些信。不管怎樣，我不會停止寄信，我要不斷把我身上所發生的事情告訴大家。」

安東妮娜看向同伴，不發一語。

喬理解她的意思。

計畫改變。如果他真的是對的（而且布拉斯克斯自己似乎也證實這件事了），要他與女人談這件事實屬不易。

「維多，」喬說，並坐在他面前。「你在這裡一直被找麻煩？」

囚犯很快地就把身體轉向喬，他的態度（或許在少了她的情況下）便說明了某些事情。

安東妮娜一起身，就馬上走向牆邊，背對所有人，假裝低聲在講一通電話。

「我就是肉醬。」布拉斯克斯回答：「情況就是如此。」

喬不太熟悉中部地區監獄裡的俗語，不過他要表達的意思，大概能從他的神情中猜到幾分。

「F區的出氣筒。吃棍子的人。」囚犯向他說明。「都要有一個人，懂吧？一定有一個人在承受。」

他顫抖的手又想抽另一根菸，喬伸手幫他點火。

現在可以明白他說的事了。

F區是窮凶極惡的人關的地方。如果不在裡頭放個弱者，裡頭性情暴躁的犯人，會動不動就想弄死對方。如果真的開打了，一定有人身亡。囚犯死在獄所，會成為季月審查報告中嚴重缺失，要扣很多分數。

喬先前聽過類似的故事。北方巴斯克地區評比滿分的監獄，用的方法與管理動物園沒有太大的區別。如果你在每個區塊中都放一隻狼，那狼為了成為王，環境會變得一團糟。但如果把所有的狼放在同一區，那幾乎每天狼的屁股上都會找到新傷口，或者是更糟，尖牙最終是穿透其他狼群的喉嚨。因此，在狼區中得放幾隻羊。如此一來，狼會團結一起解渴，但不會血流成河。或者，讓更糟糕的事發生：登上頭條。

「單看你的樣子，誰都信你是那些惡徒之一。」

當然，那是謊話。但在喬的眼裡，他還是會把他與壞蛋、大男人主義的形象疊加起來。或者是躺在血泊中的拉奎爾。

真是苦差事，我竟然要同情殺害女性的凶手。喬暗想。**人生竟然墮落到這地步了。**

「警官，我不是那種人。我本來就不該在這裡。」

「我知道。你本來是個性情平和的男性，勤奮生活，追尋自我。審判不公，對吧？」

「我沒有殺死拉奎爾。但是沒人在乎，大家都無所謂。我現在只想服滿刑期，有新生命，就像貓一樣。你懂我嗎？但現在的狀況，我根本就不可能活著離開這裡。大家都在找我麻煩。」

「誰？」

「每個人。所有人。尤其是圭拔厚（Cuervajo）和瑟吉（Sergei）兩個人，前者是阿斯圖里亞斯人，不折不扣的大爛人，另一個是他的朋友。」

「他是俄國人？」

「怎麼可能，是馬德里人。爛到骨子裡了。哪裡人根本不是重點，他們倆就是特別喜歡弄我。」

「你有對他們幹了什麼事吧。」

「你沒有在聽我說話嗎？什麼事都沒有。外頭那婊子就需要一罐肉醬，可以讓她在中庭和用餐時，有表演可以看。」

「維多，不該用那樣語言來講負責人。」

「語言，我有的是語言。我求她無數次，請她幫幫我。『小姐，我鼻梁被揍斷了。小姐，我手臂斷了。小姐，拜託救救我。』回贈給我的只是一坨屎。」

喬看向安東妮娜，她還是一直背對著大家。看起來還未準備好插手。他不禁佩服她能一直保持那樣的狀態，但就算她一隻手抓著另一隻手，假裝像在打電話一樣，還是能感覺到她的左手指尖正在微微顫抖。

「她是你上司？」布拉斯克斯低聲地向喬探問。

「同事。」

「您最好告訴她，這裡收不到訊號，她可以不必那麼搞笑了。」

古鐵雷斯警官的臉漲得像番薯一樣紅，如果在上面撒點鹽，可能就是一道可口的點心了。接著，他忍不住大笑了起來。笑聲十分爽朗但有節制，就是那種由衷的笑聲。而且，這是自從他的身體裡被死亡拴住後，第一次想笑。在他那只撈得出焦慮的井水裡，卻在片刻中漂上了一陣純淨透明的聲音，就像是在焦油筒中滴下一滴水一樣，雖然之後會溶解，但最終還是有留下了一縷輕薄。

或許這也足夠讓他想要為他平反了。喬自忖。他心裡仍留著笑意。**無論之前發生什麼事**。

此刻，安東妮娜找到了打斷他們的好時機，因此她**掛掉**想像的電話，然後轉身，參與對話。

「維多，我們訂個合約。您回答我們幾個問題，我會負責讓您轉到最好的區域。」

喬看向安東妮娜，一臉無法置信方才聽到的內容。他很想阻止她給的承諾，但太遲了。那些話已經映在他的臉上了。首先，他的雙眼充滿了希望。最好的區域是監獄中人人都嚮往的地方。那裡安全、乾淨，都是獨立的牢房。牢房的門每天會開放好幾個小時。在那裡若發生任何爭吵，都會被調到普通區，因此那裡每個人都遵守規矩。

不過，有一個小小的問題。而且這也是讓他瞇起眼睛、感到懷疑的原因。

「您們辦不到這件事。我是犯了殺人罪，有暴力傾向，所以不可能住在那裡。」

喬覺得這真是個很糟的提議。那傢伙應該就是殺了自己的伴侶，而自己的搭檔卻應許他獲得這些待遇。

「試試看。」

「我要看到白紙黑字的證明。真的把我轉出去，我再和您們談。」

「沒那麼簡單。」喬搖頭回答。

囚犯身體往後靠，雙手抱胸。

「我就知道……」

「您得信任我們。」

「順勢而為嗎？在這裡我聽過這句話很多次了。」

喬起身，拉了拉安東妮娜的手臂。

「我們能到外頭講幾句話嗎？」

安東妮娜不客氣地甩掉喬的手，不過還是跟著他到走道上。負責人正在那裡靠著牆，一邊等著他們出來，一邊十分專注地玩手機。古鐵雷斯從她耳機傳出來的聲音，判斷她可能在聽歌，反正就是做跟工作無關的事。

「結束了嗎？」她問，但仍沒停止音樂播放。

「女士，還沒。我們會盡快通知你的。」喬回答。然後他搶著在安東妮娜指責他之前說：

「在搞什麼？」

安東妮娜的狀態很緊繃，她又再度出現那種呆滯、徬徨的神情。

「不要在我不知情的狀況下碰我，尤其是在這種地方。」當然，她不會放過不說的。「喬，我們不能跟他說實話，那會讓他覺得自己在我們之上。」

「所以讓他開口的最好方式，就是送他妳的保證？」

「為什麼不可以？我們來這裡，就是因為覺得他是無辜的。」

喬不安地噘起嘴。這樣的說法也無法遏止他內心不斷擴大的懷疑。

「這還不是定論。我們只知道這是懷特告訴你的。如果這傢伙是他的心腹？我們就在幫他釋放人？」

安東妮娜看向喬，然後看向六號室的鐵鋁門，接著眼神又回到喬身上。

「我承認那傢伙看起來不像是什麼重要的人。」喬省思片刻後，他承認。

「就算我錯了，但我們沒時間了。現在唯一能做的，就是活過今晚。這就是為什麼，我沒有告訴你這個案子的任何內容。」

沒時間的人是我。喬想著。**這事也應該由我自己來做決定**。

不過，另一件事也在發言，那些縫線不再只是拉扯他的肌肉，現在也讓他身體感到刺痛。

安東妮娜走向負責人，她仍沉溺在自己的電玩遊戲世界裡。

「抱歉。」安東妮娜向她說。

「等一下。」她回答：「我這一整個禮拜都想過關。但一直失敗。」

安東妮娜拿走她的手機，動作快得要負責人看到手空了，才發現東西不在手上了。

「喂！」

安東妮娜沒有理會她，因為她的手指正忙著用飛快的速度在手機上移動，壓碎那些螢幕上的糖果。五秒後，她把手機還給她，畫面顯示她破關完成。

安東妮娜等著負責人從驚嚇中回過神來後，她說：

「如果不會太不方便的話，我們要拜託您一件事。」

維多

拉奎爾與我是一對戀人，而且是真的很相愛。好吧，是我愛她多一些。應該吧？我覺得。我們相識於我開的健身房，這……大概是兩年前的事。她跟母親同住。很龜毛的老太婆，很有錢，皮膚拉得很繃。沒有，沒有搬來住在一起。就是她在我家度過許多夜晚，沒錯，這倒是真的。不過，我們無法住在一塊。不行，她媽很反對。多少次？我算大約一週兩次。都到我家，沒錯。每個週末也會在。好幾次。她喜歡到處去玩，喜歡收禮物。她的工作？有一搭沒一搭。有時會賺上一大筆錢，不過常常賺得不多。她是室內設計師，不過沒什麼活做。她每個案子都花很多時間。不是，不是那意思。是……她很用心。懂我的意思嗎？我常跟她說，拉奎爾，要分配好時間，不然事情就變困難，但她根本不聽我說，不過她就是這樣的人。嫉妒？有什麼好嫉妒的？我嗎？不會，我沒差。我不會要求她做什麼。但她若來健身房，幾個客人一直不動盯著她的屁股，那麼會的，我不騙你，我又不是顆石頭，這不是理所當然的，誰都會，但那是因……不是，不對。不是那意思。你的臉……但不是的，我不會跟她說什麼。吵架，有的，但我從來就不曾出手打她。而且，沒有，沒有。那一天一樣也沒有。她那一陣子很怪。我們沒有理由就在半冷戰狀態。有時候，她就是不爽，很暴躁，有時候兩人彼此不爽，不是的，因為……沒有，什麼都沒發生……說真的，什麼都沒有發生。關於這件事，我得跟你說幾件事，可能你也有發生過。不過，都不是什麼大事。發生事情的那一天是六月六日……三天，三天沒見面了。不會，不會奇怪。那先前……有過一次。那時她去參加番茄節，有錢人家的小孩會做的事。警官，這你應該比我更清楚。這個把戲，好吧，我想十之八九，大概是她需要點空間，做點自己的事。常傳簡訊？我不清楚……還好吧。不過，總得要表現自己的關懷吧。那是她告訴我的。我愛你，因為你就像唐吉訶德一樣，哈哈哈哈。那人瘋了，但至少還懂得表現出自己的關懷。哈哈哈。沒錯，她很……媽的。抱歉我講髒話。我和拉奎爾在一起很開心，真的。好吧，事實上，我真的很常煩她，什麼，那種犯罪的事。**（無聲）**。啊！那我倒不知道。不過，那天，她打電話給我，她打給我的，就那天下午，她對我說：「你來我媽媽家，我想和你談談。」所以，我就去了，當然。離健身房很近，就在阿爾伯特老鷹巢的那條街上。是的，是加盟店。不是，我們還有兩個合夥人，有兩個股東。不是，我出力，他們出資。不過，我經營得滿好的，跟人相處得也不錯，顧客忠誠度很高……很多富家女，她們特愛我這種街頭的硬漢。我的家鄉是在直布羅陀海峽。我們都有貴族血統，真的，雖然沒上學，但我們會說話，把她們迷得小鹿亂撞的。搭訕？沒有，不是。也就是說，對我來說那很好，如果大家都想和健身教練有一腿，您很清楚那些花瓶就想要有點閱歷，但是我不太做這種事。好啦，沒錯，若她要我幹點什麼，我就去。馬上？當然，一定要的。要表現自己的關懷。

14 大門

安東妮娜在這裡打斷囚犯的敘述。關於克制的問訊方法，是先讓對方講述，當他獲得自信之後，會在關鍵部分打斷。

「先生，我現在想要你講慢一些。盡量多說一點細節。」

「好啊，就是我到公寓……」

「在那之前，您離開健身房，記得時間嗎？」

「這件事不必我來說，我們出入都有監控，卡片上有記錄時間。是八點四十三分。」

「好的，現在，一步一步慢慢來。」

「我上街，步行走到拉奎爾家的大門。」

「有帶手機嗎？」

「沒有，覺得不必要。我……兩手空空就到了。」

「那到大門時做什麼？按對講機？」

「不用，警衛都在樓下，門是開著的，用一只木楔子架著。」

「在那個時間點？」

「她住的大樓都有守衛，一天三班制。」

「瞭解，那您與警衛打招呼了。」

「沒有，大概吧，我猜。可能是點了點頭。」

鬼扯。喬想著。**什麼街頭出生，什麼高貴祖先，就是個階級主義，吸人血，踩著別人上位**。

「然後呢？」

「還能幹麼，當然去搭電梯。按按鈕，搭上樓。我到時，拉奎爾幫我開了門。」

「而且，一路上都沒碰見別人。」

「沒有，沒有半個人。」

「敲門了？」

「沒有，拉奎爾在我到之前，就把門打開了。我猜是聽到我的聲音了。」

「跟我說說拉奎爾的外貌。」

「捲髮，還挺高的，快跟我一……」

「我是說當時看到她的樣子，什麼狀態？」

「很疲倦，我看得出來她臉色很差，情緒十分低落。」

「她在門後迎接您？還是就只是開門？」

「她迎接我，請我進去，到客廳去。」

「您做了什麼？」

「我想要吻她，不過她閃開了。所以，我就到客廳去。但是當時我實在是性致高昂，所以去了一趟廁所。」

「去客廳前？還是後？」

「我從一扇門進到客廳，從另扇門離開。」

「屋裡還有別人嗎？」

「沒有，屋子很小，就只有我們兩人。」

「您有經過拉奎爾的房門前嗎？」

「沒有，她的房間在中間，廁所在她母親房間的隔壁。」

「那您經過客廳時有看到什麼嗎？」

「什麼意思？沙發？餐桌？」

「不尋常的物品，讓您特別注意到的東西。」

喬由衷感佩安東妮娜對他所展現出的耐心。相反地，他的耐心很快就消失殆盡，數分鐘都撐不下去。他煩躁地看向時鐘，懷特給他們的六小時時間剩下兩個鐘頭。換句話說，他人生只剩一百二十分鐘能活。所以，喬很想用更直接的方式審問維多。例如對一個手腕被綁住的對手，施行各種拳擊。

安東妮娜彷彿能看透他腦袋裡的想法，她伸出右手掌，在離喬很近的地方手指撐得很大，很緩慢地上下移動。喬不曉得這是她在按某個隱形按鈕，還是要他冷靜下來的意思。

「沒有，我不清楚，好像電視是開啟的。」

「看哪一臺？」

「第五臺。」

「這很不尋常？」

「拉奎爾不喜歡看電視。」
「離開客廳後，您做了什麼？」
「去到廁所，不過我聽到拉奎爾的聲音，在她的房間裡。她的呻吟。我問她是否發生什麼事，我從走廊過去找她。」
「房間和客廳中間隔了一條走道。」
「妳怎麼知道？」
「我看過照片。您從走廊的地方看到拉奎爾？」
「沒有，實際上，我才剛到房門口，她就撲向我。」
「她攻擊您？」
「不是，她抓緊我，要我叫救護車。那時候我看到她滿手是血。」
「只有手？」
「不止，衣服上也是。有人刺了她。」
「您能從走廊的地方看到拉奎爾的房內？」
「可以，裡面空無一人。」
「您做了什麼？」
「打一一二報警。」
「馬上就打？」
「立刻就打了，我很緊張，但是我記得很快就打電話了。」
「然後呢？」
「拉奎爾倒在地上。然後我……躲了起來。」

相當長的一段靜默。

喬努力保持靜止狀態，安東妮娜也一樣。

「先生，這只是為了釐清。」結束沉默，她說：「您叫救護車之後離開，您讓滿身是血的女友孤獨一人地待在地板上。」

囚犯聽到安東妮娜如此殘忍的說法，不禁抓緊椅子，看起來就像太難看而想挖個洞消失的樣子。

「為什麼？」喬發問。

維多看向他，再看自己的手掌，接著把香菸盒捏得死死的。裡頭是空的，就像他說的藉口一樣。他用盡全力擠壓，把外包裝的玻璃紙都壓碎，不再發出摩擦下的噪音，然後在鋼桌上放上一顆皺巴巴的小球。

「因為害怕，就這麼簡單。」

「聽您這麼表達，很奇怪。」

「什麼意思？」

「一般人不太願意承認自己沒有盡力搶救對方。」

因為他們有羞恥心。

「很多年過去了。做過的事不會改變。但我會變。」

喬反覆思考維多企圖表達的意思，什麼是他關於改變的可能性。如果那是可能發生的，那理由是什麼。因為在淋浴間被棍棒毆打？還是純粹的遺憾？

當然，沒有判斷的機制，這是他職業裡的缺憾，警察不是神父，也無法為不幸提供解方。

警察就像是一輛掃地車，把撿起的破碎東西移到路邊，讓日常生活可以不至於過得很顛簸。

在警校的第一年，喬每次進教室都會看到黑板上方總寫著同一句話。雖然寫在那裡很多年，一半字跡都模糊不清，但那句話已銘刻在他的腦海裡。

正義該給予每一個人，因為每人都應得。

喬在街上工作的第一年，他就理解到那是句空話。

一旦生命被奪走，誰都沒有辦法還回去。

他那時才真的明白什麼是正義。

正義並無法讓誰滿意，正義要在實踐中獲得，而且就是因為不滿意，警察才會有工作。

「您知道自己所說的內容，會讓您的案子變得很棘手。」他向他說。

「警官，比我現狀還……」囚犯環顧四周，回答。

「我們拜訪您，是因為出現某些對您有利的情況。但您不太配合我們作業。」

「我沒有殺她。」

「但你們單獨在屋裡。」

「我知道，但我沒有殺她。我跟法官這麼說，向檢查官也這麼說，對您們也是一樣的說法。」

「那麼，您要怎麼解釋這一切？」

「我無法。」他聳肩表示無奈的回答：「但我沒有殺她。」

「那麼是她自己刺傷自己？」

「法醫說不是。」

「您也無法解釋。」

「不能。」

「大家找到您時，您的身體有她的血跡。」

「因為她抱住我。這我說過了。」

「維多，那出門後發生什麼事」

「我跑向門口，高聲喊了什麼，但我不記得內容了。」

他明明記得。

「我跑到走廊上，好像被自己絆倒了。我那時頭很昏。說真的，我記不清很多事。」

「走樓梯下樓？」安東妮娜詢問。

「不是，那是七樓。我搭電梯。」

喬聽到此時，皺了一下眉頭。但他沒有表示意見，現在是安東妮娜在發問。

「按了下樓的電梯？」

「兩部電梯的按鈕都按了。一部是電梯，一部是貨梯。等著看哪一部先到。就在那時候，我遇到了拉奎爾的母親。我看到她的高跟鞋，所以知道是她，她有一雙很醜的白鞋。她也很快就從電梯的透明玻璃看到了我，不過那時貨梯也到了。在她走出來前，我搭上去，離開了。」

安東妮娜忽然起身，快到差點椅子往後倒下，好險喬及時抓住了。

「還有一件事。拉奎爾有風衣嗎？」

囚犯因為她突發的舉動，以及她的問題，嚇得直盯著她看。

「沒有，據我所知……不過那一天她的確穿著風衣。」

「那您有嗎？」

「我也沒有。」他非常確信的回答。

「問完了，先生。」她回答，並向外頭招手。「謝謝您的協助。」

15 哼

安東妮娜一直到手握住奧迪的方向盤，才開始講話。

「喬，我們找到了。」

事實上，她講出這句讓他能屏住呼吸的簡潔話語，已經過一段時間，因為他們十萬火急地從檢測門趕到汽車後方，可謂來之不易。

這女人腿那麼短，竟然還能跑得像短跑選手一樣快。她的速度，除了正好能說明她有多麼想離開那處令人不舒服的毒牢之外，另一方面也是因為若找到遺失的拼圖，她就渾身是勁，充滿力量。

「妳怎麼可能找不到呢！」他一邊用沙啞的聲音回答，一邊鑽進車內，發動引擎。

安東妮娜很興奮，完全沒有聽到他的抱怨。

「我們得快點回到馬德里，去瑪卡多聖十字街。」

「現在能去了？」喬邊說，邊把車朝那裡前去。

「誰能想到呢？如果沒有那些……」

到了重新教育安東妮娜瞭解人類互動的基本規則的時候了（例如，你周遭的人不會讀心術），喬一直都採用不同的情商策略來應付每一個複雜情況。因此，他要求安東妮娜先冷靜下來。

安東妮娜終於願意先深呼吸，讓自己的思慮能夠慢下來。

「抱歉。」她說，就算喬還是不太相信她是真心的。她的樣子看起來，就像仍待在自己的腦袋裡。不過，至少有努力偽裝成不是這樣。喬覺得她努力的樣子十分可愛。光憑他對她這一點的喜愛，就能避免真的勒斃她的關鍵時刻。

「我們從頭說起。」喬向她說：「妳說對了。」

「說對了什麼？」她天真地反問。她的樣子已經沒了討喜的感覺。

唉！**媽呀，竟然咄咄逼人，看來這女人真想要活在死亡邊緣的樣子。**

「那傢伙沒殺她。」喬回答：「他的樣子說明一切，不然就是得頒給他奧斯卡獎。」

「我說過他是無辜的。只不過是在錯誤的時間出現在錯誤的地方。他有暴力前科，也很可能打過被害者。」

「我是說他沒殺她，可沒說他很無辜。他就是個惡霸，沙文豬，歪種。滿嘴胡說八道。還想騙我們，博取好感，裝可憐。」

「喬，就算如此，他也不該坐牢。」

最讓警官不爽的事，是安東妮娜說對了。但就算他才是對的一方，他還是會因為類似的事情生她的氣。最讓他氣不過的，是她的態度始終如一。

喬贊成人會因為恐懼而行凶，因為沒人想當一個懦夫。安東妮娜也是這麼想，但她會衡量付出的代價。如果她得為不值得的人吃苦，那她寧可不幹。喬很不樂見自己變得綁手綁腳。因此，他堅持表達意見。

「可能他真的嚇到了，所以就放任被害人不管，但也有可能身上帶了什麼東西，是不能被警察知道的，所以就任被害人死去。」

「在情有可原的情況下，是會逃避義務性的救援。而且他叫救護車了。」

「安東妮娜，留女友一個人死去，那是他愛過的人吧。」喬表示。

致命一擊。

回響悠長。

沒人再多說一句，因為也沒有必要了。他回話的語氣就像在談一些天方夜譚的事，像三頭狗，或是既穿深藍色襯衫又套黑色毛衣。只要把思考大聲說出來，事情就足以變得清晰了。

「沒錯，但他也吃了好幾年的牢飯，而且他看起來過得滿慘的。」

「妳已經改善這一點了，他能到優良的區域。」

「喬，他沒有殺她。」

「這點我同意。」喬肯定。

「我們得把他放出來。」

「這我也同意。」

正義並無法讓誰滿意，正義要在實踐中獲得。

因此，我們才有工作。

「先這樣子，」他長嘆一口氣後表示。「我們已經排除了一個馬德里人，現在是三百萬人中的一個。」

「根據去年的人口普查，是三百三十九萬七千一百七十四人。」安東妮娜隨時都能在更新資訊這塊幫上忙。

「好啊，你是說要挨家挨戶找囉。雖然我們僅剩一個小時半來解決案件，避免那爛東西真的殺了我。」

警官「哼」的一聲結束他們兩人之間懸而未決的話題。一旦人的生命長度僅剩下二位數那麼長，就算天生很會嘲諷與自嘲的巴斯克人，天性也會開始動搖的。

當時所作所為

訓練場所變了。

空間寬敞許多。椅子由十二公分的螺絲拴緊在地上。天花板上掛著黑色尼龍緞帶。其中有五條最寬的帶子分別要綁住她的腰、手腕和腳踝。每一條帶子都連接到外部的電擊系統，終端接在魔鬼氈的束帶上。電力一次可釋放三十瓦特。

今天是綁帶子的日子。

女子不怕電擊，在她模糊的印象中，那是娛樂的一環。開始時，她坐在桌前。桌上有一杯水和兩顆膠囊。先吃紅的，配上半杯水。訓練完成後再吃藍的。這是她記憶中最清楚記得的事了。

但並非總是如此。

例如她記得大概從她吞下膠囊的一分鐘後，會有兩個身穿藍色防護罩的男人進來，壓迫她頭朝下，讓她倒栽蔥之後，在她身上繫緊帶子。然後他們兩人開始一人一邊在她耳邊吼叫，不停辱罵她，對她性騷擾，向她吐痰。曼多的聲音從擴音器裡傳出。

「腦袋從噪音裡出現。」

女人深吸一口氣，闔上眼睛。她試著清除腦中的尖叫與威脅。兩人中的一人拿出一把刀，作勢要割斷她的喉嚨。慢慢的，由於藥品逐漸發揮效用，所有的吵鬧都變成她的糧食。

不斷充滿她的身體。

她專注在 koan（註 1）的狀態。koan 是無解的問題，好幾世紀前，禪宗大師會對問弟子 koan，以此幫助進入沉思。曼多現在也會在每次訓練前，問相同的問題。腦袋從噪音、混亂、恐懼裡出現。

「請您睜開眼睛。」

訓練開始。

她面前的螢幕上出現影像。十一個男人一列，全都盯著鏡頭。影像不到一秒就消失不見。

「誰脖子上有刺青？」

「三號。」

「誰最具威脅性？」

「八號，他一隻手放背後。」

「八號的吊帶是什麼顏色？」

「綠色。」她掉入陷阱題了，八號沒有繫吊帶。帶子通電，電流通到她的手腳，

註 1 koan 為佛教語中以心傳心的意思。禪宗沉思前會先問一個不合邏輯的問題，為了使思想脫離理性。

讓她身體不停顫抖。然後，帶子會把倒吊的她往上拉，拉到腳跟幾乎快碰到天花板的位置。

她發出沮喪的怒吼。

「冷靜才能夠思考。」曼多建議她。「妳需要思考才能偵查事物。這甚至都不必用到槍。實際上，妳完全無須感到憤怒。憤怒解決不了事情，冷靜才可以。」

「廢話少說，再來。」她插嘴。

新的畫面出現在螢幕上，這一次是數字，共八行，每行有十三個數字。

馬表在螢幕下方，畫面一消失，就開始計時。女子以最快的速度重述畫面內容。

馬表停在：09.313。

「沒有任何錯誤。我認為這一次做得很棒。」

帶子往下降二十公分。

規則很清楚。正確答案，二十公分。一旦碰到地板，遊戲結束。但若答錯，或答得太慢，電流就會通過，身體往上拉高到天花板的位置，並且重新進行整個遊戲。

在觀察室中，曼多因察覺到某件事而不寒而慄。

這個女人從開始就一直面帶笑容。就算額頭滴落的汗矇住了她的視線，也是一樣。

再兩公尺半就會碰到地面了。

她的笑容就像是皰疹一樣浮貼在臉上，從頭到尾都表現出一樣的愉悅。

16 母親

當他們抵達瑪卡多聖十字街，幾乎半夜了。喬把車與其他車並排停靠，然後兩人就一同走向大門。

安東妮娜剛才在車上，用二十分鐘向喬解釋他們接下來的策略。如果硬要說個方式，就是用針纏繃帶。

「假設你的理論是正確的，我們就得在五十八分鐘內，獲取她的信任。」

「我們需要突破她的心防。」

「有什麼想法？」

「我們既沒有她的個人資料，也沒有支援，基本上是什麼都沒有。所以，就看著辦吧。」

何時不是如此。喬自忖。

安東妮娜與喬走近一棟十分豪華的大樓，就算是深夜也無損外觀的氣派。每一個馬德里人都知道此處，不過說的名稱大不相同，有的說是公主樓，有的說聖貝爾納多，或是軍人館。只要開車走到達魯伊斯環形交叉路口時，就不可能不把視線轉移到那一座壯觀的混凝土大樓上，而且每一戶的陽臺上都長滿了令人印象深刻的藤蔓。

這座（無名）建築，已有半世紀之久，現在是馬德里最具指標性的建築物之一。然而，卻很少有人知道建築物的歷史。設計師是費爾南多・伊格拉斯（Fernando Higueras），他在崇拜佛朗哥的人的眼中是個無名小卒，大家都認為他偏屬紅軍，可是紅軍卻認為他是個法西斯主義者，因為他收到佛朗哥人的資助。他死的時候很窮，孤單一人，也算是很西班牙。因為對西班牙人來說，若天賦沒被重用，那一切都無所謂了。

安東妮娜和喬現在所在的入口階梯，就是那位大師傑作的一部分。

「此處曾是公主醫院的舊址。」安東妮娜說明，並走向入口處。七〇年代醫院被拆，改建成慰勞軍人的住處。

喬出示警徽，證明身分。那人連問他們上哪去、現在幾點鐘了、能幫上什麼忙等問題都沒有，便直接讓他們通行了。

「馬德里的警衛怎麼如此冷淡？還是發生什麼事了？」

「這地方有些特別。」她回應他的訝異。

「妳來過這裡？」

「拜訪過這裡一次。曼多聯絡的，不過這裡的確是少數幾個，靠你的警徽就能暢行無阻的地方。」

喬在聽到那句話（如果有人說話自相矛盾，那人就是古鐵雷斯警官）後，升起小小的驕傲。

他一通過大門，視線就不由自主地往上看。那裡最顯眼的地方（算是廣場與阿爾伯特老鷹巢），卻很奇特的是整體中最小的一部分。裡面的空間，正如喬猜測的那樣，一條街把區塊分成二個部分，空間延伸到中庭，能一眼望盡露天陽臺上種滿的花卉。建築物的外觀除了玻璃以外，就是灰色的混凝土。從頂層到第一層的中庭可以畫出一道圓形弧線，底部稍微寬大厚重一些，最底層是車庫，雖然算地下室但並沒有密封。外頭的空氣冷冽，但裡頭很溫和，至少比街上還要高個五到六度。幾乎聽不見交通的喧囂，只有藤蔓輕柔的低語。

「這裡太美了。」喬回答。

「設計這座建築的人，還被人說是瘋子。」安東妮娜回答，她接著打開內門。

門外漢，喬思索。**沒見識。只要踏足此地，絕不會說出那樣的話**。

他隨著安東妮娜走向室內。很快就進到走道底部，那裡有一面鏡子，並且有兩扇門，一個玻璃門，一個金屬門。一個是電梯，一個是貨梯。

喬很快提高防備。

「這裡就是事發地點。」他說。

安東妮娜按了電梯的按鈕。電梯的內部空間相當大，白色，燈光昏暗。很新，裝置時間應該不超過七、八年。貨梯的按鈕就很不同，不過正在下方的樓層。

「我們分開上去。」當電梯到時，安東妮娜走進去並要求。

喬進到貨梯（不是因為他變胖），他仔細端詳內部，跟另一臺電梯的外觀完全不同。不僅一點都不豪華，而且還是塑膠地板，內部沒有鏡子。

他按了七樓。當他抵達時，安東妮娜已經在等他了。

「花了不少時間。」她神祕兮兮地說。

電梯外並非就是住家的門口，每戶的門都位在長廊盡頭的位置。喬邊走邊看著地板。

「你注意到了嗎？」

喬咕噥了幾句表示認同。

維多說受害者在她到達前就把門打開了。但是他沒有按對講機，也沒按門鈴。

我猜是聽到我的聲音了。

地板上鋪了綠色的厚地毯。牆面是輕木材質。喬的義大利製皮鞋連個摩擦的聲響都聽不到。**維多的運動鞋更是不可能**。

有四扇門。兩扇是後門，兩扇是大門。拉奎爾公寓的門在右側。門鈴聽起來十分古典、悅耳。銅鐘的聲音，中間有個微妙的停頓。很高雅的電鈴。

鈴聲悠長，但沒人應門。

喬又按了一次，第一次時還相當有耐心。第二次就非常急躁了。一分鐘後，他將右手的食指長按在上面不放。兩分鐘後，他開始用右手的拳頭敲門。隔壁鄰居驚慌失措地開門，安東妮娜亮出警徽，讓他們又慌張地趕緊關上門。

喬當警察的這麼多年經驗裡，他發現一種怪現象，而且這種現象以十分驚人的規律不斷重複上演。他把這件事和同事分享，那些抽菸的同事說這就像你在等公車，以為有很長的等待時間，但只要你把菸點上了，公車就會在轉彎處出現。

相同的狀況，在那個當下，腦袋就會飄過嫌疑人剛好不在家，所以就該要破門而入了。但此時卻聽到木門的另一頭傳來聲音。

「這時間點是誰來了？」

「門瓜爾女士，我們是警察。」喬回答，並把警徽放在門眼前。

「我怎麼知道不是歹徒，真的是警察？」

「女士，歹徒不會大聲撞門，也不會驚動鄰居。」

很有說服力的說法，讓門打開了幾公分，即門鏈能允許的寬度。喬打算再次拿出警徽表示身分，但安東妮娜擋在他面前。

「我是史考特尉官，屬於軍政體系。」她邊說邊向她展示一張黃綠色的證件。「我在做家庭訪查，並要向妳已故的丈夫致敬。」

喬驚訝的自問安東妮娜的背包到底有多少張證件，難道是用顏色做為區分？而且若把搭檔的工作思維也考慮進去，她可能連假的徽章編號都熟記於心。

「您在那裡讀書？」

「多雷托。然後曾駐守在巴達霍斯。」

「我先生也是。」

「女士，我為此深感遺憾。」

門關上，門鏈鬆開，門開了。

「現在時間太晚了。」女士不解。

她身形高瘦，十分乾枯。年紀約七十五歲上下，但看起來有八十歲。身上穿了一件高雅的圓點連衣裙，上頭一顆鈕釦壞了。喬仔細端詳。他推測她剛才在床上睡覺時，應該是穿著睡衣或睡袍。會遲遲沒有來開門，是因為在考慮要穿什麼衣服見客。

「女士，我們瞭解。不過這事很緊急，攸關生死，我可以保證。」安東妮娜表示。

「那麼，請進。」

玄關很小，那裡只擺了一個小櫃子，上頭立著拉奎爾的照片，以及一個穿軍服照片的男士。喬認得那是中校位階的條紋，銀邊的圓形徽章。

通過玄關後，一扇門後能到各個房間和廚房。一見那樣的設計，喬才開始理解維多的意思。公寓不大，但設計得十分精細，根本沒有通道或轉角的餘地。

如果他沒殺她，如果家裡只有他們兩人，那天殺的到底發生什麼事了？

他看向安東妮娜，可能她也在問相同的問題，但那只是他想那麼以為的。實際上，從她眼睛翻動的速度，以及她手來回顫動的程度，喬知道她的腦袋瓜正高速運轉中。

「我想時間那麼晚了，您們應該不會想要喝茶或咖啡了。」女士用很客氣的言語，表達自己的立場。

「如果可以，想喝杯茶。」安東妮娜要求，她想在有限時間裡再爭取些時間。

另一扇門通往客廳，裡面是常見的六〇年代設計風格。鑲木地板，裝飾用的煙囪，招待客人的玻璃製的大餐桌。並且從椅子下的痕跡來看，家裡應該常有客人拜訪。

另一端有一臺映像管電視機，處於關上的狀態。有一臺可以播放錄影帶的錄放影機。在兩張沙發之間擺上了一張核桃木櫃。咖啡桌上有一份週日報，並壓著另一份拉荷義（Rajoy）還在當行政院長的報紙。屋裡的許多跡象，都說明裡頭的生活已經停擺多時了。

與此同時，女人在廚房背對著他們，喬走向過道，女人的房門半掩，女兒的房門緊閉。

安東妮娜進到喬與牆面之間，打開房門。

有一張床，上頭棉被仍未收拾。一臺電腦。積滿灰的書架。電視螢幕。鍵盤。而且，在入口處放了一塊地毯，因此一開門就會撞上毯子的邊角上。那根本就不是該放地毯的位置。

喬不需要安東妮娜把地毯掀起來，也明白下方會有什麼。地板木材的每塊邊緣上雖然不見她女兒噴出的血跡，或許從未噴到那裡，但木材掉漆的地方，顯然有被海綿或其他清潔用品用力擦拭過的痕跡，尤其是在每塊的接縫處顏色十分黯黑。

甚至連幫地板打磨都不會脫落。必須完全重鋪才行。

17 客廳

安東妮娜放下地毯。當她聽到茶壺水滾開的嗚叫後，她轉身離開前，又瞧了最後一眼。

女人端著餐盤進到客廳時，她看見兩人端坐在沙發上。喬隨即起身要幫她端餐盤。

「有聞到自己想要的了嗎？」女主人問道。

喬聽到他手中餐盤上的金邊瓷杯發出一種獨特像音樂般的叮噹聲。他小心翼翼地將托盤放在桌子上。從進門到現在，他們沒有發現任何不尋常的事情。

「門瓜爾女士……」

女人迅速打斷喬要說出的藉口。

「警官，請叫我普拉納斯女士。這屋子裡只留下不存在的回憶。一勺糖或兩勺？」

「不用，謝謝。」

「您呢，尉官？」

「三勺，女士。謝謝。」

女人細心地用兩個小湯勺夾起方糖放入。

「本來有一些方糖夾，但幾年前都壞了。很難再找到替代品，我甚至去英國宮百貨公司買了一支，看看……但也不好用。」

「是法國 Limoges 手工貼金百年古董咖啡杯盤組？」喬詢問，他略為通曉這類的事。他小時候常常和**老娘**一起去找某位修剪頭髮的女士，一起度過下午茶時光。

普拉納斯女士點頭。她染了一頭亮眼的蓬鬆紅髮，雖然有一側因枕頭而扁塌了，但在如此突然的拜訪，她的模樣不但算過得去，而且也不失莊重。

「是蜜月旅行時，丈夫送我的。那時我們輪流開車從法國南方的土魯斯，到西部的普瓦捷和南特，然後是巴黎……拉奎爾在隔年出生。然後，生活也沒那麼好過了。」

「兩人都有工作嗎？」

「女士，我丈夫是中校，工作繁忙。有幾年，他甚至被派到……您也知道的。」她說話的音量很小。「很複雜的位置。」

安東妮娜困惑地眨眨眼。喬立即就明白她口中的「很複雜的位置」，指的就是職業軍人的鉛色年代（註2）。他指了指胸口，安東妮娜就瞭解了。

「您丈夫去世多少年了？」

「十一年。他當時正值壯年。一直都很健康，但有一天褲頭卻鬆了，後來再也穿

註2 鉛色年代，一般指的是西班牙整個八〇年間頻繁發生的暴力恐怖攻擊事件。以鉛色為象徵，是因為子彈和槍擊都是鉛製品。

不住了。那時若我們懂得做些什麼，癌症的危害就不會那麼嚴重了。」她說，並把她的雙手高高舉起，然後又猛然地落到她的腿上。「拉奎爾……崩潰了。而我，痛不欲生。他是我的生命，我的一切。然後，孩子……」

她開始哭泣，聲音很小，很平靜，讓人難以察覺她的難過。彷彿淚珠自己出現在她臉上，就像舊皮袋的接縫處滲出的葡萄酒一樣，在經年累月與陽光的摧殘下，誰都會滲出內在的液體。

「我很抱歉，失禮了。」她致歉，並從裙子側邊的口袋裡拿出皺巴巴的手帕，擦去眼淚。「沒人可以理解失去孩子的痛。」

喬的確不清楚，但是他能想像到。他的母親，除了一樣獨自扶養他之外，他還是個警察。他是她唯一的家人。很多的夜晚，喬趴在床頭流了許多淚，身上承受巨大的壓力。他自問若自己發生了什麼事，她該怎麼辦。白天那些危及生命的狀況，到晚上只會讓母子更加輾轉難眠。例如，在他通過一個裝滿炸藥的隧道，差點被勒死或被擊斃，那些情況並不會結束，而是變成之後夜晚的夢魘。就算日正當中，永遠照不到那一處的陰暗。日子，只是稍微軟化惡夢的尖銳，麻木那一道道鋸齒狀邊緣製造出的疼痛。

喬眼前見到此場景，就跟他做的惡夢非常相似。荒涼的公寓裡，裡面隨處可見積滿灰塵的舊照片，一個女人孤獨哭泣。

「女士，我是個母親。」

女人抬起紅腫的眼睛，與安東妮娜相望。

「那麼年輕。」她回答，雖然這句話聽起來像十分惋惜的樣子。「有讓您心碎嗎？」

「還沒有。」安東妮娜回答，雖然她目光背後，是隧道內的炸藥，是孤獨待在空無一人的家中。

「總會有那麼一天的。能好好抓住的時候，請把握。」

沉默，只有壁爐架上時鐘的滴答聲。但時針與分針都動彈不得，就刻在六點半。這是另一個表現時間已經遺棄此地的跡象。

「您們到底為何而來？」

「女士，我認為您心知肚明。」安東妮娜用溫柔的聲調回答。

「不知道，我不知道。」她否認，不斷搖頭，但垂下頭來。

「我認為您明白，您從好久之前就等著我們上門來問個清楚。我們來了，因為您在拉奎爾死亡的時候，沒有說真話。」

女人的身體攤向椅子前方。

「不能放過我們嗎？我們受的折磨還不夠多嗎？」

喬看向手錶，只剩二十九分鐘了。

「您的謊言，現在又要害死另一個人了。」

披露出的事實讓女人神色大變。

「不會的……怎麼可能。」

「女士，我向您保證您又要害死另一個了。」

「那是不可能的。」

「那妳就得說出那一天的事。」

女人(單看外貌,很難不稱為老女人)不斷擰著大腿上的雙手。她雙腿並攏,挺直坐在沙發的邊緣。她這樣的坐姿在六、七十年代,大家尊稱為法國女人的姿態。

「如果我說了,就不再打擾我了嗎?」

「我無法保證這一點。但我相信若可以說出真相,您會好過一些。」這樣的保證不管是不是普拉納斯女士,聽起來都一樣空虛,因此讓人想配合意願其實並不高。

喬對於受害者的音調很瞭解,他知道他們都會如何表達自己的哀傷。一般來說,在開始講述之前,有一段片刻,他們會進入自我催眠狀態,讓自己對所要面對的各種困難感到麻木,擁有不在乎的超然情緒。然而,這個女人的聲音裡沒有這些。雖然她看起十分疲倦與虛弱,她卻只是用很通俗的方式表達。

「我八點做完彌撒返家。教堂就在附近。我搭電梯上樓,從玻璃窗看到維多,他要去搭貨梯。我來不及跟他說到話,因為我一出電梯,他就進到貨梯了。我往家裡方向走去。我走到半途,就看到家裡的大門是開著的。我走進去,喊拉奎爾,但她沒有回我。那時我才看到她的手,伸出在走道上。」

「您通知警察的?」

「沒有,我沒有打電話。我跑去抱著我的女兒。您應該也會做出一樣的事。」

「然後呢?」

她身體微微地向後倒。

「之後的事,我什麼都不記得了。」

「救護車在兩分鐘後抵達。他們到的時候,發現妳的手使勁壓在拉奎爾胸口上的傷。他們當時努力搶救她，然後才把她送上救護車。」

女士點頭同意，眼睛沒有看向他們。她的視線迷惘地往女兒房間的那面牆看去。

安東妮娜起身，並要求他的同事不要出聲。喬表示同意。

「她死於送往醫院的路上，因為失血過多。」她補充，並轉身朝向女主人。

她沒有回應。她的頭現在一直跟著安東妮娜，先繞著沙發一圈，然後往過道走去。

她要對她說些什麼。

「您跟警方說，妳離家做彌撒時，拉奎爾一個人在家。」喬把話接下去，吸引她的注意，為安東妮娜爭取點時間。「您說她想和男友分手，有一段時間沒什麼和對方聯絡。您說恐怕她因此惹禍上身，而且您搭電梯上樓的時候，也看到了他的身影。」

「沒錯。」女人認可，但聲音氣若游絲。「這正是事情的經過。」

再一次，沉默凸顯了她的謊話連篇。屋內只有時鐘仍保持一致地發出咔噠聲，在沒有標記的情況下切割時間，在沉悶的空氣中提供微不足道的生命表象。一分鐘過去了，兩分鐘過去了。女人雙手握得死緊，彷彿指關節在威脅戳穿那一層半透明的皮膚一樣。

前一百六十六秒

安東妮娜完全不在意身後的談話，因為她正努力讓世界運行的速度慢下來。她腦中的猴群在離開索托德爾雷亞爾監獄的時候，冷靜了不少，如此讓她有辦法處理好犯人講述的內容。然而，當她一進到受害者的家中，猴群就明確讓她明白，方才那只是稍後片刻馬上回來的意思。因此，她一看到受害者收拾乾淨的房間，她的腦袋就開始把一切弄得天翻地覆，血跡四濺。她費了好大的心力才讓眼前的一切回到原狀。

當然，一切都在她的腦海中進行。

（猴群要求。猴群為了吸引她的關注；不斷齜吼，拿著東西在高空中晃來盪去。）

叢林頑強地想重新獲得控制權。

安東妮娜閉上眼睛，一如往常，她遍尋各種詞彙庫，要讓自己冷靜下來。她尋找腦中的抽屜，但她找到的卻不是一個單字，而是一句俗諺。

Kkamagwiga nal ttae baega tteol-eojigo。

韓語，意思是烏鴉起飛時，梨子掉了出來。這是曼多跟她說過的 koan。意思是找句話表達，卻沒有任何說明的辦法。現實沒有線索，只能在同一句說法上不斷重複，武斷地讓句子產生意義，並堅持不懈地維持下去。

為什麼是這句話？為什麼是現在出現？

什麼是我沒有看見的？

安東妮娜睜開眼睛。

她再次注視著走道。在她的腦海裡，重建了維多從客廳繞出去的時刻，當時他聽見拉奎爾的房間傳來呻吟。她走兩步，便到了能遇到受害者的確切地點。

安東妮娜喚醒犯罪場景的畫面。內容不怎麼好看。走道上換上另一條地毯，當然物品會有所改變，那裡還有某個東西，沾滿血跡，但那血有點不對勁。是濺上去的，不是緩緩滴落下去的。

房門外兩步的地板上，有一個頗礙眼的圓形汙漬，離屍體倒下的地方不遠，在走道的中央。沒有救生物品……

烏鴉起飛時，梨子掉了出來。

是啊。安東妮娜想著。**我真是瞎了眼**。

誰也無法知道是因為烏鴉起飛，梨子掉了出來；還是因為梨子掉了出來，烏鴉才起飛。

安東妮娜，從這句 koan 學到了什麼？她腦海再次響起曼多的提問。

我們的感知定義了我們認為我們看到的東西。

關聯性並不意味著因果。

客廳的那一頭，她能聽到喬與女士對話的片段。

「……恐怕她因此惹禍上身。您搭電梯上樓，也看到了他的身影。」

「沒錯。」女人認可，聲音氣若游絲。「這就是事情的經過。」

「不對，這不是事情的經過。」安東妮娜否定。

18 錯誤

要具體指出普拉納斯女士挫敗的瞬間，並不容易。可能是聽到安東妮娜在走廊上的發言，又或許是當她看到她再次出現時，不僅姿態改變，臉上還泛著自信的光芒。現在女主人的臉色慘白，她習慣坐著抓住椅子的方式，成為支撐她挺起身體的唯一力量。

安東妮娜坐到了女人面前。如果兩人都站起來的話，安東妮娜會矮她兩顆頭。然而，此刻她的身形看起來無比巨大，讓女士都要抬頭看她。

「警察向您問話的時候，您從來就沒有說過那人是維多。您只是說看到他離開家裡。顯然，不會再有別人了。」

「我沒有說謊。」女人低聲回話。

「沒有，在這件事上沒有。」安東妮娜肯定。「也沒有必要，對吧？女性受害的案件中，若扯上暴力前科犯，警察不必您要求半句，就懂往哪裡抓罪犯。」

安東妮娜身體往後一些，把手指向桌上的遙控器。

「當然，有跡可循。例如，電視是開著的。」

「正好是第五臺。」喬插話。

那是長輩最常看的頻道，以此感覺有人陪伴。一個二十六歲不喜歡看電視的年輕女子，是不看那一臺的。

「所有事情最讓我不解的，就是拉奎爾替男友開門。我覺得太不合理了。這代表著他來找她時，她當時還活著，只是很虛弱敏感，但還活著。維多沒說半句謊話，但他的聲明卻成了他受罰的理由。」

「是他幹的。」女人不斷重複，聲音越來越暗啞。

「不過，最後讓我發現真相的，是維多跟我說起您的鞋子。總是穿那雙不好看的鞋子，普拉納斯女士。」

小妞，別聊了。我們就剩十四分鐘了。喬掂量著，手指不斷敲打手錶的鏡面。安東妮娜斜看他一眼，現在獵物被她緊緊咬住，她是絕不可能鬆口的。而且，當她在那個狀態時，就會散發出一股讓人害怕的強大氣場。喬的腦中不停回盪著曼多的狗與火腿骨的故事。

「我不懂您的意思。」女人否定。

安東妮娜不理睬。

「當然，您又不在家，但在附近。事實上，您一直都待在樓上。維多要如何先看到您的鞋子，而不是您的臉？很簡單，您不是搭電梯上樓，而是下樓，您一直在那裡等著他出現。」

正義果然要在實踐中獲得。喬自忖。證據確鑿讓女人像被一噸重的磚頭擊斃。她的肩膀瞬間垮掉，下垂的嘴唇與顫抖的下巴形成了半圓形。

「您想自己說嗎？還是比較喜歡聽我說完？」

女人沒有回應。喬認為她就算想，也沒有力氣做到。要把傷口上的繃帶完全撕下，那股力量全落在安東妮娜身上。

「拉奎爾那天下午回到家，要求您幫她一個忙。事情很具體，她跟您說維多等會兒來家裡，請您在家附近，當兩人在屋裡時，就回到家裡來。她需要一個證人，但證人要幹麼呢？」

媽的。喬思索，瞬間他明白一切了。

「您到樓上去，然後等著。您的女兒傳簡訊，就在門外等著。拉奎爾為男友開門時，人就很虛弱了。他以為是去復合的，但事實上他掉到了陷阱裡。她穿著風衣等著他。維多進到客廳，她去到自己的房間。當時，她脫掉風衣，只是當她那麼做時，發出了一聲痛苦的呻吟，引起了維多的注意。」

「房裡的血……」喬說。

安東妮娜點頭。

「一脫下風衣，原本積聚在她傷口上的血，她用來堵住傷口的地方，就像一股洪流一樣湧出，濺落到鑲木地板上，就像一個巨大的水花一樣。」

那就像淋浴時，把水聚集在交叉雙臂裡，然後再分開手臂，落下的水就會濺起水花。

「因為拉奎爾不是在家裡被刺的，門瓜爾女士。凶手在離家裡不遠處，傷了她。那是她認識的人，是她想保護的人。所以她才有足夠的力量，壓住傷口，穿上大衣，回到家中，讓男友背黑鍋。」

「不是這樣的……」

「拉奎爾很可能認為時間來得及叫救護車，剛好能救她。但她沒有算到脫掉風衣時所發生的狀況。」

安東妮娜把雙手放到肚子上，雙手分開，撐大手指。喬幾乎能看到傷口猛然噴血的場景。她想講下去，可能是為了自己可以看得更清楚一些。在她的話中，有一股殘忍的氣息（也包含著歡愉），因為她找到了真相，再次描繪出事情發生的經過。

「她用什麼來壓住傷口的？手帕？毛巾？我知道大衣不是她的，因為太大件了，因此只可能是凶手的。但是……毛巾，手帕，不管是什麼……一定在別處拿到的。您趁著救護車和警車的混亂之時，把大衣拿走了，對嗎？」

女人沒有回答。但她從頭到尾都盯著安東妮娜，眼神中交織著恐懼與恨意。

19 擁抱

安東妮娜內心在微笑。她知道自己贏了。

不過她也知道要走到底，才能獲得勝利，現在還不夠。她招手要自己同事過去，喬很快就讀懂了她的意思。她已經到頂端了，無法再負荷更大的壓力。現在輪到他上場了。

喬走向雙腳跪地的女士，他握住那雙細長乾枯的手，讓她的手完全消失在他的掌心裡。

「您不太喜歡維多，對嗎？他配不上您女兒。」

沉默。

「拉奎爾要您做件事，所以您只是做了自己能做的事情，也就是幫助她。」喬繼續用溫柔又鎮定的語氣說話。「幫忙自己的女兒保護凶手。」

女人雙手握緊。這是她在為自己女兒守護祕密這麼多年，唯一能做的默許。她得守護女兒最後的遺志，就算不對，也不公平，但她要守護住。

她已表現出微小的懺悔，但對他們來說仍不夠的。

時間快結束了，他們還是沒有唯一需要的東西。

誰。

然而，知道誰之前。

「為什麼她要那麼做？」

「因為他傷害過她。或許沒殺她，但是他讓她變成會做出這種事的人，讓她成為孤獨的一個人。」

喬的眼中閃過一絲理解。不是認同這樣的事，而是真的理解。他認為理由充足。最終，還是有職業病。做為一名警察，要能為一切找到合理的解釋（就連運氣自身也包含）。接受合理化嫌疑犯的所有行動，並獲得信任，讓對話可以繼續下去。就像合理化如下陳述，只要能不假思索地認證感覺的真實性，便能夠促成對方適當的反應。

「他劈腿。」

「和健身房裡的一位女客戶。拉奎爾知情後，就和他分手了。」

「她開始和別人約會。」

女人微微點頭。

「給我們那個人的名字。」

「拉奎爾很愛那個人，我只知道這麼多。」

「就是那個人刺殺了妳女兒。」

「拉奎爾說那是意外，實在是沒有辦法。」

喬雖然理智上不會接受她的說法，但他很清楚人類天性中，是有能力孕育出那位女士剛才說的那句話，並且深信不疑。

他帶著自己的職業病。接受人們內心深處的角落與皺褶，認同在那裡會產生一股讓自己能夠理解的力量，夠包容一個肯定句中存在著對立命題，就像「我太愛你了，若不能在一起，我就要殺了你。」與「是意外，實在是沒有辦法。」都從同一個內心角落出現的句子。人會做什麼事，做之前……沒有人知道，做之後也沒人會給予嚴厲的批判。

最爛的同情心。喬想著，只想快點解決事件。

「女士，我們無法再繞圈子了。有人命在旦夕，我們快沒時間了。」安東妮娜的聲調非常強硬。「好了，給我們名字。」

「我不知道。」女士重複，不斷搖頭。「我不知道。」

安東妮娜看向手錶。

八分鐘。

她開始出現緊張的跡象（感覺像個人了），雙手扠腰不斷在客廳裡繞圈子，腦海中重複思索線索。

忽然，她停下腳步。想起某個重要的事情。某個他們沒有的線索。

「手機，拉奎爾一直沒找到。警方認為是維多拿走了，但不是他，對吧？她交給您了，也是您讓他過來的，是您傳訊息給他的。」

「我要請您們離開我家。」女人說，鬆開喬的手，起身。「我要打電話給律師。」

「女士，我認為您該這麼做。」喬贊同。

然後，在他狡猾地認同之後，他又說：

「您可以用女兒的手機。」

這是全世界最老的把戲，提了那個想被藏起來的東西，然後等著嫌疑人的目光不自覺地轉動。每個毒梟都知道的把戲，所以喬就會去找他們不看的地方。不幸的是，普拉納斯女士從來就沒販過毒，畢生也沒被任何毒蟲扒過皮，在毒蟲駐足的過卡西達公園買過毒。所以，她只有一瞬間把憎恨的目光飄向安東妮娜的身上。

但這已足夠。

安東妮娜一直跟著她的視線（介於喬與她之間），然後走到了她身後的家具。核桃木櫃。

近四世紀來，若有一個元素是馬德里富裕階層的代表（或企圖要成為那個階層的人），那就一定是核桃木櫃。一件有許多抽屜的木製家具，由四支獨立的腿支撐。最初用來存放各種記錄家族莊園的資料檔案與文件。使用的木材有烏木、桃花心木與檸檬草，價值都很高昂，並鑲嵌上玳瑁、骨頭、象牙。年代長遠的，在拍賣會可達到百萬。不過對有些繼承此遺物的孫侄十分不幸，因為自身的無知，扔掉那老舊的大型垃圾，換上一個實用的、從宜家買來的架子。

安東妮娜不清楚那個核桃木櫃是原產自十七世紀，還是二十世紀便宜的仿作。不過，也並非她沒有能力分辨差異，而是她根本就不在乎。她只在乎藏在核桃木櫃裡的東西。在數位資訊的時代裡，錢不太可能儲放在那裡，但貴重的金屬物件很可能會收藏在裡頭。

她開始一個一個把抽屜抽出來，放到地板上。無視裡面的內容：一包火柴，小本的相片冊，一疊明信片。一九九八年所得稅申報表的文件夾。

「喂，幹麼！」女士高聲斥責。

太遲了，安東妮娜抽出右邊底部的抽屜時，便找到了自己要的東西。那個抽屜外表雖然看似跟其抽屜內側有相同的深度，但若仔細察看，便會發現左側短了幾公分。

安東妮娜用手摸著抽屜的每一處，然後感覺到有一塊圓圓突起的地方，是一條繩索。用力拉那條繩子，一個大約有四公分深、二十公分長的抽屜滑了出來，那是個存放貴重物品的理想位置。裡面有一袋金幣，一捆鈔票……

還有一支 Hello Kitty 外殼的手機。

安東妮娜把手機拿起來，是好幾年前三星發行的 Galaxy 機款。顯然，這就是她女兒的手機了。儘管小心保存起來，但上方按鈕仍浮印著古銅色汙漬。

「沒電。」安東妮娜按著開關鍵說。

「車上有電源線。」喬回答：「我們快走。」

「不能帶走。」女士嘶吼央求。她擋在門口。「所有照片都存在裡頭。」

喬感到痛心，想著這女人看了多少回裡面的照片（午夜夢醒時，拉上窗簾，大門深鎖，就為了好好看看那些照片）。她很可能根本不知道該如何輸出照片，也無人可以求助。

「女士，我們很快就會歸還。」

安東妮娜閃過了她的阻擋，往大門方向走，不過喬並沒有馬上跟上。他想到自己**老娘**若處在那樣的狀況，很可能會如同眼前的女人一樣，像不祥之魂一樣飄盪。所以，他決定把寶貴的短暫時間獻給這個女人，擁抱她。當他這麼做的時候，他感覺到自己鬆垮的肚皮與她離得很近，但她沒有回抱他（驕傲的人是不會允許自己在人生最後階段展現出輕浮的一面），但是喬可以感受到她的身體接受了他的擁抱。

他在她的耳邊低聲說了幾句只有她聽得見的安慰話語。

然後才跑走，跟上安東妮娜。

20 手機

「六分鐘。」喬看著手錶說。

「放心，急也沒用。」安東妮娜回答，她的手按電梯下樓，至少有十五次了。

電梯移動得很快，但安東妮娜的腦袋更快。她已經想好要如何破解手機密碼，取得裡面的資訊了。

「我們用車子的電源線充電，並且同時連上我的 iPad。海姆達爾能跳過密碼輸入，我們馬上就能看到拉奎爾最後的幾封簡訊。」

「妳有注意到自己用複數形式講話吧？」

「當然，如果我指的是團隊，我都用第二人稱複數形。」

證明的確是在諷刺我。喬自忖。他按下樓按鈕，看看電梯是否能提升上樓的速度。

「妳知道要如何跟懷特聯絡，告訴他真正的罪犯嗎？」

「打電話。」安東妮娜回答。

我猜，她省略這些字。那兩個字是安東妮娜的禁忌，就像跟一個相信地平說的人，提到**球體**。

「一切會很順利的。」她補充說，面露微笑。

這是她的優點之一。微笑時嘴巴兩邊會各有一個酒窩，與下巴正好能勾勒出完美的三角形，所以他很喜歡看安東妮娜展露笑顏，放出一萬瓦特的亮度，好好照亮四周。可惜她最近很少露出那樣的笑容。

喬也笑不出來了，因為他接下來只會焦急迫切地想拯救她的性命。

而這就是接下來一秒又十分之一所發生的事：

第一發的齊射，速度是每秒九百公尺，子彈沒射中目標，而是射在電梯門上，在落地前就爆裂了。電梯的玻璃艙與外門形成了一個能夠減慢子彈力道，或偏轉子彈的盾牌，關於這一點，狙擊手非常清楚。因此，第一發齊射得很短暫，突擊的狙擊手在扳機上輕輕一壓，一共發射了五發子彈。

前兩發射中了正在打開的門板，後兩發撞到框架上，在與鋼筋碰撞後破壞了鋼板，子彈相互衝擊之下卡進了電梯一側。第五發子彈，剛好門開得夠大，能穿過門上方的空隙，不過擊中安東妮娜上方前，她逃掉了，所以最後擊中了另一側的玻璃，嵌進了一張巨大的玻璃蜘蛛網中。

差三公分的距離，地球上最聰明的人就會失去她的腦袋。而這三公分，安東妮娜不是運氣，而是依靠喬的一臂之力。在電梯抵達樓下的零點一秒，喬看到大廳的鏡子中有一個手持機關槍的黑影。

喬立即反射動作拉住了夥伴的外套，子彈從她身上掠過，但她人沒站穩，臉直接撞上電梯的扶手。這一下雖然鼻梁沒斷（最輕的傷害），或上門牙被撞飛（更不算什麼了），卻也足以讓她的嘴巴湧出鮮血。

屆時，他們聽到第一發子彈射擊的爆炸聲，但沒人在意。因為安東妮娜當時正痛得身體不停扭動（任何有下巴被揍過的人都能懂她的感覺），而喬正忙著一手從槍套拔出槍來，另一手則急忙要把安東妮娜拉到身後。

如此慌張中，零點零一秒後，第二發子彈，便迎來了惡夢。

「到我身後。」喬看到安東妮娜扭曲身體時，他對她大叫。

喬試著把自己靠在電梯的牆上，但實屬不易。他身後可以避難的空間連半平方公尺都不到，要嵌進那個角度開槍非常難。

若無處可躲，就躲在子彈後面。喬記起學校時教的一句話。基本上，這句話坐在教室裡用來陳述可行戰術，是一個很好的建議。但若是在被嚇得屁滾尿流的時候，不僅派不上用場，還不如趕緊縮小身體的面積，收起肚子來得實用。

喬伸出手，他就朝著電梯門口瘋狂亂射。三發子彈的唯一用途，就是讓對手更正確地識別出他的位置，與射擊角度。

走廊不是筆直的，會有個小小的斜度彎向大門。攻擊者基本上就是站在那個斜角的後方，那裡對面的牆上正好掛著鏡子，也正因如此安東妮娜才沒被擊斃，至少到目前為止。

得要強調是**到目前為止**，因為安東尼妮娜看起來已抱著必死的決心了。至少，是對於一切讓她現在痛不欲生的東西。

「放開我。」她大吼，但她滿口血水，所以聲音聽起來像**發火**。

又一顆子彈從門縫中穿過，這次喬沒有聽到扣扳機的聲音，但他知道敵人把自動模式換成手動方式。槍響是連續的（一次三聲），但每槍之間有一個停頓，在進行重新瞄準。

當然，喬對這些細微末節，想都不必想便知道是怎麼回事，那是從皮膚上就能感受到的。這不是進入紅皇后專案才學會的，而是他前二十年警察生涯的成果。他現在每週接受一次培訓（是以前的四倍），但有些東西是無法在培訓養成的，例如相信自己的直覺。

那些子彈擊中電梯角落，玻璃碎片濺灑在喬與安東妮娜身上。第三次槍聲的迴響一消失，他馬上探出身體（一下子而已）反擊。開了三槍，這一次他確實瞄準，且擊中躲在角落後面的槍手。大塊的水泥從牆面掉落。雖然並未造成牆面太大損壞，但這為他們爭取到了寶貴時間。

如果他不必一直抓住安東妮娜的話，他會更容易瞄準。

「妳能冷靜一點嗎？」他問，並用盡全力把她壓制在電梯牆上。

安東妮娜吐了一口夾雜著血絲的口水，設法在痛苦、腎上腺素與恐懼中理解現狀。

「手機。」她說。

喬看向地板那一攤正在凝固的血水，此刻他才瞭解為什麼自己的夥伴不斷扭動身體，一副想逃離的樣子。

第一槍時，手機就從安東妮娜身上掉了出來。

可以在規定時間前解決案件的期望（喬直覺性知道快沒時間了），現在正躺在一堆玻璃金屬碎片之中，離他的腳有一公尺的位置。

為什麼總是那麼難搞呢？喬自問。

「妳冷靜點。」他又說了一遍。

「我得撿到手機。」

喬開了一次槍。他的槍聲很快就得到對手的回贈，快速地連開四槍，也正好是她把手臂從喬的下方伸出去的時候。有一顆子彈打到天花板照明，毀了整個系統，他們頭頂上發出一陣劈里啪啦的火花。她忍不住發出一聲痛苦的哀號，立刻縮手。

遠方聽得見警車的鳴笛，喬意識到時間正在倒數，但情況對對方有利。因為他還得要能讓安東妮娜保持冷靜，才有可能足以讓他牽制住狙擊手。

「我能夠拿到，只要再一下下。」

「安東妮娜……算了。」喬說。

她看著他，他的眼睛裡有種她從未見過的神情。可能見過，但她不想承認。那是他在要求她給予信任，這麼多個月來在一起的日子，他不斷想要在她心中建立起的信任感。

安東妮娜閉起眼睛，不再反駁。

喬點頭，露出心懷不軌的笑容。

就算要死，這個混蛋我也要先抓到再死。

戰局的叫陣已拖太久，所以他只發出了一聲低沉、刺耳的喉音，身體半靠在電梯邊上，一等到對方探出身體，他馬上一口氣把彈匣內的五發子彈射向他。對方縮回身子，連看都沒看就直接還擊。警笛聲越來越近。

喬撤回到電梯內，裝子彈，喘口氣，等著下一次回擊，但對方卻一直不動聲色。任何聲響都沒有，只聽得見大樓的另一側警察的吼叫，以及看到中庭的亮光。

他一時還懷疑槍手躲在暗處窺視，但他沒有時間追查了，因為有三件事在同一時間發生了。

一、安東妮娜的手機響起，但她沒有去接，因為……

二、她蹲著，在地上的一堆碎玻璃中，把拉奎爾的手機拿出來。當她拿到的時候，她一臉失望地看向喬。一顆子彈正中手機，所以她手中拿著手機其中的半邊，另外半邊與一條裂成一半的電線連接在一起，垂掛在空中。然而，這還不是但最可怕的，駭人的是——

三、喬在耳邊聽到嗶嗶聲，皮膚下有討厭的物品在顫動，就在椎骨中迴盪，讓人牙齒都開始發麻。

時間到了。

懷特剛剛啟動了喬脖子上的炸彈。

21 嗶嗶嗶嗶

不！不！不！

安東妮娜看著喬，跪在地上，手指滲著血，握著拉奎爾手機殘骸。突然，在空中盪來晃去的那半邊手機，啪的一聲掉了下去，把地上的碎玻璃砸出了更多的裂縫。電梯天花板上的燈一閃一滅，光線照在喬汗流浹背的身上，看起來更加詭異，蒼白的皮膚如不見天日的吸血鬼。

「安東妮娜……」

她看著他，腦中不斷在找方法，但並不容易，不僅手機響個不停，而且嗶嗶聲聽起來越來越大聲，頻率越來越密集。

「冷靜點。我唯一要做的……」

他話還未說完，就被突如其來的吼叫聲打斷了。

「雙手舉高，警察！」

安東妮娜仍跪在地上。一名穿著制服的警察出現在走廊上，腳踩著槍手逃走前留下的彈殼。

喬起身，手裡拿著槍，背對著警察。

靜止不動。

「我不會再重複一次。」警察再說一次，他聲明。「雙手舉高。」

「喬。」安東妮娜把手高舉說。

喬沒有回應。恐懼攫住他全身的肌肉，隨著脖子上嗶嗶聲的節奏越來越快，他心揪得越來越緊。他的臉十分緊繃，下巴緊咬，全身唯一動搖的，是眼中的恐懼，如同聚光燈下的鑽石一樣閃爍不定。

安東妮娜轉向警察，這個動作警察並不樂見。

菜鳥，與他扣在扳機上、膽顫心驚的手指。最糟的組合。

「警察，我們是史考特警官與古鐵雷斯警官，隸屬於中央的警政單位。我們的警徽號碼是二七四五一與一九三二三。」安東妮娜回應。

「先丟掉手上的武器，然後出示警徽。」警察要求，槍口仍一直朝著他們。

「我出示我的……」

「手不要放下。」

「警察，這裡有炸彈，您最好立刻後退三公尺，並且封鎖現場。」

「丟掉武器！」

「先生，」安東妮娜說。她不確定自己的聲音聽起來是否有權威感，並能讓對方最後決定聽從這個最佳建議。「您這是在自找麻煩，您現在不服從指令，那明天就會去當個交警。懂了嗎？」

安東妮娜的話中印證幾分真相，因為警察開始遵從指令，槍口朝向天花板，身體慢慢往後退，同時他開始跟對講機對話。

手機再次響起。

安東妮娜把手伸向口袋。接起。

「期限已到。」懷特說。他的聲音不僅冰冷殘酷，且充滿憤怒。

「本來很簡單就能完成的，但您竟然派了殺手來謀害我們。」

電話另一頭除了能感受到困惑之外，便是一片死寂。

「史考特女士，恐怕我不懂您的意思。」

「身材高大的白人，頭上戴著三孔頭套。身穿牛仔褲與黑皮革夾克，拿的是一把加拿大柯爾特槍械生產商生產的步槍，是Ｃ７或Ｃ８卡賓槍款型，這我不太清楚，因為視線太黑暗。他衝著我們開火。順道說一句，期限到了他就逃了。您手中有這樣的人嗎？」

再一次陷入沉默、死寂。

「沒有，目前為止答案是沒有。不過我得說我也不排除他的出現。」

「一個不滿意的老員工？」

「跟這事無關。但恐怕他不玩我們這套。」

「懷特先生，您和我不是我們。」

「這仍有待商榷。您會改變主意的。我還是需要您第一個任務的答案。」

「拉奎爾．普拉納斯的男朋友沒有殺害她。」

「簡單，這您在幾小時前就知道了。很可能在第一時間看到警察的資料時，就發現了，對嗎？」

「我是有幾個疑點。」安東妮娜承認。

她察覺到懷特不斷吹捧自己，而且她也注意到違反他的意願時，他會如何反應。不過，他無法承認自己的錯誤。她嗅到讓對方落下陷阱的味道，因此繼續說下去。

「受害者與第三者有關，當她與維多．布拉斯克斯關係快結束時，她認識了那個人。」

「名字。」

「她真的很愛那個人，她為了某種原因而被他刺傷。」安東妮娜講個不停，而且越講越快。「她說服自己的母親，幫忙她守住攻擊者的身分。」

「名字。」懷特再說一次。

「但是過程進行得很不順利，傷口比她想像得還要嚴重……」

「我想您是沒有找到名字。」

喬脖子上的嗶嗶聲叫的速度越來越頻繁，甚至聽起來就只像一個連續不斷的單音。

「太不公平了，天殺的爛東西。」她嘶吼。

「不是，我不是這樣的人。」

安東妮娜用盡全力噙住眼淚（或憤怒），死命抓住喬的左手。左手，在十萬火急的情況下，喬選擇不握住武器，而是緊緊抓住她的手，表現出他最後尊嚴的姿態。

然而，安東妮娜的努力終究還是不夠的。

「在哭？」懷特在她的沉默中，詢問。

「明知故問。」她回答。

「喬・古鐵雷斯對您真的那麼重要？還是只是因為沒達成任務而傷心？請想清楚再回答。」

安東妮娜自問哪個才是正確答案。她明白該怎麼感覺，什麼才是正確的事。但是，那都不是她想要說的答案。她不清楚自己應該是什麼感覺，她搜索了自己驚人的記憶宮殿，想要找到合適的詞。

Faʻatanmaile。薩摩亞語，鏡子裡狗的目光。意思是感受與認知在打架，因為無法承受自己的感覺。

她深呼吸，然後回答。

「兩者都有。」

懷特思考了好一會兒她回答的真實性。

「我相信是如此。」最後他答：「所以，我決定要暫緩懲罰。」

安東妮娜有一時半刻不敢相信自己是否真的有聽清楚。

「為什麼？」

又是一陣沉默。然後說：

「我有我自己的道理。現在去休息吧，很快就會收到下一個任務。」

「謝謝您。」她說。

她一說出口，就後悔自己說了蠢話。那只是反射動作，文明禮儀的遺跡（或是斯德哥爾摩症候群），不過在生死攸關的情況下，這些教養是沒有用的。

懷特笑了出來，笑聲簡短乾枯，不帶一絲幽默。

「別那麼說。您還是得償還失敗的代價。不過償還日期我來定，而且還會加上利息。」

掛斷。

突然，嗶嗶聲也斷了。

安東妮娜與喬互望，兩人眼中噙著淚水。

兩人轉過身，不讓對方看到自己的淚水。

第三部分　珊德拉

構思一個想法，
一個單一而獨特的想法，
但就此粉碎宇宙。

蕭沆（Emil Cioran）

1 床墊

凌晨快三點的時候，喬仍輾轉難眠。

不是完全清醒，但也沒睡著。意識很模糊，身體感覺不到重量與溫度，躺在一張技術最先進的床上。這張床比他公寓裡的那張好太多了。上床一小時後，他還在設法找出一個能讓自己安穩入睡的姿勢。所以，他現在穿著一條內褲，棉被被他踢到腳邊，但他仍無法入睡。

失眠的部分原因，是因為下午三點才起床，整整睡了九個小時。另外，因為他的腦袋不斷回想最後幾小時所發生的事。

監獄。女人。電梯。嗶嗶聲，仍還在他耳邊回盪。

以及後來發生的事。

有太多該解釋的。

太多了。

首先，警方得說明槍戰的事由。要足夠驚人，但又不能過於誇大。居民不斷詢問為何大樓內會發生強大火力交鋒。那裡的住戶有十分之九都是軍警體系退休人員，他們對此事的好奇心大過於《長者及社會服務研究所》發送的威脅性小冊子，標題如《你快完蛋了》、《歡迎光臨上帝候診室》等。**好吧，可能不會這樣下標，但應該十分類似**。喬思索，衰老比槍聲更令人害怕。

但不比炸彈駭人。

住在那裡的退休警察，就算聽到「炸彈」，只是引發更大的好奇心而已。然後，出現幾個比懷特先生更無趣的炸藥技術滅火專家（TEDAX），那些人到處探查，但就是沒往喬的皮膚上找。當時，他裹著毯子，手裡拿著一杯相當不錯的咖啡，坐在中庭的花壇旁，看著庭院裡冬末開滿的繡球花與紫藤，欣賞著花團錦簇的美景。

喬不發一語待在角落，四周都是黑暗，他像鳥兒一樣哀啼。

入口處的警衛正在接受醫療人員的治療，當時入侵者打傷了他的頭，使得他無法及時救援。十幾名技術人員像無頭蒼蠅一樣亂竄，幾個脾氣很大的警官正四處發號施令。此時，喬讓安東妮娜善後。在一般情況下，這是一個糟透了的主意。

或者說，根本就不該有這種情況發生。

喬沒有注意聽他們的交談。更確切地說，聲音像是通過一層面紗才傳到他耳裡的，就像整個人沉在浴缸裡，聽到有人在隔壁房間裡大呼小叫一樣。他以超然的態度聽著那些碎片。當感覺過死亡後，內心對一切就會變得漠然。那種態度不是誰帶著禮物敲門送上的，而是直接霸占，開始居住其中，更換門鎖，並怡然自得地待在裡頭。

有些聲音比別人大，有的很驚訝，也有的低聲評論（卻又不夠小聲），詢問：

「誰是這白痴？」

然後，曼多來了（他的幾通重要電話），所有的發問消失了。不過因為多數住戶都是軍警退休，所以他們比別人更不情願閉嘴。他們已經太習慣發號施令了，因此雖然沒有抗令，但他們仍穿著睡衣站在陽臺上探查情況。

最後，曼多走向喬，對喬所處的狀態微微皺起眉頭，因為他聞到警官身上散發出來的汗臭味。

至少，安東妮娜從不抱怨這點。喬想著，並意識到跟她工作並非沒有好處。

還有更多的事要說。但簡而言之，安東妮娜和喬一起坐車回到紅皇后的總部。他們沖洗過後，各自回到自己的房間休息。那是一個特殊的空間，專門設計用來睡覺的艙間。雖然在裡頭天花板並沒有放上一隻不斷搖晃的貓尾巴，但空間設計目的就是要讓人能夠好好休息（除了注射抗生素之外，厄瓜朵醫生也小心地打進了其他助眠藥）。

他們在午餐之後的一個小時醒來，一起開了個會。沒有交換任何意見，清楚分享目前的糟糕狀況。

「總結，」一段漫長而沉悶的靜默後，曼多表示。「我們沒有謀害拉奎爾的凶手，因為手機損毀得太厲害了。雲端有找到什麼？」

厄瓜朵搖頭否定。

「所以，關於懷特派你們釐清這起案件的理由，也沒有任何相關線索。」曼多接著說。

安東妮娜搖頭否定。

「我們可以排除懷特與維多有任何關係。」曼多表示。「而這是目前我們唯一有用的線索。」

喬搖頭否定。這是目前花最多心思的線索。

在普拉納斯女士的自首後，警方被迫要為此做出反應，改變立場。很可能是打幾通電話給當時的辦案人員，而這會產生兩種效果。首先，他們會認知到自己查案不力，因主觀意見領導辦案，讓無辜之人枉受牢獄之災。其次，由他們自己彌補錯誤，自己在法官面前提出新「推論」。這麼做會羞辱到很多人與事，引發廣大回響，幾乎可以肯定普拉納斯女士將會被判刑。應該會是兩年，那樣她不必真的踏進監獄裡頭。因為在西班牙，只要獄期小於或等於兩年，都不會真的執行刑罰。

當然，一般面對一件四年前的案子要舊案重啟調查，就會需要動用到龐大的體系與資源，耗費數月，而且很可能是根本無法改變任何結果。不過，這次他們兩人六個小時內就破案了。

儘管如此……

他內心絲毫不感到驕傲。

正義要在實踐中獲得，喬思索。**而且也是唯一會全盤皆輸的遊戲**。

「不僅僅如此，」曼多補充。「竟然在這件事中還出現第三方勢力。神祕槍手，槍支技術熟練，擁有一支重型突擊步槍。我們不知道他的身分、動機，不只是不清楚他與懷特的關係，也不能理解他為什麼想除掉你們。他的外貌，我們也沒有任何特定特徵。」

「住戶在陽臺上錄的影像應該可以用。」喬補充，他總是希望能有所幫助。

「沒錯，的確有六段由七十多歲的長者提供的影像。但由於手機的畫素、亮度，以及手抖的程度，我們看到十分動人的模糊世界。」曼多回覆，並指向會議室裡的螢幕上的畫面，實實在在糊成一片。

「您們這裡有新發現嗎？」喬詢問。

「完全沒有。」曼多非常快且大聲地回應，並把視線看向緊閉雙唇的厄瓜朵。「手頭上半個有用線索都沒有。現在就只能好好期待著懷特新的指令。沒錯，目前唯一策略：期待。」

「這是最好的策略了。」安東妮娜回覆，她努力讓自己的搪塞聽起來可靠一些。

「所以，零嫌疑人，零進度，零線索。真是不錯。有漏說什麼嗎？」

安東妮娜、喬與法醫同時搖頭。

「還有一點可以確定，我們真的要倒大楣了。」曼多總結完畢。

喬不僅當時認可他的說法，而且現在也是。

總部中的房間（說艙房可能更恰當），算是麻雀雖小五臟俱全。以床為例，床墊是一張昂貴的乳膠和彈簧床，而枕頭也能恰如其分地支撐住脖子。整張床具有完美人體工學設計，能對體重與體溫做出最適當的調整。喬很想知道這顆天然乳膠枕是否也會記住他脖子上那突出的小區域。基本上，這種具有顯著黏彈特性的枕頭能夠發揮記憶功效，是因為受到壓力後，需要比較久的時間才能恢復到原來的形狀。

喬想知道會記得多久。假如現在，炸彈爆了。爆炸的力量使得金屬碎片與碎骨刺進下方的腦幹，脖子整個從裡到外爆裂開來，他當場死亡。屆時，他心跳停止時，那顆枕頭的記憶還會持續嗎？能持續到安東妮娜進到房間的那一刻嗎？

喬想像會有兩名醫護人員用擔架抬起他的身體。若要更真實一點，應該是三人才搬得動，要十分費力才能將他的屍塊拖到法醫的解剖室。然而，整個過程迅速，二十分鐘不到。厄瓜朵檢查爆炸的殘骸，竭盡全力在碎片中搜尋線索。這些屍塊明明在幾分鐘前還是喬・古鐵雷斯，還仍保有他的溫度。

安東妮娜，她當然會痛哭。然後，開始著手尋找報復的機會，但只得到一連串的挫敗。或許，這再次打擊她的信心，然後把自己關在閣樓裡三年。

安東妮娜，誰都不曉得她會幹出什麼事。她永遠會在最意想不到的時機出現。例如，在凌晨三點二十六分猛敲房門。

他打開門，安東妮娜就站在他面前，全身上下只有內衣與內褲，一隻手拿著衣服，另一隻手拿著球鞋，嘴裡咬著手機。

喬看她一副想說話的樣子，便把她的手機拿走。

「收到訊息了。」她的嘴巴得到空間後，說：「幾分鐘前。」

在喬讀著簡訊的同時，安東妮娜立即在走廊上把衣服穿上。

天鵝街二十一號

「這在哪？」

「不知道。」她回答，並努力扣上襯衫的鈕釦。

喬試圖讓自己接下來說出口的第一個詞，帶有令人心情不好的感受，以此反映當下的睡眠狀態。因為那真的是個不該受打擾的時間。

「小妞，在馬德里竟然有妳不知道的街道？」

「喬，馬德里有九千一百八十七條街道，我不可能全都知道的。」

安東妮娜眨了眨眼（她臉上還有枕頭印，頭髮亂翹，臉蛋紅潤），一邊思索什麼，一邊穿上褲子。

「我想說，**應該可以**上網搜尋一下吧！」

喬打開搜尋軟體。

「跟曼多說了嗎？」

「我把訊息轉寄給他了。」

谷歌的地圖開啟，信號在十分之一秒內就連上衛星定位系統，地圖標示出安東妮娜手機的位置在機場附近，然後同一時間也標記了與天鵝街的距離。這些作業程序，都比接下來要閱讀這一大堆文字所花費的時間短上許多。

「給我看。」她邊說邊繫好皮帶。

喬把手機螢幕轉向她，給她看位置。她仔細瞧了一秒半。

喬一直無法瞭解為什麼安東妮娜會衣衫不整地跑出房門，拿手機讓他搜尋地址。不過，當他聽到她說出以下那句話後，他就懂了。

「穿上衣服，我在車上等你。」

與此同時，她光著腳丫跑走，但她已有足夠領先的優勢了。

真是討……

那時所發生的事

「她尚未做好開始的準備，努諾醫生。」

女人在玻璃窗的另一邊，當時她還不是會為許多人帶來巨大痛苦的人，她此刻專注在一系列數字排列成具有邏輯的序列。她身上只套著一件像病人穿的袍子，身體貼著電擊的線路。

「她訓練多久了？」他問，雖然他心知肚明。

「她與史考特都優於設定的時間，但我無法控制她的情緒。真的很難。」

「對藥丸的反應如何？」

努諾醫生伸出手——手上一條條明顯的青筋彷彿像一場紫色閃電的風暴——拿起曼多遞給他的文件。

「數據顯示反應良好。事實上，比史考特還要優秀。」

「但是達不到情緒平衡狀態。膠囊在她身上起不了作用。」

努諾清了清嗓子，深吸一口氣。曼多知道接下來他要開始長篇大論了。他真的很想叫保安把他帶到外頭的黑暗小巷子裡，一聲不響地做掉他。事實上，就算真的這麼做了，也沒有人會哀傷的。

然而，努諾沒有再吭聲，彷彿他拋出了開啟話題的線頭。也可能是他內心要自己那麼做，以免後悔莫及。

他再次找到話題後，他的聲調有些許改變。不再像以往帶有一點嘲諷的輕浮，而是低八個音階，這也讓他的話聽起來可靠一些。不過這反而也讓曼多的憂心更多了一點。

「幾年前我參與了一項改變我理解世界的實驗計畫。那個計畫很有名，您能很輕易找到實驗內容。我個人結論是……不對。」

努諾靠在牆上，一副全世界的重擔都壓在他身上的樣子。

「實驗對象共有五十人，男、女各二十五名。我們讓他們坐在椅子上，用簡單的安全帶固定住位置，然後要求他們觀看螢幕畫面。一開始，會重複播放如蛋糕、胖嘟嘟的嬰兒、毛茸茸的小狗等，並且，背景音樂會播放像路易・阿姆斯壯或凱蒂・佩芮等這類輕鬆愉悅的音樂。您有在聽這些歌嗎？」

曼多遞給他一根菸。努諾用顫抖的手指接過菸，他手抖的程度都讓曼多害怕燙傷他。博士吐出一口煙後，繼續往下說。

「這些圖片中，我們會插入了幾張非常暴力的影像，大多是人體的分解狀況，像是交通事故中斷裂一半的，謀殺後的肉塊，身體的爛瘡，畸形臉。最可怕的場景應該就是被屠殺身亡的現場。相信我，我們真的挖很深。」

努諾的語氣中有些讓曼多戰慄。無論如何，想像中的恐怖是比真實更駭人，因為那像預言般的存在。

「受試者的壓力指數，顯現心律加速、高血壓升高、手心冒汗。這些都是意料之中的反應。我們所未知的是接下來的事情。」

博士停了下來，眼睛直盯著慢慢變成灰的香菸。他彈落灰燼，露出被捏得皺巴巴的橙色菸頭，一團煙霧散漫在半昏暗的監控室裡。

「影像是隨機出現的，約是十五張愉快的圖後一張血腥暴力的畫面，然後六張後配一張，三十張後配一張。沒有固定的模式。」

「程式運算有沒有把受試者的反應考慮進去？」曼多提問。

「純運算，白噪音。」

努諾用腳踩了他丟到地上的菸蒂，但並沒有使勁輾壓摩擦水泥地面，他就只是踩了那根菸，其他的就交給物理來完成工作。

「難以置信的是，只要看的時間夠久，有些受試者會在圖像顯示**之前**，就開始表現出壓力的跡象。」

「真不可思議。」曼多回應。「這種事……」

努諾搔頭。

「而且不是單一事件。五十人中有七個，兩男五女。七人有相同舉動，一模一樣。命中預期的反應高達百分之八十四。」

「醫生，這不可能的，那就能預知未來了。」

「朋友，你的想法實在太蠢了，這就是看太多垃圾電視的結果。不是這樣的。受試者大腦中發生的事，是他們的認知能力開始增強，特別是在直覺這一塊。」

「直覺的運作，就像我看到有人走路不穩，就會想到他會摔下樓。但這誰會……」

「但這誰會相信嗎？您對腦科學完全是門外漢。」努諾回答，發音裡越是充滿濃厚的葡萄牙語腔調，就代表他正在生氣，只是那樣的發音也像唱歌一樣，所以減弱了不少銳氣。「朋友，我也沒有那種直覺，沒人有那樣的直覺。」

曼多稍稍歇停一會兒，思索著剛才聽見的資訊。

「計畫怎麼了？」

「中斷。」

「但……」

「我們的做法被認為有道德瑕疵。我們利用創傷來修改參與者的大腦，許多人因此做了幾個星期的惡夢。」

沉默了一段很長的時間。

「遭受威脅。」努諾低聲承認。「輿論說得很難聽。」

「什麼難聽話？」

「虐待、集中營。都是這類的言論。」

不無道理。曼多認同，嚥了一口口水。

兩人再次看向玻璃窗。在房間裡，女人已經開始進入新的測驗模式，但仍無法成功做完練習。她起身，撕下電線，然後像籠中的動物一樣，不斷在空間中繞圈子。

「這位與史考特很不一樣。」努諾表示。「兩人的能力都很出色，但不一樣。因此，我為她設計了一套十分獨特的……訓練模式。」

曼多最後才理解到他一直想表達的意思。堅毅不會來自偶然，不會是來自忽然的切割傷，或鼻子不小心就被一扇門撞上。不會的，情況正相反，內在能力要一點一點地解開，就像在黑暗中摸著某個物體，花了好幾個小時不斷試圖弄清楚那個東西，然後才會突然意識自己手上拿著的，是一塊狗屎。

這即是這老傢伙要在她身上試驗的東西。

「努諾，您真是混帳東西。」

「這是紅皇后專案中首次有兩人。備胎。很值得做此嘗試。」努諾一副滿不在乎地回答。當一個人老到連蒼蠅都不靠近的時候，對很多事情就會變得相當冷漠。

曼多看向他，原本還期待他會露出一絲內疚的表情，但令人無法置信的是，他竟然一副冷漠無情的樣子。

「這女人有些什麼。她內在有個用來保護自己的裝置。」

「什麼意思？」

「您真的沒看到？曼多，好好看著她。把她看仔細點，但別用您至今為止的方式看她，別把她的肉身當成自己的勝利品。您與我都以自以為是的方式，錯得太離譜了，現在您得下決定了。」

努諾離開了。

曼多獨自一人留在監控室，他盯著那一根被醫生踩在腳下的菸蒂，一股黑色焦油的臭味仍飄散在空氣中。

最終，誰都不可信。曼多自忖。

2 地址

喬超快速穿好衣服。當他快要走到車子旁邊時，安東妮娜還在綁鞋帶。但還是晚一步。他抵達時，她已經坐在駕駛座上了。喬竟然蠢到把鑰匙插在車上。

「我會小心駕駛的。」安東妮娜一等到他抵達，便擺出她計畫好的真誠模樣，向他保證，試圖動搖喬想把她拖下車的決心。

「能遵守速限嗎？」喬明確點出重點。

「遵守速限。」

喬很快就無條件相信她的話。他清晰地意識到（就在他走到副駕駛座，坐進去，繫好安全帶的這段時間），自己的大腦竟然已不再為自己盲目信任安東妮娜而感到不快。同樣地，他的身體已經完全為她而活了。他自身有一部分的拒絕，並非無理，而是他無法接受自己無條件迎合她。但這理由雖非無理，卻很幼稚，因為若是為了個人的企圖而拒絕，那就是自私、小家子氣、不成熟的表現。

他用力關上車門，甩開那些顧慮。

「沒有第二封簡訊？」喬指著貼在儀表板上的手機，問道。

對喬而言，這是道事關重要的問題。懷特交付的第一個任務中，在第一封簡訊裡指明犯罪發生地點，第二封告知限定的時間長度。

詢問第二封簡訊，就是在詢問他僅剩的生命長度。

在這個世界上，大概能分成兩種人。一種是想知道自己確切的死亡時間，另一種對這種話題極度排斥。喬，毫無疑問就是屬於第一類型，而且他要為此大口吃上好幾盎司上好的牛肋排，猛灌好幾杯啤酒，大聲拍桌叫好。他一百公斤的重量中，有九十八公斤是由北方養出來的，他是個能夠在嚴冬河水中沐浴，能舉大石，能毀了所有背叛他之人的漢子。

但是，可能是那兩公斤作祟，他做完愛後，放鬆地蜷縮在床上時，就會開始對自己的陽剛性產生懷疑，反覆思索良久，不斷否認自己是個北方漢子。

「只有一封。」安東妮娜回覆，然後啟動車子。

喬發現不必倒數計時，不用再默數越來越小的數字，真的是大大鬆了一口氣。

皮膚下拴上一顆炸彈，還滿助於瞭解自我內在性的感受。喬想著，他覺得若有機會碰上懷特先生，他得要表達出感激之情才行。

無論如何（畢爾包就是畢爾包，條子就是條子），此刻發表意見的就是一個憤恨的北方漢子。

「那很好，至少我們知道有哪裡的線索？」

「沒有，還沒有收到。曼多正在處理。不過在他找到什麼之前，我想搶先一步。」

她說出這句話的方式，讓喬聽了很不爽。

並非句子本身，而是因為她表達的方式，那與她和懷特在電話上談話的感覺雷同。喬並不太能理解那種感覺。雖然他的英語很普通，外國影集全都配上西班牙語發音，但基本上他能稍微抓到個什麼。從前一天晚上，他的腦海就一直縈繞著他們兩人的交談。

「這件事對妳只是遊戲？」

「你這麼認為？」

「我覺得妳很享受這一切。雖然妳自己不想承認，但我看得出來妳很享受。」他表達得十分直白，聽起來有些淫穢。雖然喬不想說出口，但事實就擺在眼前。

媽的，我很有資格發頓脾氣。但若這麼做，我又在不開心什麼？

安東妮娜陷入停頓性的思考，那時他們已經快到洛格羅尼奧大道了，然後過了一條，以及另一條，最後她似乎準備要開口說話，電話響了。

曼多的聲音從免持聽筒傳遍整輛車。

「我找到一些資料。天鵝街二十一號，是單棟住宅，地政資料顯示是由一對夫婦購買，在十年前蓋了一棟別墅。」

他沒再多發一語。

「然後？」喬問。

「這就是全部。」曼多回答：「這個地址找不到別的資料了。」

「那條街呢？」

「我也證實過了，離那裡最近的一起案件，是一對九十歲高齡夫妻的自殺案。」

「距離多遠？」

「六條街。」

喬搖頭，那太遠了（不管是時間還是空間上）。

瞬間，他才睜大眼睛看清整件事發展的真相，以及為什麼沒有收到期限。

安東妮娜此時的表情，喬之前見過，且他也學到了那所代表的意思。只要她兩眼呆滯，下巴縮緊，便意味著她的大腦運轉得比平時更加快速。

在幾秒前，她也知道自己陷入那種狀況，因此車速一直維持在每小時一百二十公里，她直盯著他，希望他能答應她要棄守諾言。

因為在天鵝街二十一號，沒有任何犯罪案件。

或者是該說，尚未。

「你怎麼看。」安東妮娜表示，並把手放在變速打檔桿上。

喬緊緊抓著手把，點了點頭，做為回應。

安東妮娜深呼吸，心中默默倒數十秒。她整個身體挺起，兩眼不再呆滯，而是放出雷射光芒。車檔打到六段，油門踩到底，八個氣缸的V型引擎瞬間發出隆隆聲。那聲音彷彿就像在宣告等待以久的潛力，即將全部釋放。

此時，公路上沒有什麼車，少數的障礙物都是固定不動的，像是防撞護欄之類。因此，車速飆升到每小時一百八十公里，並不斷加快。

「六分鐘。」

喬沒有像安東妮娜一樣驚人的計算能力，但他知道這代表的意思。

「小妞，我們離目的地只差六公里。」

「正解。」她回答，並突然轉向，避開突然出現的卡車（實際上，那車是從別的車道匯流進來的），然後她又稍微再加速，儀表板上指向每小時超過兩百公里。

喬今晚見證了前一晚他想避免的駕車方式。**願上天保佑**。他想著。若自己因此而死，真是太慘了。這種死亡就像是在黑暗中，不僅身體停止反應，眼睛也無法記錄一切正在發生的任何事情。

他能感覺自己的脆弱，但並非他的指節因為抓住把手太過用力而發白，或是雙腳踩在硬邦邦的汽車地板上，而是他目光所及的一切（路燈，其他車輛，護欄，那與她幾個月前撞上的那條十分相似），都讓他感覺到威脅性。

瞭解自己有另一種害怕的程度。又是另一個因懷特才能有的體驗機會，又欠他一筆了。

「現在我在什麼狀態？恐懼階段？」

「你在說什麼？」她問，視線沒有離開道路。

「那位庫畢克醫生說的痛苦的階段。憤怒、否定、害怕、協商與接受。」

「是庫伯勒－羅絲。你的狀況，用那個理論行不通。」

喬的笑聲中帶有一絲驚奇。

「小妞，我真的活得夠久了，竟然有機會讓妳逗我笑。」

九分鐘前

幸福都是些微不足道的事情。

至少，那是馬克杯上所宣稱的。那只杯子是兩週前他的同居人贈送的，奧拉（Aura）正一邊細想那句話，一邊啜飲一口茶中的花草茶。根據她的記憶，這是他送的第六個馬克杯了。儘管奧拉尚不知情，但今晚這個馬克杯（堅守任務）的這句話，將挽救她的性命。

奧拉常常會隨手放下使用過的杯子，有些與微波爐放在一起，有些就放在客廳桌子的角落。事實上，任何位置都可能，所以早上她都會花幾分鐘去找尋，收拾她粗心落下的證物，看看被遺棄不用之物的狀態。尋找過程，至少有四分之三或一半的時間，她都是滿懷羞愧的。

她的想法是要在家政婦到達前收好杯子，清理乾淨，不然她會對她擺出一副「唉，太太」的苦笑，這會讓奧拉很不舒服。

一陣蒐羅之後，水槽旁通常就會擠滿杯子（全都用色彩繽紛的文字寫上激勵人心的話語，有幾個被茶包線頭標籤給擋住了），她覺得很像一群排隊的囚犯，人人身上都帶有各自的識別數字。

幸福都是些微不足道的事情。

今夜，幸福就在小說中。她沉迷其中，以至於時間來到深夜時分（她需要高潮），同時配上一口路易波士茶（雖然已經涼掉了）。但她沒有得到高潮。她現在的狀態就如月經前期，身體會明顯得表現需要。但今晚，荷梅（Jaume）幫不上忙。他從辦公室回家時，整個人就已經十分疲累了。晚飯後，他懶散地躺在沙發上，然後有氣無力地穿上睡衣，走到床上倒頭就睡。

八歲的差異（她四十三歲，他五十一歲）開始變得明顯。他的身體仍健壯，只是開始提不起興致，命根子軟趴趴。

奧拉回自己房間前，他們沒有多少相處時間。他們仍相愛（一起面臨十六年婚姻的臨界點，共同繳房貸，扶養兩個漂亮的女兒），看上去十分幸福。雖然幸福感只有偶爾，卻已足夠。事實上，就算他蓋著羽絨被睡覺而且還打呼，但奧拉也找不到半個理由不與旁邊的他一起共度餘生。他們的婚姻並不完美（什麼是完美？），但不是感情問題，而是外在環境。工作不順，或要迎接其他家庭成員，或者其實世界本來就是一團混亂。他們是相愛的，這已經比許多人擁有的多更多了。

然而，相愛卻無法立即解決奧拉的問題，引用她朋友莫妮卡（Mónica）的說法：「那就是母狗發情的樣子。」莫妮卡有三個孩子，沒有先生，有一段健康的開放關係。她手中能滿足需求的玩具也是她贈送的。

「三十秒，解決所有問題。啊！唉！然後，著手忙別的事情。」

一開始，奧拉使用時會有些害羞。她對性話題表現得十分拘謹，雖然是成長於現代，但她的家庭仍很保守。她讀私校，這類的事只會偷偷在浴室裡分享。這支擬真性愛玩具，是一份生日禮物。她是在派對舉辦到一半的時候收到的，當時以為是一瓶巴西國產雞尾酒！當然，這與事實有很大的差距。

一打開包裝紙，看到內容物，一臉羞澀的她趕緊再包回去，但在場還包含五位賓客（兩個同事，一個表妹，一個親妹）很快就認出物品，開始興奮地表達東西的用途與優點。奧拉一時之間覺得難堪，很不舒服，好像她很古板似的。因此，她刻意表現出來自己很**懂**，大方說用起來很像吸塵器。

儘管如此，她把物品放入袋子中，並遺忘它的存在。然後，生日的幾天後，某個週六早晨，女兒上網球課，荷梅去打高爾夫球。那份禮物再度浮現於她的腦海中。她先沖澡，想給自己一次體驗的機會。她把玩具放到應該被放在的位置，前二十秒有些失望，但一下子，**哦哦哦哦**，煙花四射。

問題並不在於她多愛這項新產品（在她腦海裡，海鮮燉飯與泡飯是有明確差別的），但奧拉是一家私人銀行的投資基金經理，她的客戶年平均回報率為八點三二％。她對物品的附加價值瞭若指掌。

這便引發出另一個問題。確切地說，快樂的池水並無法唾手可得。她把物品放在樓下浴室的健身包裡，以免被發現。當然，也能在此歡愉一番。

一開始，奧拉就讓事態自然發展（哈哈，她在內心憋笑）。因為一直都沒有被發現，而且也因為這個祕密，她反而在床上表現出很舒服的樣子。她最喜歡的作家是《達文西密碼》的作者，丹．布朗。他能成為她的最愛，正是因為那名作家這二十年來都只不斷再版同本小說。奧拉能夠每年獲得六位數的獎金，正是因為她懂得辨識物品可能的附加值。

最終，她內心需求的緊迫性占了上風。

幸福都是些微不足道的事情，就在一顆鋰電池裡。她用此來鼓勵自己。

她將做出最棒的決定。現實，吃大便去吧。

奧拉悄悄把一隻腳伸向床外，小心翼翼不要吵醒自己的丈夫。當她的腳趾在尋找拖鞋時，不禁打起寒顫，地板在夜間降溫得更快，十分冰冷。她四處都碰不到拖鞋，但又懶得蹲在床底，所以她決定赤腳離開。

感謝她的懶惰，這將是她今夜做的第二個好決定。自發性，吃大便去吧。

奧拉離開房間，經過女兒的房門，走到樓梯口。那裡整個屋裡最傲人的設計。雖然是木製階梯，但每一臺階上的花紋有很漂亮的斑馬條紋組成。這種木材價格十分貴重。**不過，用些技巧就能省些花費**。木工如此告訴她。這裡的**技巧**指的是選擇付現，而不是刷卡。由於這個小小巧思，奧拉與荷梅因此能有一個十分精緻、典雅的好木製樓梯。**而且絕對不會吱吱作響**。木工保證。

她這一生做的最好的第三個決定。逃漏稅。責任，吃大便去吧。

當奧拉下樓至一半的時候，她察覺不對勁。

不祥的預感。

住公寓與住獨棟房的人，兩者之間有一個重要的區別。前者會對上下左右的人發展出一種親近、熟悉的感覺。就算是不熟悉，他們的日常生活、動作大小，也都會考慮到了左鄰右舍的看法。

奧拉沒住過公寓，不管是與父母同住，還是十六年前開始的婚姻生活，都是居住在擁有個人空間的屋子裡。因此，空間中的溫度、光線與牆面的距離都是堅實不動的，都是她個人的延伸。

她沒有聽到半點聲響。這若搬到電影裡，可能就會有「嚓」的一聲，或是樓上突然發出巨響，或是電話響起，問你是否知道小孩在哪。

奧拉察覺到有些不對勁，她感覺到一道風緩緩撫過她的腳踝，而這是不該有的感覺。因為後院的門是她親自關上的，所以不該有風從那裡吹進來。十六年來的每個夜晚，她從未漏掉過這件事。今夜唯一不同的，就是她無法入睡。

她靜悄悄地往後退，一步一步往樓上走，途中木地板沒有發出半點聲響（「咔！」）。

她心裡有一部分（理性、公民意識、嚴謹）告訴自己：別大驚小怪，肯定是忘了關門，而且前、後門的警報器都沒響，一切都是驚悚小說讀太多，趕快上床睡覺去。然而，另一部分的自己已經衝向荷梅身邊，用盡全力地搖晃他的肩膀，把他挖起來。

「怎麼……？」

奧拉把她的手指放在他嘴上。屆時，荷梅以為奧拉把他叫醒是為了做愛（他睡眼惺忪中仍可看到她眼中的興奮）。奧拉驚嚇過度，反而變得精神亢奮。她努力地要從模糊的意識中找到充滿危機的字眼：家裡有人入侵。

奧拉用肢體與唇語表現訊息，荷梅睜大眼睛，立即掀開棉被，下床走向衣櫥，從裡頭拿出了一支舊的高爾夫球桿。那支桿子放在那裡大約有十年了，就是為了防範這種狀況。

他穿著睡衣，挺著凸起的啤酒肚，手拿高爾夫球桿，模樣其實挺搞笑的。奧拉有她自己感受世界的方式。她整個身體因恐懼、腎上腺素與荷爾蒙而感到異常燥熱。她告訴自己，這場虛驚過後，要與丈夫好好做愛，就像在偷嘗禁果一樣。

荷梅握緊球桿，沿著走廊往前走。奧拉緊隨其後，她手中握著二十一世紀最重要的產物：手機。她計畫著若有任何危險跡象，就要報警。但此刻還不用，因為奧拉雖然害怕，但更不想要出糗。她在一個保守家庭長大，而且還是家中的老二，一個不太被在乎的存在。

如果能立即報警，或許結果會很不一樣。但這事誰也說不定，或許這才更糟糕吧。

闖空門的人一身黑，走到了樓上。他們沒聽到那個人上來了。這就是那座樓梯的缺點，完全不會發出半點聲響，就連持槍歹徒進到家中也一樣。

荷梅完全是反射動作，不斷大叫，死命揮動球桿，擊向入侵者的肩膀。一下，兩下。入侵者發出痛苦的哀號，聲音中也夾雜驚訝，他舉起手臂阻擋了第三下的攻擊，高爾夫球桿順勢折成兩半，前端跌落到樓梯的縫隙之中，消失不見。

這世界上沒有公式可以算出勇敢的數值，因為根本無法估量**大膽再加乘無意識**，等值於X。不過，如果真的有，變量的計算要完全不同。例如，帶著高爾夫球桿站在走廊搜尋入侵者，算一個檔次。但若拿著的是鋁製品對抗刀子的襲擊，那又是在另一個檔次了。

荷梅往後退，推擠後方的奧拉，她正在打電話報警中。

「你到底想要幹麼？快從我家滾出去！」荷梅驚慌失措地嚇斥對方。他聽見奧拉正在告知地址。事實上，他真的很想直接逃走（他帶著她），躲在廁所內。但此時夫妻兩人的身體正介於歹徒與女兒的房門外。

「我已經報警了。」奧拉舉起手，用勝利者的口吻說。這支手機彷彿成為抵抗所有邪惡的屏障，能呼喚最高權威者的名字，將惡人繩之於法，遠離每一個有工作、有納稅的好人家。

奧拉的咒語似乎對歹徒完全無用。他右手壓著被攻擊的肩膀，左手拿著刀，並向他們邁了一步。這可能是荷梅見過最可怕的景象。那把刀片是鋸齒狀的，有點彎曲，刀鋒指向另一端。

荷梅很確定自己之前看過類似的場景。一個畫面浮現在他腦海中。他小時候獨自一人坐在家裡客廳的地板上，吃奶油糖心餅乾，看到電視裡一個肌肉發達的英雄，拿著一把刀，就像他眼前的那把，刺向邪惡的越共士兵。他為此欣喜若狂。學校裡的小孩都想要一把這樣的刀，他的父母親買了一把給他，當然那把刀是塑膠的廉價仿製品，但正好趕上他帶去學校的校外教學時炫耀。很快地，那刀子就被扔進了垃圾箱。

他眼前的刀子，是真的，比任何他這輩子看過的任何一把刀，都還要真實。

那名陌生男子沒有開口說話，僅向前走一步，然後又一步，一直往前走到他的臉被一盞立燈的微弱光線照亮為止。

「是你……為什麼？」

入侵者沒有回答，而是開始揮動刀子，荷梅為了不要被劃到，開始不斷閃躲，也因此不經意撞到了她，她跌倒在地。手機從她手中滑落，但她幾乎沒有發現，因為她現在最在乎的，就是快點遠離那兩個在走廊中間打架的人影。

荷梅算高壯的人，但就算是奧拉（不怎麼看動作片的人）也能明白他不是持刀男子的對手。木已成舟，丈夫的抵抗只是在拖延些許的時間。

此時，奧拉認為他的作為，就算能有片刻中會擁有他們的一切，房子、汽車、信用卡等，但只要再等幾秒，警察一到達現場，他就得為此付出代價。

荷梅抓住歹徒的手臂，對方痛擊他的頭、脖子，最後他還是鬆開了那一隻持刀的手臂，而且那把刀子開始反覆刺進他的肚子。

荷梅很快就不再反抗，他身體直接跪下，口中不斷吐出鮮血，身體不斷顫抖，最後整個人倒地。場面十分血腥可怕，但奧拉從頭到尾都沒把眼睛從丈夫身上移開。奧拉會因為這個場面，看上很久的心理醫生。

但那時的她已是在另一個人生，活在另一種世界裡了。

當她的丈夫倒在鑲木地板上，在他與死亡進行最後的拔河時，奧拉唯一想到的是：生命真短暫。這麼短暫的人生竟然就得到她與女兒們全心全意的愛。

入侵者。**不對，他是殺人犯了**。奧拉想著。他不想有任何失誤，他用一隻戴著手套的手抓著荷梅的頭髮，讓他的頭抬起，露出喉嚨。他便將刀刃從右耳下方，劃向左邊。他的手繼續抓著荷梅的頭，確認過自己切割得足夠精確，才鬆開手指，使得荷梅直面撲地。

絕不能尖叫，不能叫。孩子不能看到，孩子不可以看到，她們不能出來，不可以，不行，絕不允許。不！

奧拉身體處在兩個女兒房門之間，她努力張開雙臂守衛那兩扇門。然而，有一時半刻，她其實很想打開其中一扇門，就躲在裡頭，只是這同時也意味著，她把另一個女兒交給了命運。這是個令人難以抗拒的誘人想法。

奧拉一生中遇過許多誘惑，有時是被性吸引（無情感），也有過貪財（無損失），也有毒品經驗（無過量）。這一切都不長久，唯一長久無法拒絕的可怕誘惑，就只有食物。食欲最可怕的地方除了甩不掉之外，還會反映在身材上。

然而，以上那些誘惑都完全不足以讓她棄守身後的那兩扇門。十公分厚的牆內，她的女兒弱小的身子蓋著棉被，正安然酣睡。亞曼達（Amanda）房裡的夜燈會亮著，但派翠西亞（Patricia）年紀比較大，房間是全暗的。她們的頭髮會飄散著洗髮精的味道，嘴巴微張，光潤發亮。

奧拉想進房保護她們，把她們擁入懷中，這已成為她人生中最急迫要做的事了，但她做不到。她沒有能力，因為有兩扇門，而她做不了選擇，也根本無法選擇。因此，她留在兩道門的中間，背緊靠著牆，手臂張大，就連腳也張得很大。她要用自己可憐的身體充當盾牌，努力在警察到達前，多爭取幾秒鐘的時間。

歹徒抬起臉，看著奧拉。他跨過荷梅，走向她。兩人僅有半公尺的距離，他清澈的藍眼珠子看向兩道門（門上貼著用木板字母拼出的名字），然後再把視線轉向奧拉。

他不發一語，舉起那一隻戴著手套的手，指向她的嘴唇，然後指向一扇門與另一扇門，最後指著她的眼睛。

奧拉理解他的意思。

奧拉點頭。

她咬緊牙根，緊閉雙眼。當刀刺進她的肚子裡時，奧拉死硬地不叫出聲來。

（絕不能尖叫，不能叫。）

她知道唯有吞下痛苦，才能救活女兒，讓她們擁有幸福快樂的時光。派翠西亞會拿到大學文憑，亞曼達會找到畢生的工作。她能看到兩人多年後的未來，幸福美滿的模樣。一切只要她能一聲不響地交付出自己的生命，只要能不出聲就不會吵醒她們，那麼這痛，這苦——

（就能吞下去。）

就是忍，忍，忍。

就在她眼前變黑之際，她聽見了警笛聲。

3 樂高

奧迪抵達天鵝街二十一號。車身不可思議地完好無缺。

這是聖誕奇蹟。喬思索，但當時還是三月。

「小妞，只要像這樣，持之以恆，很快就會拿回妳的駕照了。」

「什麼駕照？」

喬盯著安東妮娜瞧，看到她一臉正經的樣子，驚訝得吸了好大一口，非常大的一口氣，慢慢恢復到能夠講話的狀態。

「你們的所在處，剛才跳出警急通報案件。」曼多說。

「你派人過來了嗎？」

「你們告知此事時，我就派人過去了。他應該快到了。」

「那也叫輛救護車。」她指示，口氣陰鬱。

安東妮娜掛斷電話，走下車。別墅外頭看起來十分恬靜。那是一棟具有現代風格的房子：白牆、耐候鋼面、平屋頂。外牆是用石頭與鋁片做成的欄杆，大門直通菜園。

無人碰過的痕跡。

喬不確定該怎麼做。這是執法部門在此類案件中爭論已久的問題：要大喊大叫？還是踮腳尖進入？嫌犯可能還在裡面，那麼宣稱自己的存在就可能傷害屋主。

此外，最近我們過得太心驚膽跳了。喬自忖。**我現在最不想做的，就是告訴那個拿著武裝的人，我要進入了**。

「慢點。」

「做個示範。」安東妮娜指著門鎖，要求。

喬回到車上，打開副駕駛座前的置物櫃，把裡面一個老舊工具包、開鎖器與其他物品一起拿了出來。他回到搭檔身邊。安東妮娜打開手機的手電筒，幫忙照亮四周，喬開始複習路米教他的技能。路米教他開鎖大概是八、九年前的事了，路米說有錢人家的大門鎖都特別黏膩，很滑，但無論如何，其實一樣都只是個鎖，只要仔細看，好好地看，就一定能打開。

就只是個鎖，但喬不是路米，因此他花了好大的功夫才把門打開。門開的瞬間，喬縮了一下肚子，以為外頭安裝在對講機下方的警報器，會歇斯底里大叫。

「警報器根本沒用。」喬回答，安東妮娜也有相同的感想。

「不可能裝好看的。」她皺起眉頭，回答。

「拿著。」喬要求，把包包裡的一樣東西拿給她。

那是給「安東妮娜」的槍。放在引號裡，因為那本來就是要給她用的，但她表明不是。**那把槍太小，不會是我的，我連手指都插不進去，拿去。我不要，你自己帶著**。兩人如此推拖了好一陣子。

「根本不必要。」

「拿著，否則別進去。」

安東妮娜心不甘情不願地接受了，而且她知道他下個動作，就是到後車箱，要求她穿上防彈背心。為了逃避他這個要求，她加快腳步走向房子，假裝沒聽見喬在身後的窸窣聲。不過，至少手上有武器。

今夜沒有月光照路，只有遠處的路燈，微微照亮二十公尺長的白色花崗岩板。

她停在第十三公尺的地方。

進屋的大門安裝了一面三公尺高的大玻璃窗。花園與客廳在視覺上彷彿連接在一起，玻璃的其中一面是一扇門。

開著的。

遠方，能聽見警笛。

太張揚了。喬想著。

「我們等等。」他低聲指示。

安東妮娜表示同意。

當下這種情況，已經不可能製造驚喜，所以最好稍後一或兩分鐘，等待其他警力的支援。他們用手勢讓彼此瞭解，計畫從雙人驚奇變成多人驚魂。

此時，她看向門欄杆旁的地板，那裡有一個東西引起她的注意。因此，她蹲下身查看。那是一塊黃色的樂高積木。幾個月前，她在聖誕假期裡，曾和喬到家裡附近的玩具店，挑選荷耶的聖誕禮物。店員詳細向他們介紹樂高得寶系列。那比一般的尺寸大上兩倍，為了防範兒童誤食所造成的窒息，適合一至五歲的孩童。

沒有任何訊息表示，這戶人家裡有那麼小的孩子。

安東妮娜丟掉手中的樂高，馬上走入屋中。喬從外套裡拿出小支的手電筒，為兩人前方開路。

他隨即跟上，走得非常輕巧，努力不撞壞任何物品。**說好的算什麼**。喬自嘲。

大半夜進到陌生人的家不是一件輕鬆的事，況且還知道可能要面對一個強而有力的入侵者。如此一來，每一道陰影都可以是威脅，每一個角落都可能伸出一把對著自己揮舞的刀，每一面牆上的肖像畫都能是一張臉，像貪婪的歹徒，或是充滿慾望的強姦犯，或飢腸轆轆的怪物。喬不自覺屏住呼吸，用後腳頂著前腳跟的方式行走，身體的感知全都豎起，提高警覺。

此時，樓上傳出腳步聲。撞擊，玻璃碎裂的聲音。

就在安東妮娜要踏上樓梯的那一刻，喬把她拉到身後，走到她的前面。喬也覺得那座階梯非常漂亮，很有品味。當他踏上第一個階梯時，木材沒有吱吱作響。

總共十八階。第十四階上開始出現血跡，幾乎濺滿整個平臺。第十三階沒有那麼誇張，從第十二階到客廳的地板上，就只有幾滴血而已。

喬無法不踩在滿是鮮血的臺階上，他想瞭解樓上的情況，就一定要踏上臺階，才能讓身體靠在上面，探出頭查看。

歹徒不在了。只有一個躺在血泊中的男人，階梯上的血明顯是他的。以及不遠處，有個女人癱倒在地上，肚子上有傷。

那個當下，他聽到了咕嚕咕嚕的聲音。

安東妮娜急速衝向她身旁，將她的臉朝上，同時按住傷口。

「還活著？」喬小聲地探問。

「快不行了。」

喬越過安東妮娜，往前察看。臥室的光在走廊上漫射出一道三角形，並且隱約能看見紅色的痕跡。喬就算不像安東妮娜那麼會推理，但他還是能弄清楚凶手逃跑的方向。

喬很快就給她帶回來一個壞消息。

「有一面玻璃窗破了，他跳到後花園逃了。我跟警方……」

安東妮娜用力搖頭，做出要他小聲說話的動作。

「別做那些事。打電話給曼多，讓他別讓警方進入。現場都快被我們破壞了。只讓醫護人員上樓。」

警笛的聲音已在門外了。警方已封鎖起四周。遠方，能聽到救護車的聲音，而且聲音越來越大，聽起來比警笛更蠻橫霸道許多。

「撐著。」安東妮娜小聲安慰。

與此同時，喬負責執行安東妮娜指派的任務。結束後，他才打開女孩的房門，從縫隙中窺探她們的安好。房間十分整齊，小孩就像往常一樣酣睡。陌生的世界，要等到她們醒來才會發現自己墜入一場夢魘之中。

她們好小。喬想著。**會撐過去的，只是付出的代價太高昂了**。

醫護人員趕到。安東妮娜挪出空間讓他們進行救護工作。此刻，她全身沾滿鮮血，走向喬。

「他說過，要償還失敗的代價，而且還會加上利息。」安東妮娜用冷漠無情的聲調述說。眼神十分銳利。

「怎麼知道是……？」

「我們進門時，我又收到簡訊了。我把手機調成靜音，我看時間的時候，看到了。」

她伸長手，給他看手機。

六小時。

懷特

4 一句話

剩下的夜晚，就是一陣混亂、噁心與僵硬。

一名心理醫師與一名社工把小孩帶走了。女孩是從各自房間窗口，由兩名消防員把她們接出來的，這是為了不讓孩子看到走廊上可怕的畫面。安東妮娜沒有交付此事，這是喬的決定，他認為這樣至少確保她們腦海中不會留下任何深刻不可抹滅的畫面。這個事件後，她們再也見不到父親了，也很有可能永遠不會回到那個家了。

至少她們不用面對最難的部分。喬想著。他進屋後，四處看了看。使用高檔器具的廚房，露天泳池。總而言之，這屋子就是用錢堆砌出來的。但他們並不算真的有錢，不是歐提茲企業家或崔嵒的銀行家族那類的人，實際上根本完全無法相比。然而，這也不代表這兩個小女孩的生活會有任何欠缺。

他又思索了一會兒，意識到有件事騙不了人，我們的確搞砸了。因為，孩子必定會有所欠缺，一切都會有所不足。

她們身上會有一個洞，永遠無法填滿的洞。人類的一生就是故事組成的，而這個女人與她的女兒就只能用悲劇的方式來講述這個故事。假若幸運的話，她們長大的過程還是能擁有幸福快樂的生活，只是永遠都有一個空洞，把所有歡樂與光明都吸進那個無底洞裡。

喬很愧疚，但沉重的心情根本無法跟他的同事相比。他在樓梯底下找到安東妮娜，她正耐心地等待厄瓜朵讓她上樓。多虧曼多的干預，鑑識組與法官給他們幾個小時的先行搜查時間。所以，房子現在除了他們三人之外，其他人都禁止進入。

「她們安全了。」喬說。

安東妮娜不發一語，沒有任何動靜，就只是雙手交叉坐著。內疚和憤怒就壓在這一百五十五公分的小人兒身上。

「我知道妳在想什麼，但妳錯了。」喬警告。

「我們到時，那個人還在。如果能……」

「他聽到警笛聲時，把那女人留在那裡。知道為什麼嗎？」

「算好了警方到了，她也早死了。」

「但結果不是如此，因為我們已經到門口了。妳救了那女人的命。妳完全不顧後果，闖進屋裡，死命壓住她的傷口。」

「醫護人員怎麼說。」

「什麼都沒說。」喬說謊。

實際上，醫護人員說情況很不樂觀，命在旦夕。但不必再雪上加霜了。

「只要我們能提早快個一分鐘……」

「小妞，」喬半安慰半吹捧說：「妳開得已經夠快了。」

安東妮娜垂下頭。

「總是如此。不管我們做什麼，都是相同下場。午夜夢迴時，就只能想起那些無法救起的人。」

喬瞭解她的感受，但他也無話可說。他一直在想該如何鼓舞安東妮娜，但半句有用、機智、深刻的話都想不出來。**振作起來向前進**，這兩個概念根本就不會擺在一張黑白照片旁，甚至也不該擺在同一句話來說。但是，這就是擺在眼前的現實。

「小妞，只能振作起來。」

安東妮娜仰起頭，露出害羞的微笑。

「抱歉，這些話我本來應該是跟史考特奶奶說的。」

「小妞，若有需要，我可在頭髮上，上幾個髮捲。」

「史考特奶奶才不上髮捲，而且你一點都不適合。」

還是一樣找不到笑點。喬想著。

當時所發生的事

努諾離開後，曼多留下來觀察眼前的女子。她身上穿著醫院的袍子，背後只用幾根線繫上，她裡頭只有件黑色的運動內衣。她的眼珠偏灰，膚色是不健康的黑。情緒總是很緊繃，像剛完成二十公里競走的肌肉一樣，一副快要爆炸的樣子。

盯著她，他這才真的看懂了什麼。她的聰明才智與安東妮娜截然不同。她聰慧中帶有狡黠，懂得設陷阱獵物，是隻能嗅到羔羊的狼。然而，矛盾的是這並非讓曼多害怕的地方，讓他最感到不安的，也就是她與史考特之間最大的區別：意願。

史考特就算結束訓練，她還是會想繼續，最後結局是碰到地板，安東妮娜的反應就是單純的不想碰到地板。

相反的，這個女人……

「我想問妳一個問題。」曼多的聲音從擴音器傳出。

她的身體沒有停止轉圈，但脖子猛然地轉向玻璃窗。雖然身體在動，但眼睛沒有，固定得像貓鼬一樣。

「第一次測驗的那一天，妳給了我一個十分不尋常的回答。我很樂意聽聽看妳是如何得到那個結論的。」

「輸油平臺上的人比運油船的人還多。這是最可能得到的結果了。」她喘著大氣回答。

「沒錯，當時是這麼說的。」曼多記得。「現在，請告訴我實話。」

她忽然定住，呼吸越來越急促，好像肺部氧氣十分不足的樣子。要不是體能控制系統啟動的緣故，曼多就會更清楚見到她的血氧飽和度急速下降到危險的地步。不過，就算如此，他也已清楚地看到她無法站穩的模樣了。

「這是在做呼吸訓練嗎？」她用喑啞的聲音詢問。

「最棒的機械就是大腦。海馬迴中的氧氣只要發生百分之二的變化，執行功能就會立刻受損。此外，還會降低說謊的能力。」

女人滿頭大汗貼在玻璃上，左拳輕輕捶了一下。即便他們之間隔了一層一點二公分的玻璃，曼多還是畏縮地往後退了一步。當時若沒有那塊玻璃，兩人幾乎到了可以親吻的地步。

或可以殺我的地步。曼多瞭解。

從很多面向來講，這就像第一次見到她一樣。她沒有隔著那一層面紗，或者是說沒有他想要看到的那一層面紗。

「是通往勝利的捷徑。」在大口的吸氣後，她回答。

「終於吐出實話了。」曼多說，按下按鈕，天花板牆壁的管線開始發出輕微的嘶嘶聲，努力在幾分鐘內填滿三十平方公尺空中所需的氧氣。

「這不是你所想要的，對吧？」

「不管是我，還是那八十位運油船船員的家人。」

「那只是個理論練習。」

「因此，妳答得十分肯定。」

「踩著別人才能往上爬。為此不捨，就像是在可憐被剝掉的橘子皮。」

「為贏不擇手段？」他問，背脊升起涼意。

當她因為昏眩而滑落時，曼多仍處在挫敗的震驚之中，無法做出任何反應。或許正因如此，他並沒有聽到她向冷漠堅硬水泥牆，吐出的最後一句話：**為了你不擇手段**。

兩名身穿著藍色防護罩的男人走向房裡的她，把她攙扶起來，幫助她離開。在紅皇后專案裡已沒有容得下她的空間。

一切都當作沒發生過。

她的面紗已被揭開，不需要壓抑了。現在他看清她的真面目，其實在某種程度上來說，算得到解脫。是一種釋放。她也到了時候充分展示自己了。

當那兩個男人中的一位把手放到她肩上時，她身體變得非常的沉，迫使那個人更靠近她一點。然後，在那個時刻，她立刻回擊。

她抓住他的手腕，臉靠向對方的脖子，張大嘴狠狠地咬住，咬到那個人的皮膚撕裂，她無法整個咬下來，但確實足以讓那人的喉嚨受到重傷。男人的喉頭被咬爛，無法叫出聲來。鮮血汩汩，他用雙手使勁壓住傷口，保住了呼吸的可能。

一旁的男人整個人怔住，全然不知如何應付她如此血腥的行動。這與為了科學實驗，捆綁、堵住嘴巴與侮辱一個手無寸鐵的女人，完全是兩碼子事。他反應過來時，已發現她正朝他撲過去。她嘴角與下巴的血不斷往下滴到那件白袍上。不過，最讓他害怕的，是她的眼睛，瞳孔小的像針頭一樣。他趕緊跑向出口，手快碰到門把的時候，卻被一個東西拉了過去。那個女人用電線套住他的脖子，勒得死緊。他往後靠在她的身上試圖掙脫，但沒用。有一根電線斷了，劃破他的手指。他很想遠離她，但那只會增加脖子上的壓力，她的雙腳一直用力踩著他的肩膀。他最後注意到自己的舌頭從雙脣中伸了出來，而這已是他最後的意識了。

其他三個男人衝進房裡的時候，她還在使勁勒住別人的脖子。她力氣耗竭，但她死不鬆手，也絕不會讓臉上的笑容消失。

5 犯罪現場

「請上來。」幾分鐘前，厄瓜朵在樓梯口向他們喊。

現在屋內燈火通明，樓梯此時整片乾掉的血跡看起來像《美國殺人魔》的劇照。厄瓜朵用一次性塑膠防護衣鋪蓋在樓梯上，為上樓的方式省下不少麻煩的步驟。厄瓜朵在走廊上擺放了入侵者的指紋、血跡等標牌。從數量上來看沒什麼可看的。然而，安東妮娜有她自己辦案的方式，她忽視厄瓜朵擺的橘黃三角錐的位置，而是遵照自己的訓練方式進行：記住犯罪現場中的每一個細節。她的目光從一個元素移動到另一個，循而復返，然後停留在其中幾點上：

樓梯的其中一條欄杆上的鉚釘略微分開。

被害者的姿勢，臉朝下，手臂在軀幹下方。

睡衣、防禦性傷口、割傷、顱骨外傷，反覆的穿刺，有很多可疑之處，要……

「她會需要這個。」厄瓜朵對喬說。喬與她站在一起，但兩人之間有一定的距離。她把手伸向喬，除了那個小盒子外，老菸槍的手指也一起遞出一股濃厚的菸草味。喬取走盒子，放進口袋中。

「醫生，這件事我來負責。」

「不拿一顆給她？」她好奇詢問。

「不用，只要我不拿出來就好了。在南部的時候，她克服了依賴。」

「若不是第一次，那……」

醫生想表達些什麼，但喬直接給予結論。

「她會用自己的方式進行的。」

「我不認為可行，因為……」

厄瓜朵未把話說完，但也沒有必要，因為喬明白她的意思。

因為這東西是她的命。

「信任她。」

「好的。」她不確定地回答：「這是她的決定。」

厄瓜朵有禮但不肯定地回答，聽起來像是在說「笨蛋，自找苦吃」。但儘管如此，喬堅信不疑。或許，可能還是有一點或很多的不確定，但他仍表現得像會成功一樣。

他不想背叛安東妮娜。

活得像人，比活著更重要。

「我相信她。」他再說一次，但其實也是在說給自己聽。

6 兩個臺階

喬關心的對象，此刻表現出的模樣，讓人沒有太大的信心。她踉踉蹌蹌走到牆邊靠著，雙手抱頭。她完全內外失衡，呼吸急促，似乎快要焦慮症發作了。

她數到十，每一個數字都搭配一次吸吐，腳也往下走一個階梯，身體不斷朝向壓力來源，朝向黑暗，直到她不曾到達的位置。

這次 koan 沒什麼用。那些話沒有指引出任何方向。

你得找到自己的敘事。曼多曾對她說過。**在憤怒與平靜之間，你的敘事**。

在南部的馬拉加市，當時她不是下樓梯，而是過了一座橋。她從與母親的記憶中，找到了自己的敘事。那時，她去了一個從未到過的地方。雖然受傷歸來，卻變得更強壯了。

然而，她不想再利用那個地方了，那裡離自身太近，太痛苦了。自從再次開始工作，她每日三分鐘的和平儀式，就成了難以獲得的奢侈品。而且，在最近的日子裡，平靜成為不可能的選擇，她總是心懷內疚。有時會覺得只要能想得夠快，就能解救身後的那些人。但因自己的笨拙與無能，便只能留下一排屍體。一切就是因為自己不夠強大。

或許這就是問題所在，以為自己能做到。她站在腦海中的樓梯中間，距離黑暗只有兩步之遙。**也許我錯了。也許曼多是對的**。

因此，她做了一件從未曾做過的事。

她轉身。在她身後沒有之前往下走的八個臺階，而是更多，非常多。階梯也不是直的，而是不斷轉動，並隨著她上升而變窄的扭曲樓梯。

安東妮娜開始往上爬。

她打開眼睛。

世界慢慢悠轉，也在逐漸縮小。她的手、胸與臉上刺痛的電流消失了。她吸進第十口氣，確認猴群在腦中悄然無聲，那種感覺與紅膠囊的效果不同，沒有任何藥丸效用可以與之相比。但她忘了她有過那種感覺了。

那個時刻至今（從未讓理智）一片寧靜。

犯罪現場再次出現在她眼前。她開始看見了。

「嫌犯從後院的門進入。家裡裝了一個感測開關警報，所以我想一定得要先解開，絕不是屋主忘了設定。對嗎，醫生？」

「我確認過了。」厄瓜朵回答。

安東妮娜沒有回應，她還處在她腦中的泡泡裡，想像著犯罪現場的細節。每一個細節在她的腦海彷彿電影一般不斷回放。或者，說得更確切一點，她在重新拍攝，因為是她在安排角色的移動，透過所有證據，速寫大家的心理狀態。

「他走上樓，在那裡遇到了丈夫。他叫什麼名字？」

「先生是荷梅．索雷（Jaume Soler），太太是奧拉．雷耶斯（Aura Reyes）。」

「荷梅用高爾夫球桿打入侵者，打到對方的……」

安東妮娜側身，舉起手臂。之後，她蹲下，撿起已貼上標籤包在塑膠袋內的球桿，很仔細地端詳一番。

「犯人是個左撇子。他舉起手臂保護自己，手中還拿著刀。」

「怎麼……？」

「球桿上的斷裂方向，桿頭也滑落了。然後，丈夫與凶手發生了扭打。兩人中的一人撞上了樓梯扶手。」

她指著球桿上的鉚釘些微鬆動、銜接的地方，它轉向了。

「扭打的時間不長，一個睡眼惺忪的中年男子，無法長久赤手空拳與一名訓練有素的歹徒搏鬥。」

安東妮娜看著地上的屍體，然後看向牆壁上一道不規則的半圓形，那是女人濺在牆面上的鮮血。

「丈夫是目標。」她表示。

「也可能是太太。」

「是先刺他，然後才轉向她。」

「可能只是先解決較有威脅性的人。」

安東妮娜指著屍體傷口造成的出血，流了那麼多血，但睡衣上的破洞很小。

「仔細看肋骨間的傷口。很可能解剖的時候會發現，刀子甚至都沒有刺到骨頭。」

「確實，這是職業殺手的手法。一把銳利的刀子。」厄瓜朵肯定。

「她的傷勢……不同。第一刀刺向肚子？這不是職業犯的做法。鎖定的目標是丈夫。妻子是……」

從頭到尾，喬都不發一語，他傾聽著安東妮娜與法醫兩者的意見。此時，他決定插話。

「他把太太當成玩具在耍，但我們出現了。」

他沒再多說「我們即時救了她與小孩的性命」，因為他沒有心情聽安東妮娜的反駁。但他把話聲留在空氣中，讓她至少有所依靠。

安東妮娜表情嚴肅地點頭。她的雙眼十分明亮。

喬若不知道（這次他很仔細監視她的一舉一動），他會懷疑她又吃了一顆紅膠囊。但她確實沒有。這一回，她似乎真的找到自己的方法了。她的手顫抖得很厲害，頭不停地扭到一邊，也許是想聽從或逃離腦中猴子的聲音。但無論如何，這一次至少她坦然面對自己。

小小的進步。喬想著。

「的確，但我們還是來得太晚了。」她說，指著地上的屍體。

以及歹徒逃走了。喬自忖。

「我們能把他翻向正面嗎？」

法醫點頭，她蹲在屍體旁。厄瓜朵很快速地（經驗老到）把一隻手臂放到受害者胸口下方，另一隻手臂放到臀部下，一口氣就把屍體面朝上。

喬也一同蹲下，驚恐地盯著脖子一道深邃的傷口，感覺就像第二張嘴，令人十分不舒服，實在不忍直視。因此，喬撇過頭，正好看到安東妮娜蹲著，幾乎都快要與屍首臉貼臉了。

「不。」他說。

安東妮娜緩緩起身，什麼話也沒說，離得遠些，走到臥室裡頭。

喬與法醫交換眼神，她示意要喬跟著安東妮娜，因為她正停在窗戶前。

從走廊上，他很清楚看到她身體在顫抖。

喬踩著很重很響亮的步伐靠近，他不想嚇到她。他站在她身邊，探出窗。窗子面向東方，因此黎明的陽光灑落在床上。喬不愛這種設計，排斥在睡覺時有任何光線。此時，太陽還沒升起，但天空已從靛藍色變成橘紅色了。站在大街上等候的警察，穿著大衣，跺著腳，努力驅逐寒冷。四周好奇的鄰居全都消失在自己的屋裡了。屋內，玻璃窗上凝結著安東妮娜的氣息，形成一團淡淡的霧氣，形狀幾乎與女人濺灑出的血跡相同。

「好了？可以告訴我什麼東西讓妳那麼驚訝？妳看屍體從不曾皺過眉。」

喬擺好餌，然後等著。

過了一分鐘。兩分鐘。

「很不像妳，一點都不著急的樣子。」喬說，他等得有點不耐煩了。

安東妮娜依舊雙手抱胸，看著窗外。當她開始說話的時候，語速慢得驚人，彷彿每一個詞句都是用鋤頭和鑵子從大石堆下挖出來的。

「我吃驚的緣故，是因為那男人已經死了四年了。」

四年前的死人

「妳的洋薊連一口都沒有嘗過。」

安東妮娜看著她的丈夫，然後看向眼前的空盤，再次看向丈夫。

「吃光了。」她感到不解地說。

馬可士露出微笑，笑容十分陽光，但不那麼正氣。那種笑容一般是看到孩子的手差點插進插座裡，或者電視上的選手選擇了明顯錯誤的問題時，就會覺得「真搞笑」，嘴角一邊微微上揚。

「想再點一盤嗎？」他問，只是同時他也知道答案。

「不用了，我一點都不餓。」

馬可士看著他的太太，自顧自地把眼前燉菜吃完，接著再看向她。

「真不可思議，怎麼可能這麼短時間吃下這麼多東西。」

安東妮娜不懂馬可士在跟她玩什麼把戲，但她也不在意。這幾天，他們幾乎沒有相處的時間，因此她只想享受當下。所以她只是握緊他的手，不過不管她如何用力，都傷不了馬可士那雙手。他的手寬厚有力，長滿老繭，這是每天在石頭上奮力雕刻的藝術家才會有的雙手。

「這次我請客。」她拿起服務生遞給他們的帳單，表示。

「我請。」他搶先了一步。

這是慣例了。

自從他們開始交往，兩人總是搶著買單。剛開始，對安東妮娜而言，這是尊嚴問題，因為馬可士家庭十分優渥。雖然她也是，只是她與父親斷絕來往後就只能自力更生。因此，當安東妮娜有一份月薪五位數歐元的薪水，她就想和馬可士平攤一切。他們現在住的地方，是他父母親留給他的遺產。他們每月收到的租金，即使支付了所有費用之後，仍可賺取到一筆可觀的收入。大部分的房客都是潮人，多付一點錢就是為了住得離市中心近一點，上酒吧只喝精釀啤酒，咖啡廳只選富麗堂皇的，並且把這些**生活**上傳到社交媒體上。

馬可士因此能做熱愛的事，專心一致進行藝術雕刻。他浸淫在藝術中，進步神速，已經辦過兩場很棒的展覽，事業明顯正要起飛。但兒子仍是他的重心。而且他也很配合安東妮娜奇怪的工作時間，她做為警察的顧問，經常不在家中。馬可士其實對她的工作內容很感興趣，但安東妮娜明確表明不能透露，因此他也不再過問。

「我不想說。」這就是她的回應。

馬可士為此抓狂過，但他也已經學會體諒自己太太的獨特問題，這也是她與眾不同的部分。或許正因為馬可士是藝術家，所以他能看見世界上被隱藏起來的美麗。

他就像米開朗基羅一樣。那位偉大的雕刻家在二十六歲的時候，有一天在佛羅倫斯大教堂的院子裡看見了一塊大理石。那顆石頭有一部分被灌木叢吞噬掉了，甚至還是中間被人挖了好大一個洞，因此沒人想要那塊五公尺大的大理石，也就被丟棄在庭院中。

米開朗基羅觀察那顆大理石好多個月，在它四周散步，坐在上面，甚至把耳朵貼在上面。路過學生和修士看他那模樣，都把他當成瘋子。

有一天，米開朗基羅拿起鑿子開始工作。他既沒有石膏模型，也沒有先畫草圖，就是一點一點地敲擊。一週後，他要求在街區周圍豎起一堵巨大的牆，因為他要做的事情需要隱私。

四年後，有一天，米開朗基羅宣布，幾小時後高牆會倒下。佛羅倫斯裡的每個人都聚集到庭院周圍，眾人都認為要來見證這年輕小夥子的失敗。工人推倒高牆上的磚頭，這個世界首次看到了：大衛像。一個文藝復興時期的傑作，整個人類史的傑作。

世人皆為此雕像噤聲，佛羅倫斯大教堂的主教充滿驚訝與欽佩之情，他走向米開朗基羅，問他如何做到如此完美的雕塑品。米開朗基羅聳了聳肩說：

「大衛就在大理石塊內，我只是把剩下的東西帶走而已。」

馬可士當然不是米開朗基羅，但他也是一位雕刻家。他懂最美的雕塑品都是從最難的石塊中提煉出來的。他深愛安東妮娜，正因為她不容易，因為她能在被封住的世界之中自得其樂，而且只要給予就一定會回報，這就是他瘋狂愛上她的原因。

儘管，偶爾他也覺得安東妮娜真的讓人抓狂，例如現在。她眼睛一直在看手錶，明明還有一個小時家裡的保母才會離開。

「荷耶很好，別擔心。我們吃個冰淇淋。」

安東妮娜搖頭。

「我得打幾通電話。你介意先離開嗎？我會再補償你。」

馬可士嘆口氣，但他很懂她的弱點，所以他想好好利用一下。

「看情況。」

「什麼情況？」

「看看**補償**是否能為我圖到什麼額外的好處。」

「當然沒有，怎麼會要圖……？」

安東妮娜愣住，因為她看到馬可士正用手指做出相親相愛的動作。她雖然臉紅，嘴上罵了幾句，但仍不免嘴角上揚露出幸福的笑容。馬可士看到她的模樣，心和全身都暖了起來。

「今晚我們可以聊聊多義字。」安東妮娜屈服。「看看你有沒有新的特殊詞彙，整理到我們的字典內。」

「我有一個，是拉丁語，之後我再跟妳談。」

馬可士與她告別，自己獨自一人離開。安東妮娜的臉上掛滿幸福，注視著他離開。然後她從夾克口袋裡拿出一個小盒子，取出她隨身攜帶，以備不時之需的紅色膠囊。她用門牙咬碎，苦味迅速釋放，她將粉末放置舌下，讓黏膜更快速吸收，加速進到血液內。

她等了一會兒，注意到周圍活動的速度開始變慢，接著她專注地感受坐在身後那位虎視眈眈的人。

「希望您知道自己在跟誰作對。」說話聲音十分低沉，而且就背對著安東妮娜說話。

突然，坐在隔壁桌的人站起身來，坐到剛才馬可士的位置上。

「打擾了。」

「您其實不需要跟蹤我們逛街，一起進到商店購物，而且還給服務員小費，就為了坐那張桌子。」她一一把對方的行動列舉出來。

那名男子約莫四十五歲，或五十六歲。身材高挑，肩膀寬厚，有點駝背。加泰隆尼亞口音，留著小山羊鬍，戴著眼鏡，從鏡片厚重的程度，看起來像那些得整天待在螢幕前好幾個小時的人一樣。像個會計師，沒有接受過攻擊特訓。因此，安東妮娜的腦袋中對他的警覺程度，從威脅降到關注，並讓他跟蹤自己好幾個小時，也沒有通報曼多。她從他的態度裡，只感覺到他只是想和她說說話，只是這是無法在馬可士面前進行。

「您得保證從沒見過我。」男子要求。「您真的就如傳聞的一樣，非常厲害。」

「誰說的？」

「每個人。至少大家都聽過瓦倫西亞的案子。」

安東妮娜更加留意對方的舉動了。

肯定他不是個會計師。他穿的襯衫很高檔，十分昂貴。鈕釦附近的袖口白得發亮。西裝外套質料很舒服，但他不是穿去上班。他的確坐在電腦前，但這不是他穿去辦公室的服裝。他的衣著沒有任何品牌標記，或是因衣架而有凸起的狀況，背部也十分平整。他沒有繫領帶。頭髮乾淨俐落，指甲修剪得十分整齊。

「我聽不懂。」

「您我都心知肚明。」

「方便告知如何稱呼嗎？」

「我來告訴您的事，是您得必須知道的，那人必會十分不樂見這種情形。」

然後，這位陌生男子開始鉅細靡遺地告訴她一個非常詭異的故事，內容是關於一個在逃的殺人凶手，一個極度危險的人物。

「他有能力讓被他謀殺的人看起來像意外身亡。不管難度有多高，情況多麼險惡，他都辦得到。他在美洲、中東、亞洲……都犯過案。三年前開始在歐洲活動。」

男子掏出一張照片，安東妮娜沒有伸手去拿，因此他把照片推向她面前，就在水杯與糖罐之間。

相片上有一個年約三十五歲的細瘦男子，一頭金色捲髮，動作看起來像正要上車的樣子。

安東妮娜覺得那人神似《猜火車》中的蘇格蘭演員。不過，她無法肯定，因為拍攝位置相當遠，而且畫面並不清楚。

「這是唯一一張拍到他的照片。事實上，他本人不知道有這張照片的存在。倘若被他發現這件事，所有看過的人都不可能存在世界上了。他這個人就是這麼誇張。」

「您為什麼要告訴我這些？」

「史考特女士，因為這男人是惡魔，一個無情冷默卻智慧過人的存在。因此，需要一個像妳這樣的人，才有可能抓到他。」

「我？我是主修英語的語言學家。」

「我確信您不是。」他回答。

他的手放在肚子上，整個人看起來又餓又渴。

他跟蹤她一整天，連點個東西吃的時間都沒有。

他們現在在太陽門附近的一棟大樓樓頂，一家馬德里的高檔餐廳，而且他們坐在露天陽臺的位置，在六月的下午四點，可想而知天氣有多麼炎熱了。

安東妮娜喚了服務生，他要了一罐水，她點了一杯咖啡。

「我還是不能理解為什麼要跟蹤我一整天，這件事可以直接報警就好了。」

「史考特女士，單要證明這個……存在，我認為就是紅皇后專案成立的理由。」

他肯定是個工程師。他的行為舉止完不是當執行長的樣子。外聘的電子工程師。安東妮娜推測。**有巴塞隆納的口音，可能是在瓦倫西亞之前開始測試的新工具中的成員？電腦設備全設置在巴塞隆納。**

「當眾說出專案名稱不太恰當。」

「我太絕望了，需要您的幫助。相信我，您無法說不的，只要我說出一切所知的事。」

安東妮娜往前傾，靠向桌子。

「那麼，請說。我離吃下午茶的時間還有五十分鐘。請先說自己的名字，以及與專案的關聯。請不要說謊。您若真的知道我是誰，便知道您藏不住祕密的。」

男子往後靠一些，遠離一點安東妮娜的壓迫。他看向她後方的桌子，用餐的客人正要起身離開。最後四周一個人都沒有。

「這裡……不行。」他表示。「我們再說。請好好想想我說的話。」

他猛然站起身，椅背撞到後方的椅子。然後，頭也不回轉身離開。

安東妮娜又待了一會兒，思索方才那段奇怪的會面。

一位服務生走過來要收走桌上的空罐，她阻止了下來。

安東妮娜拿著紙巾，抓住瓶口，小心不要碰到男子剛才手指碰過的地方。

7 一張票

「這就是一切。」安東妮娜回答，過程中眼睛直盯著窗口。

外頭，太陽升起，但今日是馬德里寒冷冬日的早晨。天空中沒有雲，陽光中沒有傳遞一絲熱度。喬認為馬德里冬天的太陽，是冷漠而不是熱情。

「再也沒見過他？」

「沒有，兩天後，懷特闖入我家。馬可士自此昏迷不醒，我也差點死掉。其他的事，你也都很清楚了。」

不，喬想。我不知道其他的事。

我不知道三年間的任何事情，不知道妳做了什麼，妳把自己藏得有多深。不知道妳一路上丟了多少東西。當時所失去的，就不是現在擁有的。因為要重新組合出妳，就像拼湊一個超難的拼圖，連個圖片說明都沒有，而且還要在黑暗中，用被綁住的雙手進行。

我不知道，但我會知道的。正如妳常說的，只要妳想讓我知道，就會讓我知道。

喬想大聲告訴她這些話，想把她擁入懷中，想要待在一個沒有炸彈只有啤酒的千里之外。但這個世界不是威利旺卡的《查理與巧克力工廠》，就算贏得了唯一一張門票，那肯定不是一張金箔紙，更不是通往奢侈的巧克力工廠的神奇地方，而是與此相差千里之遠的所在。

喬的門票不僅限時，而且時間每次都越來越短。

「我瞭解妳先前不記得的理由了。」

「喬，兩天，整整兩天的時間可以做準備。但卻……」

「妳什麼都沒做，因為覺得那只是瘋言瘋語。不過，還是有採集到他的指紋，對吧？」

「對，但我被告知那個人已經死亡。」

「看來並非如此。」

「關於這件事。首先，我們查到了受害者是誰，而且最重要的是知道誰殺了他，但顯示跟我無關。」安東妮娜回答，眼神移開窗口。

「妳錯了。」

安東妮娜轉身，臉上的表情驚訝多於好奇。她的印象中，喬不曾對她說過這句話。

「妳的大腦，運轉的方式……幾分證據說幾分話。」喬指著她的頭說：「分析證物，得到結論。我們正在經歷的一切，所有雜亂不清的現象，妳在腦海中不斷重組。」

就如同我在重組妳一樣。

「……一片一片，分門別類。妳把手段與理由視為是最重要的。」

安東妮娜看著地板，好像回答就在她腳趾之間。

「沒錯，理由是最重要的。」

「這個男人，四年前他跑來向妳透露懷特的消息，然後今日他死了，兩件事絕非偶然。因為某個超級在乎隱私的人，要把每個知道他存在的人都滅口？」

「妳是在告訴我人是他殺的嗎？」

「不合理，如果他殺人滅口是為了掩蓋自己的行蹤，又何必要我們解決這起命案？」

「他知道會有謀殺案發生。你記得是他先發地址給我們，然後我們抵達後，才收到第二封訊息的吧？」

「依然很不合理。」

「當成是遊戲的一部分呢？合理嗎？」

「這不算是回答。他殺了他，因為他在跟我們玩。妳忽略最重要的問題，理由是什麼？」

喬咬著手指，一副有話要說的樣子。

「我不知道理由。」

安東妮娜拍拍臉，手輕輕梳理著頭髮（但還一團亂），最終喬做出了結論。

「我們先從已知的情況開始。時間不多了。」

8 胡桃鉗

他們回到屍體旁的時候，法醫正在收拾她的工具。喬對法醫隨身攜帶各式各樣小物覺得十分新奇。尺、秤、繩、放大鏡、照相機、裝著各種粉末和化學產品的瓶子、試劑、塑膠袋以及大大小小不同尺寸的空罐子。他總是很訝異地看著她能對所有物品都瞭若指掌，而且最驚奇的是工作包的容量，每當她工作完成，便又會將每個物品，一個不漏的，全都再放回工作包內。

「我在這裡的工作完成了。犯罪現場已經建檔了，房子的其餘部分就留給鑑識科人員，不過他們應該也沒有太多要做的了。」

「您真的很專業。」安東妮娜贊同。

「可能有什麼破壞了計畫，不然他們兩個會渾然不知地死在床上，死狀也不會那麼慘。」

「可能太太看到了什麼。」喬推測。「我們得找她談談。」

「她在加護病房內。曼多請警衛在病房外站崗。如果她看過他的臉，那凶手就不會放過她。我回總部後會再好好查查，看看能否找到什麼線索。」

「法醫，謝謝。」安東妮娜說。

他們分別環顧房子四周後，兩人同時走回到荷梅的書房前。裡頭放了許多書，是一座知識的寶庫。有一個書架上，全放滿了程式語言與軟體使用的書籍。喬注意到其中一個十分特別的名字。

「那傢伙似乎也是個作家。」喬說，並拿出其中一冊，讓她看看封面。《深度學習高階程式語言》，作者是荷梅．索雷博士。他的人像在封面上做出祈禱的動作，然後腦袋的部分是一個由一與零組成的大腦圖。

整個書房裡，只有一本是荷梅的著作，其他地方擺著無數張的家庭照。最大的一張掛在書桌的附近。那是張結婚照。他當時非常年輕，笑得十分燦爛。

雖然每張結婚照中的新人都會露出笑顏，但他們這對真的笑得很棒。喬自忖。

從照片來推敲婚姻的幸福狀態通常不太可行，但喬這麼多年的警察生涯，他確實能從中嗅到點什麼，儘管眼前的一切都不代表任何事實，但他能知道這個男人隱藏了自己真正的臉孔，可能不想張揚自己的聰明才智，或是自己的企圖。不管怎樣，喬看著他那張臉，就是覺得不對勁。而且，總要過一段時間，才會發現當時並沒有多慮，但在當下依然會被其他事情干擾認知。

「有件事我不懂。如果這傢伙真的是工程師，怎麼書架上沒有公仔？連《魔鬼剋星》或《星際大戰》的人形公仔都沒有？」

「我想只是不喜歡太白爛的事情。」

「白爛是指什麼？」

「刻板印象，例如同性戀就愛穿得很誇張。」

「小妞，我穿的那件名牌杜嘉班納的綠西裝可是妳拿來的，害我快要憋死。」

喬這才意識到，自己的話並不只是在議論安東妮娜不拿件常見的工作服，而是在批評她的品味，拿了一件醒目的派對禮服。他立刻後悔說出這些話，但幸運的是，眾所周知，諷刺性的話她聽不懂。

「我覺得很好看。」

「但不適合穿到犯罪現場。那是我衣櫃裡最不合適的一件了。」

她吸氣，看向四周。

「小妞，我覺得這傢伙有問題。在這房裡，感覺不對勁。」

安東妮娜雙手戴著乳膠手套，在桌子旁邊的文件櫃裡翻找，看起來毫無頭緒，就只是盲目清點物品（多數都是文具用品）。

「從啟發式的角度來看，直覺是以非理性方式處理訊息，是跳過邏輯思維過程的認知結果。」

喬仔細思考那句話的意思。

「希望我聽懂了。」

安東妮娜反過來思考該如何翻譯自己的話。沒有任何語言或文字可以說明，但她這種親密的體驗，喬確實是屬於其中的。喬是除了奶奶之外，唯一活著能共享這種感覺的人。

「或許，」她說得很緩慢，因為那些事她很難以啟齒。「你也想要腦中有一隻猴子，不斷跟你展示物品。」

這件事，喬能聽懂。但問題是他腦子裡根本沒猴子。

儘管辦公室很大，但唯一需要檢查的地方，只有書桌。那是一款新型號的桃花心木桌，由兩個鋼架支撐；其中一邊，只須按一下按鈕即可調整桌子的高度。桌上有鋼架，架著筆記型電腦，以及兩臺三十吋顯示器與一個鍵盤。

安東妮娜打開電腦，螢幕顯示要輸入密碼。她仔細觀察電腦，然後大步走出房間。喬困惑地跟上，卻發現她攔住了正抬著擔架，搬運黑色屍袋的工作人員。

「請稍待片刻。」她向他們要求。

她跑到廚房，在抽屜裡翻找，很快的兩隻手各拿著一個長長的金屬物，回到他們身邊。

「胡桃鉗？幹什麼用……」

安東妮娜沒有回應，而是直接拉開袋子的拉鍊，拉出屍體右手，把他的食指的第一節指腹至關節處，平放在胡桃夾裡，開始使勁擠壓。第一次沒有成功，第二次就聽到一聲沉悶而令人不快的「啪」，就像打開開心果一樣的聲音。

「喔！」這就是喬唯一的反應。一個模稜兩可的感嘆詞，指涉範圍廣泛：喔！這就是胡桃鉗的用途。喔！真的瘋了。

接著，她又拿出另一件廚房用品（料理刀），喬也不需要看了。不過，他也不可能看，因為他得忙著阻止鑑識人員撲到她身上。喬使勁抓住一個人的胸部與另一個人的手臂。基本上，那個人平時的體能訓練只有搬動培養皿，因此像喬這種能抬三百公斤石頭的人，他們毫無招架之力。然後，安東妮娜順利切斷屍體的手指，返回辦公室，並且讓喬獨自想辦法合理化她的行為。

「聽著，我建議你們……」

9 手指

十分鐘後，喬回到荷梅的辦公室時，安東妮娜已經沉浸在電腦世界裡了。手指與指紋傳感器被拋在木桌的一旁。

「能拜託妳一件事嗎？」

安東妮娜的聲音含糊不清，但應該就是表達同意的意思。

「如果不太麻煩的話，可否在摧殘屍體前，先知會我一聲？」

又是含糊不清的回答。

喬走到她身後，等著勒死她的心情過去之後（那種誘惑會過去，但不會離開，就像身上擦的體香膏一樣），便會注意到她正在做的事情。

安東妮娜點開無數個文件夾，逐一瀏覽內容，尋找某些能理解的東西。但到目前，她不管打開哪一個，全都是亂碼。

「能懂嗎？」

「不行，都是電腦裡程式編寫出的代碼塊。我不懂，你這方面行嗎？」

「我幫**老娘**裝過錄影機錄綜藝節目，這算嗎？」

「不算。」安東妮娜又重新投入電腦世界。

「如果我們要尋找的是殺人動機，我們可以從傳統的地方開始：他的錢。你為什麼不用那臺超級侵害人權的衛星系統搜索，然後把那臺電腦給我用？反正妳看起來，似乎也不比我強多少。」

安東妮娜心不甘情不願地讓位給喬。她打開自己的 iPad，開啟海姆達爾。不一會兒，她就給喬看死者當前的帳戶內容。

「不管怎樣，他們過得還不賴。」喬看到餘額後吹了一聲口哨，用羨慕的口吻說。他的帳戶裡有近兩百萬歐元。這可是一筆大錢。

「確實。」安東妮娜說。

「知道金流嗎？」

「每個月都有一家外資公司匯入五萬塊錢。」

「固定？」

「對，我來追看看公司的身分。」

安東妮娜埋頭使用軟體的時候，喬仍無法搞懂眼前的那臺電腦。對於他們倆來說，眼前的任務很冗長乏味，尤其是內心裡有個倒數計時的大鐘，就讓人變得更焦躁。喬每隔幾分鐘，就把目光移到螢幕角落上的時鐘。時間正無情地滴答滴答流逝。在這種焦慮下，也就更難保持專注。有一時半刻，喬的思緒陷入了一個奇怪的理論中，自己的生命長短計算方式，無關剩下多少時間，而是關於有多少未說出口。他有好多話都憋在心裡，沒有吐露。至少還有少數幾個人是他想坦誠相待，說完後才能解脫。毫無疑問，其中一人就是**老娘**。當然，還有話要對自己說的，他虧欠自己太多了。

驚。

我們總說明天又是新的一天，以為我們還有時間彌補，直到再也彌補不了為止。

安東妮娜抓著 iPad，臉上看起來十分受挫。這是不常見的景象，因此喬非常吃驚。

「我不行了。」她說。

「小妞，別嚇我，別現在說不行。」

安東妮娜搔頭，手撐在桌上。

「什麼都找不到。匯款的公司地址顯示在澤西島，是個避稅天堂。進到那裡，一切都像未曾存在過一樣。」

喬摸了摸後頸，其實這是他平常表現出在思考時的動作，但當他的手指碰到那處隆起的皮膚與傷疤時，內心便感受到威脅，因而立即收回自己的手。

「我真想說，那先回家休息，吃點午餐。但不行，我們沒有時間了。」

「我知道，我明白。我很抱歉我們要面臨的處境，面對不斷的壓迫，從……」

一般情況，喬會對安東妮娜此刻做出的表情非常不爽，一副「你說的話給我一個想法，雖然你可能一樣什麼都沒想到，但我腦袋要加速作業，所以沒空理你了」。不過，這次他真的大大鬆了一口氣。

安東妮娜在 iPad 上快速打字。

「是從四年前才開始收到那筆錢的。」

「你碰到他之前或之後？」

「一個月後，他收到第一筆。幫個忙，打開電腦上的月曆。」

他點開月份的所有日期。每一天都寫滿了注釋，而且命名方式十分奇怪。例如

「組裝34HCV代碼塊」、「錯誤改進str.substing」。

「我完全看不懂。」

「我也不懂。你看四年前。」

喬往前四年，停在改變一切狀況的六月份。

「這是我們相遇的那一天。」安東妮娜指著十一日。

那天在日曆上沒有任何標註。空白日，這對一個會標記下每件事的男人來說，是十分特殊的一天。

也有另一天是空白的。

那天的前一週。

「知道日期嗎？」安東妮娜詢問，聲音非常微弱。

喬知道之前她聽過這個日子。很快，他就會再次聽見維多．布拉斯克斯。

那天正好是六月六日。

「怎麼可能，」喬說：「妳認為……？」

「看信箱。」

喬尋找信箱，但他一無所獲。荷梅的信箱幾乎沒有任何郵件，而是全都放置在垃圾信件匣，不僅有幾內亞繼承人的廣告，或百萬富翁的提議，還有來自家人的郵件、電話費、電費……

「不對，他非常聰明，所以不可能在信箱中留下線索。幫我想想，男人在電腦中都怎麼隱藏不想被另一半發現的內容？」

喬努力回想了一會兒，他說：「會把文件夾的名稱叫：事物。然後裡面有另一個名稱是：沒興趣。然後，裡面還會有一個叫：這裡面沒放半部片。」

「你瀏覽照片。」

喬打開檔案搜尋器，並修改搜索條件，要求僅顯示包含圖像的文件夾。

「有非常多。」

「全部縮小圖示，往下移動。」安東妮娜要求。她非常注意時間，時間剩下不到一小時。

「停，打開這個。」

安東妮娜指的小圖是一個非常普通的文件夾，只是它上方帶有一個小鎖。

檔案夾的名稱是：圖片庫。

「看起來就是了。」喬回答，手指快速點了兩下。

檔案夾沒有開啟。反而打開了另一個生物識別保護程式。安東妮娜小心翼翼拿著死者手指按壓在感應器上。然後，感測器上的燈卻開始不停閃著紅光。

「現在又怎麼了？」

「電容式感測器是通過檢測身體的電流量來執行程式的。這就是能讀取指紋的原理。但一旦死的時間越長，身上帶的電力就越少。」

「這就是偷紅膠囊的方法嗎？」喬問，就像沒人想要那個東西的樣子。

「你有看到曼多有多少根手指嗎？」

「我不會沒事數手指。」

「我不會沒事偷藥丸。我根本不需要。」安東妮娜回答，她努力按壓，但仍無法成功。

「販賣機若感應不到錢，錢稍微擦一下再投，就會成功了。」喬建議。當然他一方面想幫忙，但一方面也想耍她一下。

安東妮娜歪著頭，盯著他看。由於那是喬提出的建議，所以她就把死者的指尖摩擦喬西裝外套的袖口。

「喂！」

安東妮娜無視他的抗議，並很快速的拿向感測器，隨即綠燈便亮起。

「靜電，很厲害。」

喬沒空發言抱怨，因為當文件夾一打開，所有內容便揭露在喬與安東妮娜眼前。**揭露真的最精準的描述了**。喬想著。他眼前展示著各種皮膚、臀部、性器官與乳房。總共五十四張照片。每一張看起來都是同一名女性。所有擺的姿勢與場景，都具有十足的性暗示。看不太到臉部，但也十分明顯了，不需要再看更多。喬再打開一個，也只是為了確認而已。

我就說這傢伙看起來就有問題。

照片上完全赤裸，用性暗示的眼神看著鏡頭的女人，就是拉奎爾・普拉納斯。

「我們好像找到殺她的凶手了。晚了一步，但很好了。真是太好了啊。」喬說，並用拳頭大力擊向桌子。

當時發生的事

說實話，精神病院的生活並沒有那麼糟糕。

夜晚幾乎不存在。塞進喉嚨裡的藥物（前幾晚會強迫，漸漸就沒有必要，精神會逐漸屈服），會感覺自己消失了。消除夢與惡夢。從閉眼睛的那一刻，到膀胱控制不住的那一刻，中間的時光就像消失了一樣，像拉上一片厚重的黑色窗簾。再次睜眼，黑色天鵝絨會變成碎片，從眼皮下消失。

深刻體會死亡（真的），就像那樸實而濃密的夢，一片虛無，不再存在。

這是女人第一次睡覺。在她二十三歲的人生中，不曾記得有過一次純粹的休息，度過一個真正平靜的夜晚。

藥物在體內會產生與自己的距離與冷漠，所以她開始分析自己過往的人生。不是精神病醫生那種強加的荒謬療法。她面對那些都會保持沉默，隱藏內心想法。她思考自己時總是在獨處的時候，或是在公共休息室的角落裡，或是被綁在輪椅上時。

她的內在有某些東西變了，她此刻才明白。

睡眠可以埋藏自身的缺失。生活的持續性來自於睡眠，如此才能正常過生活。大家帶著淚水、絕望、沉沒與失敗上床睡覺，信誓旦旦要將自身的痛苦百倍加還給造成痛苦的人。然而，一旦早上起床，一切都跟昨夜不同了。憤怒褪色，遺留在昨日的回憶之中。這成為一種直覺，在現實的事物中，我們對一些模糊不清的東西產生直覺。這就是生活賄賂我們的機制，睡眠是收買了我們沉默的禮物。

然而，她過往卻不是如此，她不忘，也不會忘。漫漫長夜，她都用來細數一切，仇恨並沒有隨著隔日的清醒而減少。相反地，每一個不眠之夜，每一個歷歷在目的惡夢（她只是瞇起眼睛，但仍可以感受到身上棉被的重量，及脖子和枕頭之間的冷汗），都只是激起她更多的怨恨。

在精神病院裡，她第一次瞭解到睡眠的價值，打斷仇恨的非人狀態的重置過程。她身上一天一天發生變化，但不算大改變，因為她還是繼續把其他人視為物體，視為衛生紙一樣的消耗品，是隨意除之而後快的蟑螂。她一樣只在乎自己，這點沒有變，只是面對不稱心如意的事，她仍感覺到平靜。

有一天，一名警衛（晚上把她綁在床上時，會順手搓揉她的乳房幾分鐘的人）忘記把她的左臂綁在椅子上。這是她最初希望擁有的機會，但她當時卻冷漠地盯著自己的手肘。她在精神病院的日子待的時間太長了，不是好幾天，而是好幾個月。她腦袋永遠都處在腫脹之中，肚子十分肥厚，頭髮永遠一團糟，皮膚又油又灰。她幾乎認不出鏡子裡的人。因此，她也認不出自己的手臂與手腕。儘管有一瞬間，她想對自己發出命令，讓那隻手動起來，解除其他的束縛，然後衝向看守室，揪住某人的脖子，逼他開門，但那樣的念頭一閃而過，沒有化成任何行動。

其實不難，但她找不到心力去執行。

有一夜，夢魘又回來了。不是漸進式的，而是直接發生，然後結束一場惡夢。她在凌晨醒來，就再也睡不著了。

一個疲憊、不安與激動的一天。醫護人員再次小心翼翼地觀察她，雖然他們認為她已經被馴服了，已經很久沒有傷害人了，但她的經歷還是讓人難以忘懷。

她也假裝在做筆記，默默地等著。

隔天晚上，她就無法入睡了。

她順從地吃了藥丸，並張開嘴巴，護理師會用手電筒檢視，確認藥是否被吞下去了。她可以感覺到藥丸從喉嚨裡輕輕滑下，雖然有時會因為卡在一半而感覺到不舒服的黏糊感，不過藥效都一樣。

但這一次沒有。

她很平靜地躺著，順從地讓自己被綁在床上（那天守衛沒有侵犯她，她很高興，因為她不確定是否能夠控制住自己）。門關上後，她睜大雙眼。她的耳朵開始發現一個以前被隱藏起來的世界。在晚上，醫院的感覺變了。牆壁傳來輕柔的嗚咽聲，另一邊有些呻吟。她能聽到鄰居發出自慰的聲音，她白天見過她（很噁心的女人，身上都是自己的嘔吐物），但她的喘息、摩擦與潮水，也使她有輕微的興奮。不過還好，那種感覺很快就消失了。

幾分鐘過去了，也許幾個小時過去了，有腳步聲在大廳迴盪，隨之而來的，是濃烈的消毒水味與車子車輪與洗刷的嘎嘎聲。她注意車子左邊的輪子明顯錯位了，但她質疑自己不可能聽得出來輪子的狀況。她也覺得自己聽到了音樂播放的聲音，有人在哼唱，但不是來自守衛，是她未曾見過的人，而且用出奇準確的音準在哼著什麼（**你的身體與我的／滿滿空虛／往上又朝下**）。這首歌很好唱，很快就琅琅上口。她想要有一天再找來聽。她過往就很喜愛音樂，是在愚蠢人類面前最方便築起的一堵牆。

腦中迴盪的副歌，帶著她往下走入睡眠之中。但她只有走了一步，她仍處於清醒與黑暗的平靜之間。她仍在一個長滿牙齒的怪物領土上，她在裡面過夜，然後在半夢半醒間，跌跌撞撞地離開。

隔日，憎恨再次回歸。回憶又攤在檯面上了。

午餐時間是在十二點半。午餐菜色通常是平淡無味的義大利麵，或是糊爛的米飯，或是看不出原形的神祕肉塊，以及綠色果凍。為了避免風險，大家都使用兒童餐具。她有時在用餐時雙手會獲得短暫的自由。但此刻，她假裝自己像平日一樣失神，所以由一名不情願的員工為她服務，把勺子放進她的嘴裡，然後幫她擦拭下巴。

午飯過後，她肚子很飽，待在公共休息室看電視。電視機的音量幾乎調到最小，音頻是令人昏昏欲睡的雜音。

空間極為安靜，大家的鼾聲與打嗝聲全都清晰可見。此時，電視插播一則來自瓦倫西亞的「最新」新聞。從空拍的畫面上看來，一棟在市府廣場附近的大樓正冒出濃煙，地中海步道上的棕櫚樹幾乎都看不見了。噴泉關閉，街道封鎖。巡邏車管制廣場周圍，那裡停了一輛帶有衛星訊號臺的大卡車。

在靜音狀態下，主播正在報導一個奇蹟，一個英雄事蹟。一名不知名的執法人員挽救數百人的性命。畫面中有一名灰頭土臉的女服務生（金髮，白色制服，胸口掛著名牌），一臉悽慘地對著鏡頭發表感言。

「她救了我的生命，我剛才就在案發地點，我只想向她道謝。」

影像現在轉到警戒線內。警察到處奔走，不斷吼叫，發號施令。突然，在遠景的地方有人出現，畫面並不清晰，但看電視的女士是受過訓練的人，她懂得如何辨識面孔，並對微小的細節做出推論。

她的反應十分劇烈，立即挺起身來，睜大眼睛，喉嚨發出一種乾燥、狂野的嚎叫。一個將雙手放在身後的守衛把目光轉向她，表現出防範的姿態。沒人忘記她的事蹟，而她也沒有忘記。她的臀部、小腿與背部受到杖棍責打的瘀傷，都是她有時刻意挑釁的結果，所以她縮起身子，低下頭，眼睛半閉，看似睡著了一樣，事實上自始至終，她的眼睛都沒有離開過電視。

新聞畫面不再出現那位坐在黑車裡的男人，但她已經認出來了。她的敵人。

她一直都曉得還有另一個人。雖然她只能待在綜合體能訓練室，進行行動能力控制的培訓，從未使用過第二個訓練室。那個房間，她每天都會經過，裡頭總是一片漆黑，空無一人。她的訓練場是在更遠的一頭，艙室的盡頭。

儘管她整個訓練受到嚴格的控管，但她還是找到機會，趁上廁所時，監管人員不注意下溜出去，跑到休息室，站在小窗口偷窺對方。她看見對方身材十分嬌小，一頭黑色直髮，綠眼珠。她看著她，內心十分迷戀。她是另一個跟她一樣特別、獨一無二的人，擁有異於常人的智慧，能夠看到別人所看不到的東西，做別人做不到的事情。這是曼多對她說過的話。

不過，一下子迷戀就成了厭惡。因為從簡單的算數來看，任誰都懂若一樣的東西只有一件，與一樣東西有兩件，那麼成為唯一的一件，一定是更有價值的。因此，當她聽到曼多從擴音器裡發出的聲音，對她的厭惡就變成了憤恨（一個女人的憤恨就如同發怒的地獄一樣，十分危險）。

「安東妮娜，你不能馴服一條河。你只能順流而下，讓流水成為你的力量。」

「用放棄來控制？這樣沒有道理。」

「不是一切都有道理可言，而且也不必一切都有道理可言。安東妮娜，妳就只能順流而下。」

安東妮娜。她輕聲細語，溫柔的念出另一個人的名字。語氣中沒有任何殘暴與蔑視的意味。

她回到廁所，太陽穴怦怦跳，嘴裡品嘗著憤怒與苦澀的滋味。她不自覺地咬住嘴唇，捏緊手掌。她不知道當他訓練自己時，會不會注意她的改變。她幻想了好幾種可能。例如他會走進房間，把她抱在懷裡，擁抱她，問她發生了什麼事。

但什麼事都沒發生。

新聞播報結束，一整個下午也跟著結束。黑夜降臨，她再次被關在房內，再次雙手被束縛住，再一次闔起雙眼。

「真該說妳噁心死了。」

房內，她的身邊，有人這麼說話。她勉強在困住的範圍內微微挺起身。聲音是從屋裡最黑暗的角落發出來的。她的房間雖然有窗戶照進的光線（窗子有加裝鐵條），但仍有無法照到的角落。那夜，那個角落更暗更濃，形狀也不相同。那個聲音十分剛硬，很有自信，他說英語，而那是她可以輕鬆掌握的語言。

「誰？」

「天啊，妳的口氣，看來這也要進行調整。」

她不停扭轉。雖然她不害怕，但可以感受到威脅。只要面臨威脅，她一如既往地做出同樣的行為，變得像野獸一樣。

「你想幹麼？」

「目前，這個問題並不重要。」

她不再試圖從捆綁住自己的枷鎖中掙扎。她靜靜地思考了幾秒。她在訓練中學到了一些事情，她懂得如何該用什麼聲調來取悅對方。語氣掌控了命運。她感覺得到那陌生人的聲音中所蘊含的力量。在將來，這股力量能折磨卡拉．歐提茲。因此，她決定用不同的方式面對他。

假如是誰與他的目的都不重要……那麼要知道他所在乎的，就要先瞭解對方。他在不應該出現的地方出現，而且未被發現，或者早就讓負責人無法發現。這件事，又正好與她的藥物失效，同一時間發生。

「您在乎的，是您能做的事。」

男人停頓很長一段時間，以至於她都快睡著，以為一切都只是夢境，夢見有一個潛伏在房間裡的瘋子。

「實在無法置信，」他最後開口。「孤獨多年後，我們要一起幹大事。」

她忍不住發出一聲惱怒的「哼」。

「有人也曾這麼對我說過。」

「我不會像那個人一樣。」

「之前，我替好人工作。下場很慘。」她回答，並拉扯帶子。鏈環在被鉤住的地方，發出金屬摩擦聲響。

珊德拉惦量了一會兒。最後，她認為這是不錯的決定。她願意扮演反派角色，況且壞人的人設總是比較有趣的。

男子起身，窗外的光照向他的臉龐，他有一頭捲曲的金髮，皮膚白嫩。看起來有點像《浩劫奇蹟》中飾演父親的那位男演員。

「我在車上等妳。」他指著窗外說：「快點。」

「等等，不先幫我鬆綁？」

他轉身，把原子筆扔向床上。筆從床上彈落，滾到地上，但仍在她右手可以拿到的範圍內。

「如果妳是我設想的那樣，便不必我幫忙。」

10 拜訪

「有任何推測嗎？此刻我們似乎進展得很順利。」

「我不推測。最終那只會迫使真相來符合推論。」

在醫院的走廊上，喬走在安東妮娜身後時，臉上露出痛苦的模樣。現在他身上的問題是疲憊。抗生素與壓力折磨得他喘不過氣，而且他已經好幾個小時沒吃正餐了。但時間只剩五十九分鐘了，所以更不可能稍稍鬆懈偷懶一下。

「顯然，妳看近十年的報紙。妳不知道最近正流行只說別人想聽的話？」

「不可能。新聞只關乎正確與否。」安東妮娜回答時，剛好與一名護理師擦身而過。

「妳什麼都不懂。當前大家想的：『如果這就是我的想法，怎麼會錯？』很可能妳那位懷特先生，就是這種人。」

「他不是**我的**懷特先生。別放到我的個人資訊中。」

「好啦，那麼，請說說既有的事實，我來做個推論。」

他盡量不要讓聲音表現出絕望。雖然他的推理註定要失敗，但至少有個開始。

安東妮娜不太能理解喬要如何進行，也不知道那樣的大腦要如何運作。不過儘管她並不樂見，仍同意喬的請求。

「知道誰是四年前殺害拉奎爾的凶手，因為她母親告知我們，凶手是她的情人。」安東妮娜回答，並照著藍色箭頭，標示著重症監護室的方向前進。「他是一名資訊工程師，而且在四年後身亡。」

「別忘了，他還在街上跟蹤妳。」

「我沒忘。拉奎爾死亡一週後，荷梅聯絡上我，要求我協助。而我……」

喬沒有勉強她把話說完。

「三年後。」安東妮娜接著說：「你出現。我們得抓一個綁架勒索有錢人的殺人凶手，但凶手其實不過是珊德拉與懷特的傀儡。」

「引妳上鉤的陷阱。」

「其實那是他擅長的作案手法。這點我們現在很清楚了。珊德拉消失前，她告訴我們懷特要來了。」

「他回來的時候，我們人在馬拉加市，而與此同時，也發生其他國家的紅皇后遭受攻擊的事情。」

「他回來，就把你帶走。放炸彈在你身上。我們變成他的傀儡，幫他調查三起案件。拉奎爾與荷梅。」

這就是一切。

不少，但不夠。

「有用的不多。」喬回答，嘆了一口氣。

「不多。」安東妮娜承認。「離第二起案件的結案，還剩五十七分鐘。這是最急的。」

沒錯，喬同意。他心中對電梯裡發生的槍擊案，仍記憶猶新。不過恐懼的點可能有些不一樣，從原本被緊緊揪住的胸口，落到了肚子上。隨著時間的推移，身體越來越沉重，不斷製造出酸苦的滋味。

喬從未被診斷出有焦慮症的症狀，但是那是因為他從未向精神科醫生描述自己的症狀。基本上，喬本人是寧願被炸死，也不願去看醫生的。沒辦法，他是畢爾包人，而且還是名警察。

在加護病房門口，有兩人擋住了他們去路。第一個人外表有警察的樣子，但喬拿出警徽後，他很快就讓路了。第二個人，個頭比較矮小，穿的是醫院的制服，是一名值班護理師。她完全不打算讓步。喬施展出畢生的魅力與圓融的態度，以及一副生死攸關的著急模樣，最終獲得了通融。

當然，他們換上短靴、塑膠帽、口罩與手套後，護理師才真的同意讓他們進入。

「她的狀況如何？」

「如果沒有感染，就能順利康復。胃傷得很重，不過幸好沒傷到肝臟。」

「醒了嗎？」

「剛剛才醒。不過意識很模糊，嗎啡還沒退。」

「能夠說話。」

「五分鐘。」

好像我們有更多時間似的。

「別向她提起丈夫的事。好嗎？」護理師大聲提醒，然後加壓門就闔起了。

加護病房是一個令人沮喪且充滿敵意的地方。空間中只有空氣、機器、病人和照顧他們的人，一切毫無生氣，十分嘈雜，每個人都匆匆忙忙。

喬發現安東妮娜的狀態不太好，就算她戴著口罩，但仍可看出她神色不安，雙手抱肚。

「怎麼……？」

「請別說話，我們之後再談。」

喬先擱置自己夥伴的問題，因為他們已經到了奧拉的床邊。四周有一個一公尺半的活動隔板，將她與其他人隔開。奧拉身上連著心電圖，手臂上打著點滴。她看到他們靠近時，眨了眨眼。

「您們是誰？荷梅在哪裡？」她說話，聲音仍十分乾澀沙啞。

喬坐在床上，以免因自己的體型嚇倒對方。安東妮娜跟著坐在他身邊。

「雷耶斯女士，我們是警察。我是古鐵雷斯警官，她是我同事，安東妮娜。」

女人眼神迷茫飄向兩位拜訪者的頭頂上方，但是當她聽到**警察**，她體內的某些東西在做調整，重新校準，拼湊上每一塊碎片（消毒劑的味道，傷口的隱隱作痛，手臂針頭上的不舒服感），然後她意識到自己並沒有從惡夢中醒來。

「我的女兒，我的孩子。」她說，試圖想要起身。

喬的手輕輕按著肩膀（他完全沒有出力，但那女人身體虛弱得像隻雛鳥一樣），阻止她亂動，造成更大的傷害。

「小孩都很好，現在跟奶奶在一起，非常安全。今天她們沒去上學，會讓她們整天看《冰雪奇緣2》和《粉紅豬小妹》。」

「我想和她們講話。」

「女士，這件事等會兒我保證讓妳們通話。我們有點急，您需要先回答一些問題。」

「我說了要和她們說話。」她尖叫，但音量並不大，一個剛從死裡逃生的人是難以再發出巨響。

喬認為有必要花個幾秒撥通電話到奶奶的家中。所以，最終她能先和小女孩們通話。對話時間很短，女孩們什麼都還不知道，聲音洋溢著幸福，並好奇到底發生了什麼事。這件事，有漫長的一輩子可以說。不過，女兒無知的幸福，似乎對奧拉產生了麻醉作用。她的身體放鬆了下來，目光又飄回到天花板。

「雷耶斯女士，我們得問您幾個問題。這十分重要。」

「我現在想跟荷梅說話。」

新要求的語氣跟上一個完全不同。先前的急迫性轉化為別種情緒，像是在表達心願一樣。喬隱約察覺到眼前的女人是隔著一朵雲在說話，她的聲音在一團霧氣中變得十分模糊。

別向她提起丈夫的事。護理師的提醒。

然而，必須把她從夢囈中喚醒。他們的時間不多了。所以，喬準備向她傳達壞消息。這不是他第一次這樣做了。警察的工作，除了文書作業外，這是他最討厭的工作事項，感受可能比被槍擊還要不舒服。

喬試圖召喚以往的經驗，儘管幫助不大。就像洗冷水澡一樣，不管洗過多少次，也不會改善下一次洗冷水時的狀況。冰冷的水一樣會滑皮膚，一樣會落到陰囊上。

「雷耶斯女士……」喬開口。

「荷梅已經死了。很抱歉，我們對此無能為力。」安東妮娜果決發表結論。

小妞，算妳狠。喬咒念一句。

女人沒有反應。她的臉早就蒼白了，眼神沒有任何動搖。她活著的唯一信號，就是心電圖不斷發出嗶嗶聲。

這樣的場景，喬並不陌生。倖存者總是一臉木然，消息擊破了意識，然後要過一會兒才會真正於瞬間崩塌。就像在一張紙的邊角上點火，火苗十分微弱，好似一吹氣就可滅的火焰，但隨著時間，就會真正燒起漫天大火。

奧拉開始顫抖，然後哭了起來。

「我們深感遺憾，但女士，我們得找到凶手。」喬等了一會兒後問。

「什麼……想知道什麼？」

奧拉說的不多，所說的都是已知的情況。她當時起床，因為感覺到家裡有人，然後就通知丈夫。敘述這種事，通常是十分難受的（凶嫌割斷了荷梅的脖子），而且很是懊悔（沒有更早報警）。

喬承諾以後一定會去探望她，幫助恢復平靜、戒酒，與她一起共度自己無法改變的命運。當然，這對一個距離死亡時間僅剩五十分鐘的人，這麼說同樣也是為了感謝能活下來的承諾之一。

「您知道丈夫的職業嗎？為誰工作？」安東妮娜接著問。

「顧問，設計……程式語言的。好像是替政府工作。」

「政府？確定嗎？」

「他不喜歡談論他的工作。」

範圍太廣泛了。喬指了指時鐘，暗示她加快速度。因此，安東妮娜決定回到前一晚。

「請跟我們談談入侵者。」

「不太記得。他全身黑，戴的帽子滿特別的，像滑雪帽。」

安東妮娜沒有時間像平常程序一樣，在電腦上進行肖像速寫，也無法進行知名常見罪犯的比對。

「臉蒙住了？」

「沒有，是……不知道。應該是金髮，年紀比您年長。」奧拉回應，手指向喬。

「但沒那麼……」

「比較瘦。」警官說。

「我沒有看得很清楚。抱歉，沒看到什麼重點。」

「你們得離開了。」護理師要求，她從自動門後方出現。「病人需要休息。」

「只要再一個問題。」安東妮娜請求。

「別讓我叫警衛。」護理師堅持。

奧拉明顯露出了疲態。身上的傷口、心情的悲哀，再加上談話，確實讓她筋疲力盡了。但安東妮娜不願兩手空空離去，所以她不理會護理師，再次朝向奧拉問最後一個問題。

「一定有看到某些不尋常的東西。」她問，語氣近乎在懇求。

「我總覺得丈夫認識他。」奧拉想了一會兒後，回答。

「為什麼這麼說？」她問，身體往前靠。

「我不知道。他遭受攻擊的時候，說了句什麼，好像是：**是你，等等**。之類的。」

11 下坡

「完蛋了。我們找不到人。」喬絕望地表示。

護理師剛剛把他們拖出加護病房，兩人很快就到了醫院的停車場。依舊沒有線索，沒有新的資訊，沒有任何方向。

安東妮娜打電話給厄瓜朵，一樣也無任何新發現。他們還在調查他的帳戶資料，但目前為止沒有任何進展。

喬完全不用開口詢問，因為從她的臉色，他便知道結果。

「我們沒有要認輸。」安東妮娜說。

「時間快到了。」

「我們還有三十七分鐘。到最後一分鐘為止，我們就得要做出行為。聽到了嗎？」

喬沒有回話。

他走到車子前面，坐在引擎蓋上。晒著溫暖的陽光，吸入寒冷的空氣，感受刺骨的寒風，他這才意識到了一些事情。他很累。這是他唯一能想到的事，以及自己有多麼的疲累。

喬經歷過各種的疲憊，就像任何一位四十四歲的男子一樣，有時是累得無法入睡的疲倦，有時是難過到想哭的疲倦。這次的疲憊不一樣，比悲傷更深層，是從骨子裡發出的苦楚與麻木，是對生命期待的木然。

「小妞，我不行。請理解這件事。」

安東妮娜看著他，努力解碼他話中的意思。一個字浮上腦海。

Karōshi。日語，過勞死。這個詞很普通，很簡單直觀就能理解。馬可士說出這個字彙的時候，她仍把它收入字庫中，但就像是收到婆婆送的禮物一樣，由於不是自己的品味所以放到櫥櫃的最下層。

她捨棄這個字，繼續尋找下一個字。

Dharmaniṣṭhuya。康納達語，在印度有四千四百萬人使用的語言，意思是信仰的下坡。精疲力竭的徒步者在旅途中發現下坡時所體驗到的感覺。

安東妮娜不僅無法幫助喬，而且還是依然故我。她唯一能做的，就是思考一切能做的事到最後一秒。否定喬的思考，不斷把他推下山，拒絕讓他擁有憐憫的感覺。只要一無所有，就能減少焦慮與恐懼。

因此，她打了通電話。是她這輩子以為自己絕對不會打的電話。毫無疑問，接她電話的人也從未等待過她的來電。

正因完全不曾期待過，所以無人接聽。

沒辦法，只好直接去了。安東妮娜思索。

「聽好了，喬。快上車，我有辦法了。」

喬慢慢回頭，用一種奇怪的眼神看向安東妮娜。沒有線索可以調查。或者該說，沒有一個能在短時間內得到的成果。他心中的疲憊讓他只想放下一切，等待死亡降臨，或是去吃一個永遠無法消化的火腿三明治。

「如果你不要跟我去，至少身體請離開車子。」安東妮娜命令。

喬移開腿，移動腳，深吸一口氣（花了一會兒的時間），然後大大的吐氣，改變了風向。最後他還是進到車內。

我幹麼要努力？他想，並盯著手錶。如果一切都沒有用，為什麼還要向前走？

因為他害怕，這讓他感到羞愧。

因為他還是很在乎安東妮娜。

因為一個人如何倒下是很重要的事。

因為他不要過了三十七分鐘後，最糟糕的情況結束時，讓那個霸道專橫又無所不知的小東西有話可說，能找到理由責備他。

於是他起身。無論出於何種原因。

「小妞，希望這一切不是在浪費時間。」他說，並努力擠出笑容。「因為我人生的最後三十七分鐘，只想好好吃頓飯。」

12 上課

警察總局離醫院約十五分鐘的車程。不過駕駛人是安東妮娜，所以數字可以減去一半。

「我腦中唯一想到的主意，」安東妮娜邊說邊全速通過布爾戈斯大道：「由於我們知道殺他的理由，或許能以此和懷特做個交易。」

「妳沒有想過這可能是隨機殺人？」

「隨機殺人是不存在的，只是我們沒看到關鍵問題。」

當安東妮娜從右邊超車時，橋身的柱子與後視鏡離得非常近，能清楚看到混凝土的花崗岩。喬不自覺往椅背上縮了一下。

閉上眼睛，閉緊嘴巴，心無罣礙。如果真的死在她手裡，她也是出於好意，要救人一命。所以別苛責太多。喬想。

「妳知道最讓我覺得不可思議的是什麼嗎？他的電腦裡竟然沒有郵件。這太詭異了。現今誰不用電子郵件聯絡？」

「例如，你和我。」安東妮娜回答：「執行保密工作的人。」

喬思索了一下最後一句話，基本上那就是連結目前所知事項的關鍵。

「妳的意思是說，荷梅不只知道紅皇后，還可能是推動專案的一分子？」

「當時是那麼想的。他們說他已經死了，而且他的身分與此專案無關。」

喬吃驚地轉動看向安東妮娜，但他馬上就後悔了，因為一個人本來就會在時速兩百公里的車上昏厥過去，隨便一個動作，可能就會開始嘔吐，而喬還想把肚子內為數不多的東西保留住。

「你對我以前的同事瞭解多少？」安東妮娜問，想轉移話題。

「不多，都是從曼多那裡聽來的。」

「什麼事？」

就算喬並非全世界最聰明的人，但他並不是在跟一個很有心機的女人同行，因此他立刻察覺安東妮娜的目的。儘管如此，他想要弄她一下。

「那人是令人垂涎三尺的帥哥。你們如膠似漆地黏在一起。」

「正確無誤。他非常聰明、幹練，善於鑽漏洞。」

「妳上車之後，自動撥號的號碼是他的嗎？」喬指著儀表板上的手機，一遍又一遍撥打的號碼，而且依然無人接聽。

「你很快就會見到他本人。」

基本上，一臺習慣時速兩百的車子進到警政總署，就變得一點都不好玩了。首先，除了入口處設有柵欄外，還有配備步槍的警員。通行的車子得耐心排隊等候檢查。因此，安東妮娜趁機在網路上搜索資料，她同時也打電話給厄瓜朵，詢問數據處理的新進展。

沒有進展。

下一通電話是打給曼多。他沒有半個好消息，但有一個壞消息。

「荷蘭的守衛者在幾個小時前，被人發現在牢屋中上吊自殺。」

安東妮娜毫無反應。但也沒有掛電話，只是眼神渙散，迷失在奧迪車窗外，望著長長的車陣。

「在妳不說再見就掛斷前……」曼多說。

安東妮娜以為他要說一樣的事，但結果不是。

「好幾年前，我曾跟妳說過，我很羨慕妳。」他接著說，語速很慢，像在低聲喃喃自語，聽起來要哭的樣子。「不知妳記不記得我問過妳，但我知道妳記得，妳什麼都記得。」

「我記得。」安東妮娜回答：「正好就是你在我身上打針前。」

「那麼，我已經不羨慕了。」

掛斷。

安東妮娜不曉得為什麼，但她覺得他剛剛在道歉。

花了六分鐘，他們才到達辦公室的門口。安東妮娜在入口處察看了一番，最後拖著喬穿過大廳，到達建築體西側的訓練室。時間又過了三分鐘。

兩人闖入的房間（草綠色的牆面上貼著勵志海報），裡面有三十四個警察穿著詭異顏色的運動服，以及有一個穿著制服的人站在講臺上（有黑板、西班牙國旗、有名無實的國王與逃犯的肖像）。整個畫面看起來非常奇怪。

不過，喬發言後，奇怪的感覺變成不舒服了。

「小朋友，下課休息。我們得跟老師說說話。」學生緩慢起身，老師憤怒地盯著他們。他跑了過去，在他們身邊說了幾句話。

「安東妮娜，不能這樣。」

「古鐵雷斯警官，我向你介紹勞爾・柯瓦斯（Raúl Covas）。」

喬沒有回話，因為與此同時，他面對如此的性感尤物，正陷入斯湯達症候群中。柯瓦斯總督察是她的老搭檔，第一個守衛者。五十多歲，一百八十公分的身高，褐色頭髮，灰眼珠，有寬厚的肩膀。喬看著警察的身材，就像站在迪斯尼樂園的地圖一樣，眼花撩亂，完全不知道要從哪裡開始才好。

這的確是活下去的動力。喬自忖。

「我以為我們最後一次見面時，妳說是最後一次了。」柯瓦斯沒有向喬打招呼，他直接走向安東妮娜，完全沒注意到自己的口氣中夾帶著怨恨。

「勞爾，我們很急。你同事的命就靠這件事了。我得跟你談談。」

一聽到她的話，柯瓦斯的眉頭便微微放鬆。

「做什麼？」

「四年前，我交代過你一項任務。最後一項。我想要你說說自己記得的事。」

13 等待

她從來不喜歡等待。但誰又喜歡呢？

當然，如果精神病診斷的行為報告中，表明「衝動，強烈情感需求，個性不穩定。不易遵守規則，不履行責任與義務」，這意味著是喜歡等待一些不正常的事情。期待使人煩躁的事情，陷在停頓與行動之間的奇怪邊緣裡。

一如往常，咬著指甲邊上的肉刺。當然，一如往常感到刺痛，然後意識到這是自己的壞習慣。

珊德拉坐在車內，停靠在單行道上，音樂的音量開到最大。她一直在等待著這一刻，這是她離開精神病院後，朝思暮想的時刻。

她十分好奇為什麼純粹的快樂在心中不會留下痕跡，而悲傷的渾濁之水卻無處不在。珊德拉為了等待此刻，每日都過得十分辛苦。與他在一起，她確實有所成長，學到許多曼多那裡沒有教過的新技能。例如，用刀叉刺穿某人的頭頸骨，刀叉該如何推到剩下刀柄處，穿過柔軟的肉體進到延髓處，達到瞬間殺人的效力。她有兩次練習的機會，都是十分特殊的場景，她很高興自己把握住那些機會，並牢記在心。一次是在加油站，黎明時分。她只要把監視器與現代設備處理掉即可，沒有留下任何痕跡。另一次，是隨機選了某個城鎮中某棟僻靜的老房。這兩起殺人案都沒有任何目的，只是為了個人發展的練習。

此外，她也學會製作與引爆炸彈。她對爆裂物沒有那麼喜愛，不過還算有興趣。懷特讓她去跟一個十分無聊的老匈牙利人學習如何製作一立方公尺正方體大小的炸彈。那個匈牙利人失去了一半的左臂（酒駕時，在錯誤的時間點把手伸到窗外），這限制了他從事教學的職業機會。

匈牙利人告訴她所有骯髒的手段，如何使用物理和化學製造出傷亡人數最多的驚人祕密。他享受每一個小小的發現，手工藝中所有的微妙和狡猾。當然，更棒的是，匈牙利人把手藝傳授給她之後，就把自己炸了。老人真的很有匠人的精神。他把自己與炸彈綁在椅子上，在嗚咽中，仍然不忘對雷管和掛在他身上的炸藥棒做了幾次檢查。

當然，她有執行一些任務，不過都是雞毛蒜皮的小事。一直以來，她都認為自己是脖子被拴上皮帶，懷特牽的一隻狗。

真驚訝，晚上怎麼沒讓我睡狗窩。她常常這麼想著。

但是，懷特在她身上似乎施了一種奇怪的巫術。她經常會想要反抗他，試探他的底限，惹怒他。甚至，他有特別需要的時候，她能假裝願意和他發生性關係。但不管再怎麼親密或使用激將法，都沒有取得任何成果。有時她會說些甜言蜜語哄騙，但他總是只是無動於衷地坐在那裡。

冷漠是更有效的控制方法。

珊德拉從負面的行為得到相處模式。但在她一遍又一遍地質問他為什麼要幫助她之後，她對懷特又有一些新的認知。

「我有個自私的理由，事情對妳也有好處，因為只有自私的企圖才值得信賴。」他曾這麼說。

珊德拉能懂自私。她現今使用的名字，是懷特開始執行伊斯基爾計畫時得到的。她認為自己的報復，個人的目的，都只是一個更大的計畫中的補充、裝飾。所以只要他同意，她會想要多耍些小手段。然後……

然後，就會有變化。

一通來電，手機上的音樂播放程式隨即停止。她接起，輕敲聽筒。

「遵照我的指示。」懷特下令。

「期限還沒到，她還有些時間。」

「我要改變規則。」

這只能代表一件事。珊德拉想著。

「她已經發現了？」

「幾分鐘後。然後，就會找上妳了。史考特比我們想得更厲害。」他停了一會，接著又說：「我沒料想到她會這麼快就走到這一步。」

珊德拉理解他為什麼這麼說。懷特說的每個字都是仔細考慮過的。她瞭解他為什麼讚美自己最討厭的對手，因為他要讓她感到憤怒與沮喪，以此激怒或鼓勵她。

但我不說破，所以我總是一副忿忿不平的樣子。

懷特的確聰明過人。但她也不是泛泛之輩。他以為自己能控制她，但她其實默默在打自己的牌。他在她面前揮舞紅布，但他沒有意識到自己與此同時在暴露自己。

未曾料想會來得這麼快。

確實。珊德拉現在要執行的計畫，是清單中的第四項。幾個月前，當時她毫無特別想法，就只是急著把史考特拉出閣樓，要她出來玩玩。

這意味著天才也犯了錯。其實，這就是控制會產生的問題：控制不是單向的。想要拉木偶的繩子，就必須將繩繫在自己的手指上。然後，有一天便發現到木偶同時也在拉繩。

珊德拉露出笑容，不語。她要讓他以為是因為他的讚美，讓她如此心煩意亂。她等著他說話，微微拉扯一下繩索。

「妳最好能現在就開始動作，這不是妳最想要的嗎？」

「你可以把這算在內。」珊德拉回答，臉上一直掛著笑容。

電話掛斷。她再次檢查手上的兩把槍，穿上風衣，走下車，打開耳機裡的音樂，然後開始走向街尾。她的所在地點十分平凡普通。

有一個工業倉庫，一個帶圍欄的停車場，鋁製的水泥建築，是一家建材製造公司的名稱。

14 指南

遇見前任，就算沒有心跳加速，心情也難免百感交集，而且這件事若包含要認識對方的新伴侶，以及對方脖子掛著一顆十三分鐘後就要爆炸的炸彈，此事的心理負擔就成了更巨大的挑戰。

稍早，安東妮娜等待進入總署時，決定先花幾秒鐘的時間研究等等自己要面對情況的相關訊息，所以她上谷歌搜索一份流行雜誌的交際指南〈遇見前任：如何不表現得像白痴〉。

第一：假裝偶遇。

這部分可以先跳過，因為對方有十八通未接電話，而且上課還被打斷。

第二：泰然自若。

「我當時給你的指紋，請你搜查跟蹤我與馬可士的人的身分。有記得什麼嗎？」

局長稍微挺起身，在講臺走繞了一圈，梳理三四根錯位的頭髮。

「小事一樁。我給過妳檔案，對吧？」

第三：神色輕鬆。

「你是交給我檔案了，但我需要知道你記得什麼。這很重要，勞爾。」

勞爾微笑（顴骨上出現一條小小的皺紋），因為講臺的高度較高一些，所以他看起來像在從頭到尾掃視安東妮娜一遍。

「我以為妳不會忘記。」

安東妮娜獨自交代勞爾這份工作，是馬可士與她遭遇襲擊一週後。她當時一個人躺在醫院的病房裡，勞爾過去探訪，那時她要求他到家裡拿玻璃瓶（現在放在他辦公桌的抽屜裡，用塑膠包裹著），調查指紋。勞爾花了一週的時間調查此事，但後來安東妮娜厭倦做紅皇后，把自己與外界隔離起來，幾乎不再開口說話。悲傷與內疚像野草一樣在她內心滋長，占據了一切。她的左臂幾乎無法動彈，體內全是鎮靜劑，身體裡的子彈碎片仍未清除，正等待第二次撕裂她的手術。

是的，勞爾當時遞給她文件，簡單的回覆兩點，僅此而已。當時，她完全無心看報告裡的任何內容，整個人陷入抑鬱的地獄之中，一心想著自盡。

第四：避免情緒化。

因此，她僅說：

「勞爾，拜託。這很重要。」

「好吧。」停了一會兒後，他說：「沒有太多資料。照妳要求，我查了指紋。那個男人叫安立奎・帕爾多（Enrique Pardo），是個銀行職員。金融危機後便失業。他在妳家裡槍擊事發的前一天跳軌。所以，我立即排除他的嫌疑。」

指南的下一點立刻變得重要。

第五：避免責難。

安東妮娜有點覺得被勞爾背叛，他只顧著自己飛黃騰達，把她當成失敗的案子一樣拋下。當然可能情況就是如此，但他也可能有自己的道理。反正一般而言，男性就是自私自利、簡單幼稚。因此，安東妮娜盡量不要讓聲音流露出過多的情緒，嘗試只從專業角度提出問題。

「可是那個人是在今天凌晨被殺害，這事你怎麼說？」

「什麼？不……不可能。」勞爾回答。

「會不會他跳軌，但撞上的是一輛像我們對話一樣慢慢吞的車。」喬表示，並對著安東妮娜，絕望地指著手錶。

「而且他也不叫安立奎・帕爾多，更沒有跳軌自殺。他的名字是荷梅・索雷，從事與紅皇后專案相關的資訊顧問的工作。誰給你的資料？」

「妳在暗示我辦事不利嗎？」

「這也不是第一次了。」

「妳大錯特錯。是我親自上資料庫查核的。」

喬無法再忍受了，他看著手錶，僅剩八分鐘。他覺得快要窒息，因此脫掉大衣與西裝外套，打開講桌附近的桌子。雖然空氣流動的力量並不足以讓西班牙國旗飛舞，但是微風仍使喬失血的臉色恢復了一些生氣。他把巨大的手臂擱在窗臺上，為了呼吸新鮮空氣，他伸出粗厚的脖子，並露出了傷口的縫線。

安東妮娜看向她的同事，也同樣焦急又絕望。

「你親自去……」

安東妮娜停了下來。

全世界也一樣不再轉動。

我真是瞎了眼了。她想。

Karskirkira。吉爾吉斯語，在中亞地區有三百萬人使用的語言，意思是坐了好一陣子也沒見到搖椅是狼偽裝成的。指在尋找一個一開始就擺在眼前的東西，因而產生蠢到不知所措的感覺。

她慢慢轉頭，看向喬的傷口。脖子上的腫脹已經消退，縫線更明顯。縱向點是用直針的工法，由兩個近端與兩個遠端做為支撐點。縫合得很好，幾乎完美無瑕。在終點，打了一個蝴蝶節點。

我真是瞎了眼了。她再次感嘆。

「檢核時還有誰？」

勞爾不記得名字了，但是仍記得外貌，因為一個有魅力的女性是無法忘懷的。

馬表

當剩下的時間只有幾秒的時候，喬給安東妮娜正在倒數計時的馬表。

結束一切吧。喬想。

他緊握住她的手。

死得太冤，太可憐了。

他想看安東妮娜的雙眼，跟她好好道別。但他卻死盯著馬表。

他無法不注意馬表。

六秒。

五秒。

死得太冤了。他又想了一次。

四秒。

三秒。

看著馬表死亡。

兩秒。

一秒。

沒事。

空氣凝結片刻後，喬鬆開了安東妮娜的手，他此時才意識到（一股難以言喻的失望）原來倒數計時的，從來就不是在說他們。

第四部分　懷特

地獄是太晚發現的真相。

湯瑪斯・霍布斯（Thomas Hobbes）

1 友善的臉孔

接待處的員警微笑。雖然非出於自願，但仍面帶笑容。畢竟，來者看來十分友善。沒人會對那張友善的臉孔產生防備意識的。因此，也就沒有任何理由把手伸向櫃檯下的那把槍（第四代的克拉克17手槍），對準一個外表不具威脅性的女子。外頭正下著綿綿細雨，女子穿著雨衣，髮絲上還留有雨珠，而這也能說明為什麼女子聳著肩，雙手插在口袋裡。

這不是第一個有無所事事的人闖入，開始問東問西。每週都會發生一、兩次。警員身上有一支手機，前方有一臺磨損嚴重的舊鍵盤，櫃檯上有份資料夾，裡面夾的宣傳單上的內容，都刻意寫著吸睛的話術，很快就能滿足訪客的好奇心。若警員真的要回答問題，通常會說「不清楚」，「第一天上班」，或「這裡沒有人」，以此打發陌生人。

警員到職不到兩個月，剛從警察學校畢業，剛申請到此職位時，還有諸多夢想，但就如同所有紅皇后專案的外部人員，關於此處的資訊，他只被告知是一處警政署的祕密單位，只要在此待上一陣子，以後會有很好的待遇。當然，條件是他要謹言慎行，不能與他人分享工作內容，避免與任何陌生人接觸的機會。而且，他的服務對象只限四個人，他們的識別證上都有正紅色邊框。那四個人也很容易辨識：一個是主管，五十幾歲的公務員，每天不時走到戶外抽菸；一個是矮小的女性，僅到訪過兩次，他猜想可能是位鑑識人員。另一個是高壯的巴斯克警官，人並不臃腫。他還滿喜歡他的，為人親切，而且身形很輕盈。

他唯一留心的人，就是現在在他身邊，不停在包包裡找東西的女性。她很親切，是位法醫。很漂亮，金色長髮，而且他很欣賞她的耳洞。他嘗試好幾次邀請她一起喝點什麼，但她總是很委婉的推辭。警員的確懷疑過她的性向，但他還想再努力幾次，試著找個週末去市中心看部好電影。二十三年以來的豐富女性經驗告訴自己，沒人能拒絕看部電影。

女人離櫃檯只有兩步之遙，尚未開口說話。既沒有打招呼，也沒有詢問，她就只是臉上掛著微笑，聽著只有她自己才能聽到的歌曲，搖頭晃腦。

此刻，警員離她更近些，看到她的臉孔似乎其實並不友善。

「有什麼事嗎？」他問。

女人靠著櫃檯，手伸出口袋。兩隻手各拿著一把槍，警員無法知道她拿的是否為P226半自動手槍，因為他對槍支的認識有限，而且他一看到槍，整個人驚嚇得像觸電一樣。他立即想要伸手取自己的槍，但還來不及拿到，槍聲就已響起，子彈穿過了他的額頭。他的世界換了位置。櫃檯（他一天八小時的視野）在他的腳下，而他貼著地板。

真怪。他想，然後世界變成一片漆黑。

厄瓜朵把冒煙的槍放回手提包裡。她與屍體打交道的十五年間，早就明白一個很可悲的事實：人辛勤打拚一生，但只需輕輕按一下扳機，就可以結束生命了。

這是她第一次自己製造自己的客戶。這件事在她腦中想了好幾個禮拜，她深怕自己下不了手，會在最後一秒退縮。只要社會植入我們體內的防禦機制（良知，宗教，同理心）接管大腦，菜鳥警員就不會被射殺，而能持續分神看著珊德拉。

然而，事情沒有這樣發展。

爆炸後，空間裡一時半刻仍瀰漫著火藥味，法醫整理情緒，沒有發現重大變化。當然，她感覺到神經緊繃，有小便的衝動，但沒有察覺到靈魂承受的嚴重打擊。凶殺案雖關上了一扇門，但打開無數扇其他的門。法醫的腦海中閃現上帝的真實面貌，他的本性。可見的臉，擁有無窮的創造力，不需要顯微鏡或鑷子就能發現，就像只要走過森林，就能輕易見到在游泳的鴨嘴獸。

另一張臉，造物主冷漠看待自己的創造物的罪惡。她只要觀看著奧斯維辛集中營的照片，她就難以崇敬上帝了。但所有道理都是人定的，是真理的二手貨。因此，就有必要將手槍對準一個健康、天真、庸俗的年輕人的左邊太陽穴，然後扣下扳機。她內心深深的期待下一秒大地崩裂，地獄之火升起，淨化之火從雲端降下，融化罪惡肉體。

然而，什麼事都沒有。

此刻即可以直接見到上帝隱藏起來的面孔。足以讓人狂冒冷汗。

「醫生，幹得好。」珊德拉稱讚，並靠向她，取下耳朵上的聽筒。

厄瓜朵不停顫抖。

「醫生，冷靜點。現在不是害怕的時刻。妳獨自一人自己享受。」

法醫把手伸進口袋中——

「瓦斯罐放置在通風系統中。」她說：「我已經讓大家在會議室等我了。」

珊德拉點頭，露出不懷好意的微笑。

「那……他呢？」

「在他的辦公室。」

「很好。」珊德拉再說了一遍，並再一次把耳機戴上。「好了，您可以先撤了。別忘了打電話。」

她優雅轉過身，推了她的背，往入口處去。

2 瓦斯罐

記憶中有一條不成文的規則，記憶是傾向儲存對我們來說很重要的事情，只是儲存時會產生誤差。例如，我們只要回到童年時代的房間或大學裡的教室，就可以發現到那些地方比想像中來得更小更普通。就算我們身體都沒有變化，但地方總是會變小。

珊德拉走向會議室方向，看都不看一眼經過的訓練區，她從厄瓜朵實驗室與行動實驗室的車子之間穿過去，完全不理會躺在其中的軀體，因為她要避開從會議室門口被看到的風險。她一直聽著音樂，一路上沒有錯過任何一個節拍。

「你會說漫漫長夜像條蛇，你將再次睡在床底下。」她非常小聲地哼唱，幾乎只有嘴形在動而已。

當快靠近目標時，她先繞到牆的另一邊，蹲在空調旁。事實上，那裡放了厄瓜朵準備的兩瓶綠色瓦斯罐，瓶身有警告標語，貼上叉叉的黑色骷髏頭的貼紙。此刻，她只要轉動氣閥即可。

她往另一個方向繞到會議室的門邊，探向玻璃窗口，看到會議桌圍著十一個人，大家一臉無聊，沒有人注意到門把正被一條厚厚的鍊條封鎖起來。另外，似乎也沒有發現通風口處正在冒出一股微弱的橙色煙霧。那是匈牙利老人傳授的配方，溴乙酸乙酯與黃豆素的混合。不過，他並不為此發明感到驕傲。**因為若沒爆炸，場面會十分可笑**。他的聲音雖然含糊，但聽起來總是十分柔和。

珊德拉不僅喜歡配方的實用性，也很欣賞其中的娛樂效果。一旦能掌握情勢，而且還擁有好幾個月的時間可以策劃如何應付執法部門的襲擊，那麼所有的細節必定能考慮清楚，就像當時她就利用雙重爆炸，來對付營救卡拉·歐提茲的警察團隊。

然而，當下的情況完全相反，計畫提前，許多細節都無法顧及，一切都僅限於完成任務。

「我先敲門，再躲起來，他們開始遭殃。」她靠在門邊，哼唱。

此時，她聽見警報開始鳴叫。

她湧上一股衝動（身體上急迫）想要從小玻璃窗親眼看見自己努力的成果，但這可能會有風險。裡頭有些人可能有配槍，而且她也不信任窗子的密合度。因此，她稍待一會兒，畫面她可以自行想像就好了。

就算離空調通風口最近的人，也不會是第一個察覺的人，因為症狀是從舌頭開始，變得很腫脹，它比平時大至兩倍，嘴巴也會嘗到奇怪的味道。一旦注意到異樣，通常是變得難以呼吸，因為通往肺部的毒氣會產生鎖喉的效果。而且，只要感覺眼睛有灼熱感，這意味著大腦中的氧氣量嚴重不足，而想要發出尖叫是更不可能的事。會先發出叫聲的人，應該是先注意到同事臉色漲紅，然後會幫忙解開襯衫。在最嚴重的情況下，神經系統會接管，因為痛苦而命令自己用指甲撕裂喉嚨，與此同時也會完全失去視力倒地。

那個時候，坐在附近的同事會上前幫助，詢問狀況，蹲在他們旁邊。然而，由於毒氣比空氣重，所以這是最糟糕的動作了，加速自己成為下一個倒下的人選，並倒在前一人的身上，用自己身體重量與痙攣不斷撞擊彼此，加速死亡。離毒氣最遠的，應是最靠近門的，站著的人是能得到寶貴的反應時間。

事實上，那些人正在推門。

珊德拉感覺到門被不斷往外推，一開始仍很有力量，但維持不了多久。然而，珊德拉似乎誤判了鏈接之間的距離，她感受到門又被敲了三下，那個人一定是男人。此時，雖然鏈子仍鎖得很緊，但門稍微開了幾公分。

珊德拉也聞到了毒氣味（金屬臭酸的腐蝕味）。儘管在挑高六公尺高的屋內，毒氣就算從裂縫中逸出，沒有足夠的量是不可能會造成危險的。那個味道讓她想起擦槍時的味道，就是硝基苯擦拭槍口時，會溶解出煤、火藥與銅的殘餘物。

珊德拉不開心地走遠。眼睛也感到刺痛，想流淚，但沒有特別嚴重。她很失望自己竟然無法親眼見證那個畫面。如此一來，要從窗口窺探已是不可能，所以她就只用一隻眼睛盯著門，另一隻眼睛看著手機上的音樂播放列表。她切斷正在聽的歌曲，改選另一首最適合的曲目進行循環播放。

會議室內傳出的敲門聲已停歇，此刻應該死得差不多了，就算還沒死，也是奄奄一息，腫脹、流血的嘴唇會不斷噴出粉紅色的泡沫。那些泡沫就是肺的黏膜組織。這些本來都可以現場直播觀賞，但由於門的問題（是因自己鎖鏈計算錯誤，但此時不是檢討的時間點）變得不可能了。

珊德拉返回，關閉瓦斯瓶，因為她想在回程的途中，再快速瞧上一眼，做為補償性的慰藉，聊勝於無。

然而，霰彈槍炸毀了她的計畫。因為有一顆子彈射穿她那件羊絨、絲綢，值四千歐元的風衣，只是沒有傷及她半根寒毛。

她湧起一股憤怒，她得打爆對方的頭才行。如此一來，她立即做出反應，趴下並開槍還擊。

3 以眼還眼

曼多躲在行動實驗室的車身後方，廂型車的前座早已千瘡百孔。點九公厘的子彈打碎了擋風玻璃、右前輪與大燈。此時，曼多明白自己死定了。因為他根本沒有受過任何槍支訓練，所以他的存在並不會帶有任何驚喜……

這個瘋狂婊子很清楚他會做什麼。不管怎麼說，她是我教出來的。

他嚇得瑟瑟發抖，不斷咒怨自己的愚蠢。

兩分鐘前，他走出辦公室，要到自動販賣機買三明治，便看到珊德拉在會議室的門口。他看到鏈條，很快就明白事態的嚴重性。他沿著牆壁走向車子，取出副駕駛座上的獵槍。

那一刻，他有一絲猶疑（身體上急迫）想跑向出口，置身事外。反正也沒有任何人能阻止得了他，他看了一眼出口，然後他才又衝了進去。在那裡頭，他的團隊幾乎都被殺害了，而那是他一手造成的。那些被他掃到地毯下、見不得人的事，變得更加強大的模樣出現了。

他豎起槍。

無論如何，我們都讀過契訶夫對霰彈槍的說明了。他想這個俄國小說家如何舉槍自殺。

此刻，曼多躲在廂型車後，萬分後悔自己為何沒有選擇逃跑，也很後悔子彈打偏了。他後悔很多事情，但最後悔的，是因為他竟然把菸放在大衣口袋裡。他非常確定自己會在五十秒內死去，但讓他最不捨的，是無法抽到最後一口。

換個角度想，這次真的能成功戒菸了。他一邊想著，一邊逆時鐘繞著行動實驗車。

離開車子是完全不可行的。珊德拉的位置掌控住入口到車子的路程。要抓到她的唯一機會，就是設陷阱讓她掉入圈套內。

在行動車與實驗室之間（希望厄瓜朵不在裡頭，希望能夠順利逃走）有個空隙，足夠讓一個側身通過。大約就比後視鏡的寬度更寬大一點。如果進到那裡，就很有機會拿槍管直指她那一張令人噁心的友善臉孔。

那裡，就連我也很難失準。他想。

槍口朝前，曼多走進空隙之中。他拿自己的生命當賭注，勝率只有一半，因為他只想到了一半的選項，他甚至沒有考慮過腳踝很可能從廂型車下方被子彈擊中。儘管他擠進到車身與混凝土牆壁之間的狹窄位置時，腦海中的確模糊想到這種可能性，但一切已經太遲了。他只能繼續前進。一公尺，兩公尺。

當他走到半路，槍管都快抵到後視鏡時，他聽見笑聲。曼多的背脊升起一股涼意，她就在他的身後。

「他們想到的人，我們會告訴他們不對，不再是你的朋友，沒有人留在那裡。」她哼唱。

「拜託……」他閉起眼睛說。

一滴汗水，或一滴淚水，滑過他的臉頰，碰到他的嘴角。一股淡淡的鹹味在舌尖。他困難地吞下一口口水。

「解決這一題。」珊德拉說，她說話的口氣就像是在模仿曼多訓練時的聲調。「你在一個非常狹窄的空間，槍口朝前。沒有空間可以換手拿槍，敵人就在背後。該怎麼做？」

當然，他沒有回答。但是她朝他更靠近一步，把槍口抵著他的腋下。他浸透汗水的襯衫，感受到金屬的冰冷。

「我什麼也做不了。」他回答。

「太簡單但太慢了。」珊德拉判決。

她把槍管插進他的脊神經，使得他的左臂肌肉緊繃，一陣劇痛傳遍全身。霰彈槍從右側落下，他的下體感到一股潮溼的熱氣，但這跟傷害不完全有關。

「媽的，要開槍就快。」

珊德拉「哼」的一聲，表示不同意。好像他單純以為自己會輕易讓他解脫，是十分冒犯她的想法。

「你知道嗎？我唯一要的，就是你愛我。但你不曾來看我，不曾想要瞭解我是誰。」

「妳是個失敗品，那就是妳。一個過去的錯誤。」

她又笑了。跟前一次的笑聲不同，聽起來近似無知的乾脆。

她把臉貼向他，像個老朋友一樣，低聲在他耳邊訴說一個祕密。

「是的，你是對的，而且你沒能及時發現。」

她一邊對著他悠悠哼唱，一邊轟掉他的頭。

他的頭炸了後，她幫忙梳理他額頭上的瀏海。

「原本我會為你賣命的。」

4 七個瞬間

不管是喬還是安東妮娜，都記不清楚接下來的幾個小時裡生命中發生的事，每一件事都被瞬間凍結在時間中，像一組3D立體照片，各自獨立，無法連接先後的存在。

一、喬搖搖晃晃地按下車上裝置的通話按鈕。安東妮娜從路肩開離馬德里四十號公路。左邊的後視鏡撞上另一輛車的後視鏡。馬路上飄浮著玻璃、塑膠與電線的碎片。

二、喬連接上警用頻道（裝置就藏在儀表板下方），及時聽取周遭警察單位的呼叫。他的雙手抱頭，看起來就像一個等邊三角形，儘管他身體的表現令人難以置信，但這是安東妮娜平時會注視欣賞的畫面，只是她這次並沒有那麼做。

三、兩輛警車與一輛消防車停靠在祕密總部的出口，等候一直未收到的指令。廠房上的警報器藍燈不斷投射出幽靈般的閃光。警察的叫喊聲中，安東妮娜走進裡面，喬跟在後。

四、一名戴著氧氣面罩的消防員將斧頭不斷砍向鎖住會議室出口的鎖鏈。鏈子在空中飛舞後掉地，一道薄薄的橙霧從敞開的門中逸散。裡面的屍體像滿懷希望一樣，目光全都投向門口，但所有人都已在死亡中，停止抽搐、顫抖。

五、安東妮娜蹲下身，手指輕撫過曼多的眼皮，讓他雙眼慢慢闔上。醫療人員在解開襯衫之後，才確認了死亡。其中一人從遠方與喬交談，因為喬的臉色十分慘白。醫護人員的嘴唇像是在發出「噢」的感嘆。

六、安東妮娜哭了，她一隻手撐著奧迪，左手緊抓著喬的胳膊。喬試圖給予安慰，但他的視線仍不在她身上。他的眼睛正伴隨著老闆屍體的擔架。雨越下越大，擔架下輪子在人行道的裂縫中移動，不斷濺出微小的水花。

七、電話響了。安東妮娜啜泣不止，拿出口袋裡的手機。喬仍看著另一個方向，沒有把身體轉向她。安東妮娜一看到是誰的來電，她就用顫抖的手擦掉眼淚。

5 通話

安東妮娜接起電話。

「打來道歉嗎？」

「不是，我知道那不是我能做的事。」厄瓜朵回答：「至少，這輩子不會。我打來說再見。」

若無法很好地分析自己的感受，便不可能進行溝通，這就是安東妮娜面臨的難題。或許對別人來說，若抽屜裡的東西掉了一地，一般就只會發展出順應的機制。但她已被各種情緒淹沒，無法找到一種應對機制既能負荷她的感受，又能處理成對話。

「怎麼可以？為什麼？」

「我沒有辦法。他也抓住我了，就像抓住妳一樣。」

安東妮娜再也忍受不住，非得要把自己在這幾分鐘裡累積的可怕一切，全都爆發出來。她這才把每樣事物都放置到該有的位置上，巨大齒輪中的微小碎片都有了自己位置，事情有了結論。

「很久以前就開始了，對嗎？是妳給勞爾錯誤情報，讓他以為荷梅身亡了。也是妳跟珊德拉談起懷特的，或是相反？也是妳在珊德拉的第一起犯案中，在蘿拉・崔峇的證據上做手腳？」

「恐怕，您都猜對了。」

「我焦急拚命要找到她，要從她身上找到消失的懷特，當時妳又做了什麼？拿走那些『幫我』的紅膠囊。我猜一定也是妳建議曼多讓我們去南方查案。如此一來，我們在忙別的事時，你們就能準備進行最後一擊……」

安東妮娜感覺到喬的手放在她的肩上，因此她沒把話說完。她站在雨中，頭髮溼透，靈魂撕裂，身體勉強靠著車子撐起。喬的手十分溫暖，讓她稍微喘口氣，感到踏實一些。

「他不讓我再跟您說下去了。很抱歉。」

「到底打來幹麼？他要求的？我猜這也是遊戲的一環。」

電話的另一端，法醫沒有回應。安東妮娜幾乎可以聽到她不打算再找藉口和理由了。她毫不留情地丟棄那些話。假若她都走到這一步，早就沒有道義可言了。

「我打這通電話，因為是他要求的。」

「請告訴他，他今天殺了十二個人。」

「如果要我殺兩百個人，我連想都不想，照殺不誤。」

「厄瓜朵，妳怎麼了？為什麼要屈服於這樣的事？」安東妮娜詢問，絕望地想要得到一點訊息。

「這點我無法透露，但我相信您能夠找到答案。」

沒錯，安東妮娜做得到。

事實上，細節根本不重要。

懷特能威脅厄瓜朵，不是女友、兄弟或母親的生命。因為愛，我們就不再自由，能做出任何糟糕的事。

愛是最強大的存在。

「妳應該找我的，明明這事我能幫得上忙。」

「用那……警官昨天怎麼說來著？您大腦運轉的方式是幾分證據說幾分話？」

「一起……」

厄瓜朵打斷她。

「您不瞭解他的能力，不懂他為何能預料到一切。不管您期待或計畫一件事情的可能性，他都搶先一步在那裡了。沒有人能打敗他，甚至是您都不可能。」

安東妮娜打了個冷顫，但不是因為雨水浸溼了她的身體，而是一股由內而外的寒顫。

「我從來沒有半點獲勝的可能，對嗎？」

「他只是讓您相信自己可以，但其實您不過是狂風中的一只風箏。」

「是嗎？妳覺得他會放過妳嗎？這麼簡單。妳知道的這麼多。」

「那是我們的約定。」

「妳想要殺了他。」安東妮娜預測。

「很有可能。」

安東妮娜像在呢喃一樣，低聲說了幾句。

「我期望事情就如此發展。因為如果沒有，我也會那麼做。我會找到他，讓他得為所做的事付出代價。」

聲音幾乎不受三月的風雨干擾。儘管三月的雨和風仍一無所知，但厄瓜朵聽懂了。她的脊椎感受到一股寒氣。她的餘生，都得在她的誓言下度過。

「我相信您會說到做到的，安東妮娜。再見。」

6 混亂

掛斷厄瓜朵的電話後，安東妮娜整個大爆炸。

如果換作是別人（例如是喬的話）要排解掉她現在的情緒，可能在盛怒之下拔下掛在路燈上的小垃圾桶，一邊嘶吼一邊摔打桶子，直到變成幾公分厚的碎片為止。

然而，安東妮娜無法輕易那麼做。

她不僅要承受失去的痛苦，還要因自己的無能而釀成災難，感到自責。而且，最重要的是信任的感覺，她被背叛了。一旦人願意讓別人靠近自己，都是因為有信賴感。這種感情有時是逐漸產生出來的，幾乎是在不知不覺中發生的。但無論過程有多麼緩慢，總有那一個契機，讓某人的臉在我們的檔案中能貼上不同的標籤。不管先前是同事、鄰居，還是社交網路上認識的人，總會在一個手勢、一個眼神、一句話、一起的歡笑，或一秒鐘的共同清醒，反正那個時刻並無法清楚地被記得，若要刻意尋找某人變為朋友的確切時間，大概能從某張照片下方註名對方的方式中，發現確切日期、時間和分鐘。

對安東妮娜而言，她的生命中已經很少有所謂的某人，朋友當然也就更少了。

而且她有著深不可測的記憶，以及強大的分析能力，但從某人變朋友的時刻，她是不可磨滅的記憶。

與曼多的關係的轉變，是在很初期的時候，某日的訓練過後。她大汗淋漓，整個人精疲力竭，十分不滿意自己的能力。她就像所有真正聰明的人一樣，覺得自己不夠聰明。曼多拿著毛巾走向她，說：

「我很羨慕妳。」

單單這一件事。只是一句真誠的話，聽起來就十分驚人了，但正因是真相才能有如此效果。現實世界中有大量自以為聰明的白痴，以為有能力訓練國家隊，能做開心臟手術，能解決移民問題，但卻無法解決問題。真正聰明的人會懷疑一切與所有人，而最重要的是，他們連自己也懷疑。

曼多，因為表達了那一句話，改變了他在安東妮娜心中的位置。雖然她仍然很討厭他（因為所有的謊言），但不管怎樣，那就像在乎的人才會討厭，因此還是能齊心抗外。

那麼，喬呢？就是在他走出蘿拉・崔峇的辦公室時，喬看見了安東妮娜也感染了那個母親的痛苦情緒。然後，陪她去學校看荷耶，中途沒有問太多不該問的事，這對喬來說就是一個不容易的事情。最後，他為她做了西班牙烘蛋。安東妮娜就算品嘗不出味道，但她還是能感受食物在齒間的質地。

安東妮娜雖然完全不在乎食物，而且連蛋也不會煎，但她深知愛的舉動都是隱藏在看似微不足道的姿態，例如一個人為另一個人做飯。或是有人開玩笑拿紙盒跳出一條紙做的蛇來玩鬧。那就是直接給予滿滿的愛。

西班牙烘蛋，就是喬改變標籤位置的時刻。而且不只是停留在那裡，是不斷的改變，從陌生人、伴侶、朋友到家人，然後安東妮娜再也沒有標籤可以貼上，因為喬最後變成一個ㄑ、一個ㄧ與一個ㄠ的組合。對安東妮娜，喬只能是喬。

那麼，厄瓜朵？

安東妮娜喚起第一次見面的場景，是在蘿拉．崔沓的家中。她因為閱讀她在瓦倫西亞案件的經歷，就對她充滿好感與好奇，或是佩服，至少喬後來是如此告訴她的。

幾天後，厄瓜朵的標籤發生了變化。當時，安東尼娜正在面對她人生中最黑暗的時刻。追捕犯人時，竟讓伊斯基爾逃脫了。她不斷思索案件的矛盾之處。她很清楚兇手與以往的不同。當然，她感覺是對的。

當她處在困惑與不確定之際，在失眠與不安的清晨，她在馬可士的床邊，緊握著他的右手，盯著牆壁，專注聽著悄然無聲的醫院裡心電圖的聲音。她的眼裡充滿淚水、絕望、沉淪與失敗，內心只想百倍地還給那些帶給別人痛苦的人。

在那脆弱時刻，她會打電話給厄瓜朵。她的聲音，在電話的另一頭，像一座燈塔一樣，一根大海中的浮木。孤獨使靈魂成為乾燥的海綿，欣然接受任何液體。

當她握緊沒有生氣的丈夫的手時，厄瓜朵就在對她撒謊了。她是殺人犯的幫凶。某種程度上來說，那就是最糟的咒罵了。而這就是安東妮娜掛斷厄瓜朵後，到下一通電話之間，她腦海裡在思考的事。也就是說，這就是掛斷厄瓜朵的電話後，安東妮娜整個大爆炸的經過。

這種失去的痛苦，自責的折磨與信任的背叛，安東妮娜是找不到任何語言可以概括出大腦和心臟之間，相互交替的崩潰。

她的身體替她做出決定。她的胃激烈收縮了兩次，然後在第三次抽筋中，安東妮娜將她胃裡稀少的東西，全吐在奧迪的車窗上。

喬把要踢垃圾桶的暴力之氣化為和善之舉（他把口袋裡一條乾淨的手帕遞給安東妮娜），把怒氣變為悔恨（恨自己沒把車窗打開）。

「臭婊子。」安東妮娜在嘔吐與咳嗽之間咒罵。

她吐了一口口水，但嘴裡的滋味還是混著膽汁的苦澀，她終於找到一個詞：絕望。

她接過喬的手帕，擦乾淨自己的嘴巴與下巴。

「小妞，自己好好留著吧。」喬表示，要求安東妮娜把手帕收回去。

「臭婊子。」她又說了一次，一拳打向車頂。

「雖然妳要說粗話，」喬調侃地說：「但也不必處理得那麼極端。」

「你這時候怎麼還能說笑？」她問，並轉身用拳頭對準喬，用盡全身的力氣捶打他的胸膛，但達到的效果也正如預期。他張開雙臂，接受了她的打擊，奉獻自己的身體讓她盡情發洩，然後等待她心情平復，心中不再有憤怒，只有悲傷時，他迎接她倒在他的胸口。那樣，他才敢緊緊抱住她，任由她的鼻涕與淚水毀了他的西裝。

7 懼怕

「大家在裡面等。」當安東妮娜離開他的胸膛後，喬告訴她。

安東妮娜用手帕擦乾淚水，擤了鼻涕。然後，她打開車門才看到自己毀了整個椅套。所以，她決定坐在後座。

喬輕輕敲了車窗，安東妮娜下車。喬倚著車門。

「現場已經整理好了。我們得……」

「我們不進去裡頭了。」她回答，眼神看向別處。

「安東妮娜……」

「不用，我們知道凶手是誰了。」

「安東妮娜……」

「誰在指揮現場？」

喬看向她，發覺自己並沒有答案。

「我不清楚。有警察的人馬，但正在和中央情報局的人起爭執。法官正在來的路上……」

「沒錯。」

喬很快就理解安東妮娜的意思。

他們平常是走後門，不問任何人，也不經過允許，就進到犯罪現場。如果過程遇到麻煩，只要打一通電話，幾分鐘後，奇蹟就會降臨，每扇大門都會為他們打開，每道柵欄都能自動放下，每處坑窪都會填平。但現在那個打電話的人已躺在血泊之中。

「安東妮娜，我們不能把他單獨留在那裡。」

她環顧四周，看到陌生人進進出出，陌生的面孔，明亮的閃光燈。他們此刻沒有打出好牌的話，他們將會被這一場混亂無情吞噬掉。

「喬，在這個犯罪現場，我們並不是調查人員。我們認識受害者，知道是誰殺害他們的。現在我們是關係人。」

「但……」

「如果我們進去，就出不來了。我們會進到審問室中，我們沒有那麼多時間可以浪費。」她說，並指著他的脖子。

「那麼妳認為該怎麼做？」

「低調一陣子，我得好好想想。」

喬用手指敲敲天花板，思索著她的話。十分不幸，她說得是對的。

沒有保護傘，他們只不過是一個被正式停職的卑微警員，與一個失業的語言學家。

「遲早會找上門的。」

「在這幾個小時，我們得逃亡。反正這也不是第一次了。」

喬疲累地微笑。走到車邊，坐上駕駛座，頭轉向後座。

「我們上哪去？」

安東妮娜回看他一眼，眼神中也同樣的困惑。

「隨便。」喬回答：「我知道有個地方，很適合妳這類的女性。」

8 瑞士三角巧克力

在公路旁加油站的餐廳，可能不會出現在米其林指南中，或獲得 TripAdvisor 旅遊評論網站上任何獎項，但做為回報，食物熱量能夠爆表。甚至比添加榛果的瑞士三角巧克力，含有更高的卡路里。

安東妮娜把喬給她的二十歐元全都用來買巧克力。她選擇坐到休息區廁所附近的長椅上，聽著廁所的沖水聲，吃光手上的巧克力。與此同時，喬在清洗車子，他用吸塵器徹底清潔車子內部，然後噴上空氣清新劑，讓味道聞起來不像嘔吐物的味道，而是像香草嘔吐物。

喬洗完車後，進到服務區內看看能吃些什麼健康食物。看了一眼食物櫃，立即證實這裡吃得很糟，架上到處都在滋生鏈球菌。最後，他買了一條夾豬肉片的潛艇堡，這是菜單中最不令人反感的選項了。

「如果曼多看到你吃這……」安東妮娜說。

喬吞下嘴裡豬肉片，才說話。

「如果他沒被殺，我們也不會在這裡逃亡。」

「你又來了。」她沉默好久後才回答。

「什麼？」

「你講的一點都不好笑。」

「小妞，就算我踢妳的屁股，妳也找不到笑點。玩笑本身就是一種疼痛管理的機制。」

安東妮娜咬下最後一口三角形，慢慢咀嚼，仔細認真思索喬剛才說的內容。

「你覺得我能學會嗎？」

「不能。」

喬把潛艇堡的紅白包裝紙揉成一團，試圖投進垃圾桶，不過失敗了。所以他起身拍掉衣服上的碎屑，然後丟掉地上的紙，回到正等著他回來的安東妮娜身邊。

「別用那樣的眼神看我。那是無法教的。」

「你教我說髒話。」

「那不一樣。」

「跟我說有什麼不同。」

「因為那不一樣。痛是個人的，幽默也是。妳是這兩件事唯一的主人。」

「我不懂。如果我死了，你會開玩笑嗎？」

喬在無數的夜晚輾轉反側，徹夜難眠，就是在為這個可能發生的情況受盡折熬。所以，他才不讓她開車，願意為她擋槍，或為了救她和其他一些無關緊要的事而從屋頂上跳下來。因為他只要想著如果那個頭髮髒兮兮的小東西從世界上消失，他會心碎的。

「可能妳身體還沒變冷時，我就開始在嘲笑了。」他非常認真地同意。

安東妮娜放聲大笑。這是比哈雷彗星更奇怪的現象。她的笑聲十分動聽，輕盈清澈，甚至具有傳染性。讓喬認為自己有神聖的職責讓她的嘴唇與下巴一直保持這樣的狀態。

「有什麼好笑的？」他疑問。

「那叫**屍冷**，亡者的冰冷程度可以根據奈斯特方程式計算出來。能很具體地計算出來。」

「那是什麼？」

「直腸的溫度計。」

喬自以為的職責都只是一場幻覺。笑吧。用盡全身力氣去笑，去笑存在的脆弱，去笑屁股上的溫度計，去笑自己的無助。

笑吧。安東妮娜也跟著他一起笑了。最後，兩人都笑哭了。

「我不想更孤獨。」安東妮娜回答。

「我早就知道了。」

「不，你不知道，喬。我還有事沒告訴你。」

安東妮娜向他訴說，在他被珊德拉抓上車後，她那個夜晚所做的事情。她做了這一輩子最艱難的決定，她關掉了維持馬可士生命的機器。她坦承在這幾個月裡，丈夫的身體惡化得十分厲害。

四肢萎縮，皮膚暗淡無光。

從診斷書即可發現，醫生好幾年前就放棄治療了。他們說不可能了，但她不信，她背棄了理性，驕傲讓她無法承認無可挽回的失敗。

「然後，我認識了你，你改變了一切。」她對他坦承。

她告訴喬，他讓她再次感覺到生命，明白犯錯的可能性。不過，她沒有說出自己的日常儀式，對死的渴望，繫住生命的三分鐘。她不會說，因為無論多麼喜愛和信任對方，靈魂的領地是無法分享的。

她告訴他重新感覺活著，其實意味著看到所愛的一切都被摧毀，再次置於危險之中。

「首先是馬可士，然後是荷耶，接下來是曼多。現在是你。」

喬安靜地聽著她的敘述。當她停下來時，他悠悠開口。

「我瞭解妳說全世界若發生壞事，妳連帶有一份責任。我有個朋友八歲時跑上山。當時他就只帶了兩條香腸，半條麵包，半罐的芬達橘子汽水。理由就是有學校有個人跟他說，他爸爸會離家出走，都是他的錯。到第二天夜晚前，兩個民警硬是從羊圈裡把他拖出來，因為他真的只想賴在那裡不離開。」

安東妮娜想了一會兒，溫柔地看向喬，一句話也沒說。

「好啦，我要跟妳說的是，那個人就是我。」他坦白。

「我早就猜到了。」

「妳真的是世上最聰明的女人了。」喬譏諷，然後他板起臉。「但妳不用是最孤獨的人。」

她露出感激與靦腆的微笑，接著起身。

「能告訴我為什麼此時跟我說這些？」喬問。

「因為你沒帶手機。」

喬困惑地尋找自己的口袋，然後看向安東妮娜，她也沒帶上側背包。他望向停在自助洗車道上的車子，距離約有十公尺遠。

「我不懂。」

「這是很私人的。我不想要他聽見這件事。」

那時，喬開始回想，他想起自己坐在輪椅，清醒時身上沒有電話，然後厄瓜朵給一個有相同號碼的新手機。

他花了兩分鐘加油添醋一番，整合一切，似乎能理解為何懷特無時無刻都知道他們的所在地。所以才能總是比我們快兩步。就像……

「媽的。」

「沒錯。」

「從一開始就一直聽我們的對話？」

安東妮娜輕輕地點頭。她留給他一些空白時間，自己去找結論。這是她不常會有的行為，是偶爾才會出現的體貼。

「在我手機裡裝竊聽器？」

點頭。

「或許我的也有。我把 iPad、手機、手錶都丟在車上。」

喬不可置信地搖頭。

「妳何時知道的？」

「一開始我就懷疑了。因為他對我的所作所為瞭若指掌。但真正確認，是剛才不久前。」

「為什麼？」

「厄瓜朵講了一句話，那句話是我在荷梅家跟你說過的：『大腦運轉的方式是幾分證據說幾分話。』」

「妳與我當時在另一個房間。她根本不可能聽見。」喬回答。

「我覺得她是為了不讓懷特發現，故意要說給我們聽的。」

喬深吸一口氣，然後嘆了一口大氣，吹動了地上的枯葉，一片糖果紙與一張擦手的衛生紙。

「這樣也絕不能免除她的罪惡感。」

「不行，但我認為她始終是想幫我們的。」

「等等。」喬要求，他得一點一點地吸收新訊息。「如果妳從一開始就知道她在偷聽我們，這件事代表……」

「喬，我沒跟你提，因為怕你藏不住。」

「小妞，是妳才不懂說謊。」警官回答，臉上綻放著光芒。「妳是我遇過最不會說謊的人了。」

「你是個最不會隱藏情緒的人。」

被將軍了。真狠。

喬得承認這件事，他自己也心知肚明，一旦考慮到他們所經歷的一切，所遭遇到的情況，而且還要直擊自己人生中的困境（與爛東西打交道），也許他是藏不住。

「那麼……妳說不曉得幹麼，做什麼，上哪去，都是……」

「大部分倒是真的。」

「大部分。」他用陰沉的口氣模仿。

「我覺得我可以推測接下來會發生什麼事。至少能講對一些。」

「但妳不打算跟我說，對吧？」

「如果你都知道，幹麼問？」安東妮娜回答，並用無辜的眼睛看著他。

9 訊息

安東妮娜回到車上，坐回到副駕駛座上，一切合宜，因為她其實並不在意車中是否有任何味道。喬回到車上後，他得先拿起掉在座位上的手機，放回口袋裡。內心對這個原本只會傳送好事的機器，心生恐懼與噁心。

算了，有幾件好事。

喬認為她從一開始就做對了。一旦知道車上還有第三個人在場，有另一隻耳朵在聽，就很難不注意那人的存在。就像真人實境秀一樣，不管多麼強調真實，所有行動都是一場演出。因此，就會決定盡量少表達。無論如何，他更在意自己脖子上的炸彈。

「妳覺得現在會發生什麼事？」他問安東妮娜，音量盡量表現得很自然。也就是說，一副沮喪、疲倦與怕死的感覺。

「他會傳簡訊告訴我們的。他還沒給我們第三個地址，待解決的第三起案件。」

「妳覺得那變態……」

安東妮娜睜大雙眼，意圖要他謹言慎行。喬努力調整心態。他當下便承認自己實在很難不去在意自己的談話對象，尤其是彼此僅有一個按鈕間的距離。

「……現在是在給我們解答嗎？」

「什麼意思？」

「我們一開始尋找謀殺拉奎爾的凶嫌，沒找到；但妳在找荷梅的凶手時，找到了拉奎爾的凶手，也就是荷梅本人。」

「你說得挺有道理的。」安東妮娜沉思了一會兒後回答。

「很可能妳之前所說的是對的，這場遊戲根本不可能有勝率。」

「喬，我們早就知道所有事情都是被安排好了。他是一個變態殺手，不是高等法院。」

「不是，我想說的，是他從來就不曾想按下按鈕。」喬說，指向自己的脖子。「至少到目前為止是如此。我不知道之後會如何，但我確信，他真正想要的，就是把我們帶到此處。」

「我不知道，我不曉得。」安東妮娜回答：「此刻我太累了，心裡空盪盪的，太難了。反正只要你脖子上還裝著那個，我就會遵照他的指示。一切都別無選擇，你就照我說的做。」

喬不敢相信她的夥伴會這麼說話，他不曉得該怎麼判斷那些句子。

不過，懷特先生一定比他更懂得如何解讀。

喬情不自禁地露出微笑。既強大又無所不在的懷特，已經失去了魔力，因為如果喬已經知道自己的手機不小心變成了傳聲機，然後安東妮娜一說完話，手機就傳來訊息，他也不會感到吃驚了。事實上，那種狀況只會在好萊塢電影中發生，依靠剪輯師製造出的完美時機。

喬對電影的幕後製作很著迷，有一天他看到《沉默的羔羊》中的音效工作紀錄，音效剪輯師如何混音，如何在前一個場景尚未結束時就開始聽到下一個場景中演員的聲音。聲音就是處於一種敘述者的優越地位，提示我們面前將發生的事，並迫使我們產生被威脅的感覺。

事實上，喬並不怕懷特聽取他們的對話。他只怕他真的無所不能。

但他不是，因為他只是個裝竊聽器的人而已。如此一來，我們就能戰勝他。他可能很聰明，甚至比安東妮娜還要聰明。可能一切都在他的掌握之中。但如果最後我得在她與我之中做選擇，不服從就得交出性命，那我會雙手奉上自己的命。而這就是能贏過他的力量。喬自忖。

與此同時，安東妮娜拿起手機看訊息。她的臉色大變。他把手機拿給喬看。喬的臉色也瞬間改變。

這一次，他們不必透過海姆達爾尋找犯案的地址，甚至也不用動用GPS找路。她對那個犯罪場所瞭若指掌，因為手機上的地址就是她在馬德里最熟悉的地方。

梅南可莉亞街七號。

安東妮娜．史考特家的地址。

10 閣樓

他們到達頂樓，看到一扇綠色、老舊、斑駁的門。未上鎖。敞開。

喬小心翼翼地托著槍，走在安東妮娜前面。在好幾個月前，他才讓她養成鎖門的習慣。屋內部沒有太大的變化，裡頭幾乎空盪盪的，一棵漂亮的假榕樹做為空間的區隔，但根本沒有什麼值得偷的。

喬走向過道，兩手握緊槍。廚房一片漆黑，沒有任何家具。馬可士從前的工作室也一樣。從主臥室裡出現的唯一東西，就是一把指向他右太陽穴的槍管，喬把槍指向暗處。他們再往前走兩步，便看到珊德拉那張笑臉。一張自信心爆棚的臉。

「警官。」她問好。

「死瘋子。」他問好。

「最好把槍放下。」

「妳先，甜心。」

珊德拉笑得更加燦爛了，但反而不可思議地像張小丑的笑臉。

「我很樂意。」她回答，並把槍收進風衣內。之後，就像魔術師一樣，向他們展示自己的雙手，露出赤裸的手臂。

「喬。」

安東妮娜從入口的地方要求喬把槍放下，但他還是舉著，槍口離珊德拉不到一個手掌的距離。

結束一切只要輕輕一壓就好了。

稍微扣下扳機，就能為這個世界消滅一隻害蟲。喬想著。**打死這個殺警察的凶手**。

誘惑（身體上急迫地）使每一寸肌肉都很緊繃，手臂硬得像足球場上的欄杆，足以讓整個球隊的球員都掛在上面。他的心臟劇烈跳動。

珊德拉盯著，臉上一樣掛著笑容。但感覺有些改變，變得很腥羶，十分肉慾。她向他邁一步，身子傾向槍口。頃刻間，喬以為（從她要吞噬一切的眼神中）她會伸出舌頭舔那把槍，但她只是將額頭靠在槍桿上。

喬察覺自己的手腕在顫抖。一瞬間，他從槍上感受到對方的瘋狂。

「你不敢。」珊德拉冷漠低聲說：「就算我剛才殺了你的上司與同事。你還是不敢。對嗎？小胖子。」

噢！她不該這麼說的。喬想。

他沒有扣下扳機，因為一隻蒼白的小手放在槍桿上，動作非常輕柔、非常緩慢地迫使他放下槍。

喬撇開眼睛，把目光中對珊德拉的惡毒與咒罵轉移到別處。他的目光追隨安東妮娜，從走道到客廳。

外頭，太陽正升起。

裡頭，懷特先生正用蓮花坐的坐姿，待在屋裡正中央的地板上。四十多歲人，穿著黑褲與白上衣。赤腳。他的對面，有一個棕色皮革文件夾，用紅繩綁起來。

「請進，史考特女士。」他用英文邀請她。「進來，把門關上。」

「警官，您的意圖都表露無遺了，我用潛望鏡都能窺視了。」懷特用笨拙拖沓的西班牙語說。

他向他展示了手中的一個小遙控器。喬馬上就知道遙控器非常具體的用法，而且這個直覺伴隨著頸部傷口的強烈痛癢。

「請您先在外頭等。」懷特對著猶豫不決的喬下指令。

「我會沒事的。」安東妮娜說。

在關門前，她向他給了最後的忠告，指著珊德拉的頭。

「喬，壓抑殺她的衝動。」

「我無法保證。」

安東妮娜回過身，面向懷特。

「那是我的位置。」她用英文說，指向那處自己平時盤腿坐的地方。

懷特不為所動，他指著她前面的地上。

「請坐，當自己的家一樣。」

安東妮娜一臉不爽的模樣。懷特與她上次碰面時，她也有過相似的情緒。她努力平復腦中的猴群，抑止憤怒爆發，集中思考策略。上一次她手無寸鐵。這次她的外套裡藏有一把 P290 半自動手槍。

他稍稍把手臂移向她。

「比子彈更快。」他表示，高舉著手中的遙控器。

她非常清楚這一點，雖然是想當然耳的事，但她的腦袋仍讓她看見帶有一大堆小數點的數字。因此，在他按下殺死喬的按鈕前，她不會以人類的方式，開槍射穿他的頭。陷在憤怒和常識之間，她只好將雙臂緊緊抱胸。

懷特很享受看到她壓抑自己的動作，就像在看一隻訓練有素的狗一樣。**畢竟，大多數動物在籠子裡才顯得好看**。安東妮娜思索著她自己的狀況。

慢慢地，她坐到了懷特的面前。

房間從她坐的方向看起來，有點怪異。

這正是他想要得到的效果。

談到猴群，在此又出現了，正不斷對她嘶吼，要她注意坐在面前的男子。她突然被許多細節，許多強化過的情況，壓得喘不過氣來。

「深呼吸。」懷特說：「您與我要面對最後的問題了。沒有人喜歡草率的結局。」

安東妮娜能夠辨別說話者的威脅語氣。他的目的應該就是要她變得更緊繃，好產生反效果。

「您在我家做什麼？」

「我認為差不多要談談我們第一次見面的事了。」他聳聳肩回答。

「除了前額葉有問題之外，您還有任何記憶障礙嗎？」

懷特不認同地搖頭。

「迂腐的偏見。您以為是我成為邊緣人，與前額葉出現故障有關，所以才使我變成精神病？認為我從小就是個惡魔，沒有同理心？」

「正是如此。」

「我不想自找麻煩跟您爭辯，女士。您會見到真相的，但我很高興您提起這個話題。幾年前也有一個人這麼形容我。他是唯一敢這麼說的人，只是下場並不好。」

「懷特，你到底想要什麼？」

「事實上，是醫生，那是一位醫生。他做了一份簡報。所以我帶走他的女兒，讓他的保母陳屍在地下室。如此而已。」

安東妮娜（既非第一次也不是最後一次）看到了在地下道中，荷耶在珊德拉手中時，自己的焦慮與恐懼。

「這次您找不到他了。」

「那還有待討論。」懷特把資料夾的內容灑落到地上，拿起一張照片，放到安東妮娜的眼前。

不。

不可能。

11 理論

安東妮娜看著照片幾秒，是一張遠鏡頭的街拍。儘管距離遙遠，影像十分模糊，但絕不可能認錯。在照片裡有個坐輪椅的長者，一名女性與一個男孩。

「聖薩爾瓦多的花都飯店。錯把一個非常危險的國家當成避風港，那裡的命不值錢。我可以找人殺了孩子。在那裡，小孩的命要價六千美金，但那兩個女人，可能不用特別支出。畢竟，所有服務中最昂貴的就是換護照。**你在一處扔一顆子彈，就得再扔三顆，陛下。**」他最後用西班牙的俚語總結。

他模仿薩爾瓦多西語的口音，介於合格和糟糕之間，但這也足以讓安東妮娜難以嚥下口水。

「我們做了一切您所要求的事了。」

懷特將指尖放在一起，形成一個三角棚子的樣子。

「啊！但這話不是百分之百準確，對吧？第一個案件並沒有準時破案。第二個也沒有。債都要一點一點累加上去的，女士。」

「您已經殺了十二個人。」安東妮娜回答，努力不讓聲音裡的恐懼浮上檯面。但結果並不理想。

「恐怕那是我助理的問題。她跟您老闆有帳要算。不滿意的員工。您懂的。」她身體裡的恐懼、憤怒、仇恨、痛苦像舞池裡的霓紅燈一樣，不斷變化。她再次覺得有必要把手放到背後。他就在她面前，毫無防備。也許這才能救活荷耶、卡拉與奶奶的命。

但要以喬的命為代價。一條命換三人，只是這道數學算式不在她的計算模式中。

「正如我所說，您的命比醫生的要長一些，因為您非凡超群，女士。這讓我重新思考自己所知的一切，真的。」

「您到底想要什麼？」安東妮娜輕聲詢問。

「希望沒讓您感到無聊。如果有這種情況，請務必告知我。因為我有個理論，那是很多年前，我讀大學時小小的想法。有個教授告訴我們情緒使個人行動產生變化。我想……如果我們在個體中產生適當的情緒，就可以將行為導向外部。例如……」

他甩甩手中的遙控器。

「真可恨。」安東妮娜不屑地說。與此同時，雖然她絕對不會承認，但她有稍微被激怒。

懷特察覺到安東妮娜語調上揚，瞳孔放大。這激勵他想多說一點，聊聊天性的脆弱。他需要聽眾。

「我的老師也是這麼想的。十一天後，他當著妻子與孩子的面自殺。過程不怎麼順利，有點笨拙，不過畢竟是第一次嘗試。是我的**尤里卡**（註3）時刻，所以印象仍十分深刻。」

「阿基米德用他的知識拯救故鄉西拉庫沙城。你卻是用來賺錢。」

「如同幾天前我說過的，您混淆結果與方法。我並不靠調查賺錢，我是賺錢來調查。」

「那一定賺很多，多到能用這一種方式替混球辦事。」安東妮娜表示，她不敢提問，但她得要知道內容。

「不只一種。我找到了人格模式，其中有特定幾種，人類能像手套一樣融入其中。」

「人類不是衣服。」

「例如，您外頭的朋友，絕對是三號類型。我想如果您命令他來這裡，我會把他的大腦炸飛……」他看了一下錶，計算時間。「應該是在七十四秒內。」

「天啊！懷特先生，我絕不會把喬的性命當賭注。」

「女士，您賭的是您的性命。我希望您不覺得我誇大，我還滿享受這樣的小小角色交換。」

安東妮娜眨了幾次眼，感到十分困惑。

「你真的覺得自己知道我是誰？」

「我實際上不清楚。女士，八個月前，帶走您的小孩也是為了搞清楚這事。想法

註3 尤里卡（Eureka），希臘用語，表達發現某事物或真相時的感嘆詞。

很簡單。

「所以伊斯基爾連續殺人案很簡單？」

「我指的是想法，不是過程。」懷特承認。「結果您並不適合任何人格模式。真的很難想像您會願意為了兒子與陌生人的生命冒險。」

安東妮娜不能，不想，也不該回答他，因為這個問題會讓她心中恐懼滋生。而且並不會只出現在入夜的惡夢中，那場無法及時救回荷耶的惡夢，時時刻刻都清楚地浮現在她腦海中。她非常清楚他在玩什麼花樣，操控她的情緒，喚起她身為母親的情感。策略的確奏效，只是同時也激起了更多東西。

「您做好了自己的職責，順利解決問題。我得承認您贏了那場戰爭，這點無庸置疑。」

「這一場我也打算贏。」她說，聲音仍帶著一絲不確定。

懷特觀察安東妮娜幾秒鐘。一開始是充滿興致地看著，然後才陷入沉思。最後他梳理自己頭髮。

「不對，實際上是不可能的。因為您早就知道自己輸了。」他否認。「您幾乎和所有聰明的人一樣自傲，您只是不認輸而已。」

「懷特，您到底想要什麼？」

「您知道的。我想要調查在這個地址發生的犯罪事件。」

「您很清楚誰是幕後指使者。」安東妮娜忿忿不平地說。

「我很清楚。不清楚的是您，史考特女士。」

安東妮娜不可置信地聽到他說的話。

「我知道您在這個案子花了數年的時間了。現在我請您應用一下自己驚人的記憶力。」

她可以很輕鬆就把那場惡夢召回。

12 惡夢

馬可士在工作室裡，用鑿子刻石頭。屋內可以聽見岩石磨碎的聲音。她對於即將發生的事，痛心疾首。她重複回到現場已經上千次了。她沒有待在客廳，沒有埋守在那一大堆的資料、線索、新聞與照片之中。她在他的身旁，驕傲地看著他雕刻的傑作。那是一個坐著的女人，肌肉線條呈現出手部的放鬆，背部前傾，臉上祥和的面孔卻顯露出一種蓄勢待發的氣息，彷彿有個東西在女人面前，她迫不及待想起身抓住，但她的腳還嵌在石頭裡，鑿子尚未釋放她的雙腿。並且，永遠也不會有那一天了。

門鈴響了。安東妮娜想要阻止馬可士開門，讓他繼續刻鑿，賦予那女人生機。然而，她的喉嚨乾得像紙片一樣，說不出半句話。她只聽見她自己（那女的，天真愚蠢到極點的女的，正戴著耳機，聽著噪音般的音樂）哼著歌。馬可士把榔頭放在桌上，就在雕像旁，而鑿子收在白色的工作袍裡。然後，他走去開門。安東妮娜，那個真的安東妮娜，那個十分清楚即將要發生什麼事的安東妮娜，想跟在他身後。她跟上他了，但又太慢。太慢了。她還是錯過了開門的瞬間，來不及看見那個穿著西裝的陌生人如何壓制馬可士。當她跑到走廊，馬可士與陌生人都倒在地上，鑿子已經插在入侵者的鎖骨上，他的血噴濺到馬可士的白袍。然後，入侵者試圖逃走，他開了兩槍。一槍穿過安東妮娜，真正的安東妮娜，站在走廊上等著一切事情發生的安東妮娜，然後射中了那無知的安東妮娜，那個戴著耳機在客廳以高分貝享受音樂，沉浸在她手頭上資料的安東妮娜。不過，那顆子彈擦過荷耶睡覺的嬰兒床，因而改變彈道行進方向，讓原本該射穿安東妮娜腦袋的子彈，射進背部，並從肩膀穿出，所以只是皮肉傷，沒有留下後遺症，休息幾個月就已恢復。或許，該為嬰兒床上新漆，膜拜一番。

另一槍就沒那麼好運了。另一顆子彈直接射向馬可士的前額。醫生得剖開腦袋，才能清除子彈碎片，但如此一來，便不抱任何康復的希望。他們說因為他頭撞到牆，說他和凶手搏鬥。

惡夢總是模模糊糊的。惡夢總是封印在第一次的槍聲中，結束在至今仍飄散在耳邊的槍聲。

13 保加利亞語

安東妮娜睜開眼睛。

懷特也跟她一樣沒有動靜，正仔細觀察她。

「女士，您對自家被入侵有多少瞭解？」他用溫柔的聲音詢問。

「有人敲門，拿著槍，馬可士用鑿子攻擊他。」

「入侵者的血噴濺到馬可士的白袍，對吧？」

「幾滴而已，所以無法做有效DNA鑑定。推測是白袍上的化學物質。」

「誰推測的？誰做這項分析？」

「我……」安東妮娜停頓，思慮懷特正在暗示什麼。

「您不會使用DNA基因定序儀器。這很正常。我也不會。那是屬於低階腦袋做的行政任務。誰執行就端看您決定信任誰。我再問一次。誰做這項分析？」

「曼多團隊裡的人。」

「那個人給您報告，那個人也跟您說查不到資料。對吧？」

她的情緒再次變得激動。心靈深處受到情感的衝擊，讓她重新自由地觀賞那些有趣的地景。她試圖恢復心情，平復加速的脈搏，冷靜太陽穴裡湧動的血液，呼吸十分急促。然後，她感覺到懷特的手像條冰魚一樣，放在她的手臂上。十分奇怪的是，安東妮娜沒有躲開接觸，似乎思緒太過於混亂了。

「我能讓警官進來，我想他手上還有能幫您應付此刻狀況的藍色膠囊。」懷特用十分和藹親近的口氣提供建議。

安東妮娜感覺到需要（身體上急迫）接受建議，但是她仍打算再堅持下去。

「您想不斷供應我毒藥，但我不會再掉落陷阱了。」

「沒錯，厄瓜朵醫生。最有用的成員了。她的專業技術十分精湛。我從未遇到一個堅信上帝與靈魂的法醫，不過這種人不僅容易操控，而且還很可靠。」

一聽到懷特的說法，安東妮娜就清醒了一些，硬生生甩開他的手。

「您大概能隨意地操控厄瓜朵，也可以讓人不驗出入侵者的DNA，也能把荷梅的數位資料藏起來。但這些都無法證明不是您殺了我的丈夫。」

懷特搖頭，大嘆一口氣，就像一個深愛自己兒子的父親，無法置信孩子還不會站著尿尿。

「女士，若我有錯請訂正，但是舉證的責任並不在於被告？不是『在被證明有罪之前都是無辜的』？」

安東妮娜傾身，手指向懷特的臉。

「您是想說，馬可士的事件與你在馬德里勒索荷梅，純屬巧合？」

「真是太驚人了，您已經離真相那麼靠近，卻仍做不出正確的結論。可能我選到了錯誤的紅皇后……」他無奈地說。

「懷特，我常常希望那顆子彈射穿的是我。您把我滅了，就像對待其他人一樣。」

「又來了。您繞著結論在發表意見了。再一次無視我的動機與本性。我得承認這讓我十分失望。」

「您的動機……」安東妮娜喃喃自語。

世界靜止了。安東妮娜也是。

Kuklenleva。保加利亞語，意思是有個人把操控木偶的人扔給獅子。

安東妮娜閉上眼睛，遁逃到她內心的世界中片刻。所有的謎題突然出現在她面前。猴子們絕望地嚎叫，不斷地把物品展示出來。安東妮娜內心吶喊，讓他們一個一個安靜下來。

首次，順序有了合理的邏輯。

- 荷梅·索雷，一名高階的資訊顧問，找她幫忙擺脫懷特的騷擾。
- 拉奎爾·普拉納斯，荷梅的情人，在荷梅找上安東妮娜前被殺害，她無辜的情人變成替罪羔羊。
- 馬可士與她，在自己家中發生槍擊案。
- 荷梅·索雷每個月開始從一家開設在避稅天堂的境外公司，收到巨額匯款。
- 某人隱匿了馬可士謀殺的證據，讓消沉的安東妮娜相信荷梅身亡。
- 三年後，伊斯基爾出現，懷特首次要打倒她，但失敗了。

然後，再一次，他們在這裡。第二盤棋局，因為上一盤平手。他們回到三個案件都相關聯的地方，回到起點，回到同一個房間。

Kuklenleva。

圖像的中心，一個巨大的空洞，所有其他事物都無情地指向那唯一的一塊她從未想過，甚至也無法想像的畫面，然而卻出現在她眼前。

Kuklenleva。

拼圖在她複雜而陌生的內心世界中，形成了一個影像，一個白色模糊的身影。她只需要放上那塊拼圖，就完成了。然而，這就是拼圖的奇妙之處，若只剩下一塊的時候，其他塊就會說出那一塊的確切形狀。那一塊的形狀是圓形的，頂部有一個十字架。

白國王。

Kuklenleva。

保加利亞語，意思是有個人把操控木偶的人扔給獅子。值得注意的是，這個字的拼法中，就夾帶著 **lev**：獅子的意思。

整個過程花不到幾秒的時間。但對安東妮娜，卻已是嶄新的世界。空氣中的性質已經改變，之前的沉悶似乎消散開來了，黑夜已落在白晝之上，懷特仍未開燈，但在昏暗之中，兩人還是可以完美看清事物。

或許，這是第一次，懷特用一種奇怪的崇敬神情微笑著。

「真是榮幸能夠觀看到這一幕。」

安東妮娜深呼吸，視線轉向別處。她身上每一條肌肉仍對他充滿反感。沒有什麼能夠改變這件事。然而，他們之間的情況已經有所改變。

「這些日子以來……」

他瞭解地點點頭。

當馬可士被攻擊時，她下定決心自己丈夫的死要由那個無情又神祕的殺手負責，誓死找到毀了她人生的人。

懷特解開襯衫上的三顆釦子，把衣服往後拉，稍稍露出左側細緻的皮膚。他的胸肌輪廓分明，頸部肌肉與肩膀形成了一個完美的三角形。不過，在他的左肩上有一道扭曲不規則的五角星星，是皮膚自行決定如何癒合的疤痕。

那道疤痕就是懷特開槍前，馬可士用鑿子刺傷他的地方。一個非常小的傷疤，跟安東妮娜被懷特射中的左肩上的疤非常不同。

「皇后在棋盤上是最有權勢的人物。」他說：「但不管在棋局中的權力有多大，都不該忘了——」

「背後有一隻手在操控。」安東妮娜把話接著說完。

「沒錯，因此，您對解決這個案件又更進一步了，對嗎？」

懷特的視線又變得堅毅。安東妮娜一刻都沒忘記自己在與誰說話，但仍有幾分鐘，她會掉入他的假面形象之中。

休戰結束。

「懷特，您一開始就一直是勝者的一方。我所做的，只不過是照著你希望我奔跑的方向奔跑。」

讓我們筋疲力盡，打擊我們的信心，殺死我們所有的同伴，切斷我們與警察的聯繫。摧毀整個紅皇后專案。

「為何要這麼麻煩？」她問。

「為了完成您的訓練。現在，完成工作，解決案件。」

「您就告訴我是誰跟您聯繫，不就更容易一些了。」

「或許，但趣味不足。此外，我也回答了我是這場案件的一部分。答案就在這裡。」

安東妮娜拿起那份皮革製的文件夾。裡頭除了有那一張拍攝她在聖薩爾瓦多的家人照片之外，還有一張二十一乘二十八公分的黑白照。

儘管天色已暗，但安東妮娜認得那條街，那是在荷梅家。如果照片取景稍微靠右一點，就會看到主臥房的窗戶。也許還拍到喬正探頭出來察看。不過照片的確拍到了一個人。那人停在離房子大約三十公尺的地方，在一個垃圾箱後方，靠在摩托車旁。他身穿黑色牛仔褲與黑色皮夾克，手裡拿著安全帽，臉朝著鏡頭方向，微微仰起。

「我們的珊德拉是位狗仔。這照片取得不易，拍攝時光線不足，目標又在移動。您們差點就抓到他了。」懷特說。

安東妮娜不認為那是在嘲弄。她不再看照片，儘管男子的臉在暗處，但她還是認得出來。

她想說話，但喉嚨十分苦澀。

「您很早之前就看到了。當然，只是您完全被蒙蔽了。」

安東妮娜搖頭，完全不敢置信。

「不會的。」

「我向您保證，我的收費並不便宜，女士。只有很少人才付得起的價碼。」

「您說謊。」

「我想只有一種方法可以證實了。對吧？動身吧。」

安東妮娜起身，在她轉身向後走到門前，懷特在她背後說。

「我們來提高賭注，沒有警察，沒有外援，就只有你們兩人，瞭解嗎？」

安東妮娜向著前方點頭。

「很好，對了，我很享受之前的兩次倒數計時，所以……」

嗶嗶，顫動。

安東妮娜的手機收到一則訊息。

三小時。

14 第一個錯誤

駕駛的人是喬。她整個人十分緊繃焦躁，腦袋一團混亂，身體渴望吃一顆紅膠囊，而這正是懷特所期望的，希望她再次養成習慣，但她壓抑住自己不要撲到喬身上，從他的西裝口袋凸起的地方搶走盒子。知道膠囊的位置，讓她更加難受。就像一個已經不想節食的孩子，會把鼻子貼在蛋糕店的玻璃上。然而，情況恰恰相反。

「妳要跟我說說到底發生什麼事嗎？」

安東妮娜沒有回答，她拿出 iPad，稍微在海姆達爾上進行搜尋。喬用眼光瞄到地圖上標著好幾個點。

喬十分瞭解自己的夥伴若在這種狀態下，代表需要自己的空間。

「終於，他犯了第一個錯誤。」她過了一會才說話。

「第二個錯誤。」

「第一個錯誤是什麼？」安東妮娜好奇的探問。

「他第一個錯誤是，」喬挑眉回答：「找上我們。」

安東妮娜瞇著眼睛看他。

「你琢磨著想講這句話有多久了？」

喬想了一會兒。

「妳和妳的老朋友懷特在一起的時候，我想到的。」

「那有二十分鐘了。」

「應該說只想了十分鐘。因為剩餘的時間我在想方法殺了那賤貨。」

「暴力無法解決問題。」安東妮娜回答，再次投入 **iPad** 裡的內容。

「小妞，這表明妳沒被死盯著看過。她從頭到尾一句話也沒說，就是盯著我。妳那位朋友像個國中太妹一樣。」

「那不是我朋友。開心點，現在原本可能是她坐在你旁邊。」

喬要開到二十公尺後的紅綠燈處，才轉頭看向安東妮娜，一副妳在說什麼鬼話。

「這之後再說。重要的是我們現在有機會了，喬。」

喬不曾忘記他口袋裡的電話，他得要用盡心力才能自然回應。

「我想知道我們要上哪去，以及我們要做什麼。」

安東妮娜的臉暗淡了下來。

「我們要去史上最糟的地方。你馬上就會知道了，但在此之前，我想先去個地方。你經過火車站後右轉。」

與此同時，她沒有多解釋，只專注在置物櫃中找東西。

遵命，公主。

15 市政府

魯阿諾奇蹟般地把車停在快餐店前。一分鐘前，那裡根本沒有跡象表明這裡會空出停車格。他的新搭檔是個好人，不多話，資歷比他淺。所以，魯阿諾正在教他開罰單的訣竅，例如現在他們正等著有人為了買可口三明治，並排停車。

「這太簡單了。」菜鳥表示，他今日已經開出三張罰單了。其中有一個開綠色MINI的白痴，既沒幫車子保險，也沒驗車，所以車子就被拖吊走了。

「如果你見識過在新告示牌之前的樣子。那才叫做……」

他話一說出口，馬上意識到自己聽起來就像是在老生常談。

醫生不建議他那麼快就回到工作崗位上，但是魯阿諾認為自己已經恢復了。如果要他一個人單獨待在家中，那他才會舉槍自盡。因此，在奧索里奧因工殉職幾日後，他又回到街上，跟著新同事巡邏。

他可以很輕易隱藏住自己創傷後壓力症候群，因為他原本就是安靜、內向的人。不過，要騙過自己並不容易。他每次閉上眼睛，都會回到事發現場，看到奧索里奧開門後，子彈襲擊車體。奧索里奧的妻子無法相信丈夫的離世，她一直拒絕接受消息，憤怒地搖晃他，要求他只是在開玩笑，她都懷孕了，丈夫怎麼可以拋下她，這樣不公平。

那不是魯阿諾人生中最糟的一天。因為他以前的工作，經歷過更壞的事情。他曾在在阿富汗執行過兩次任務，以及在索馬利亞有一次。然後，他以後備軍人的身分直接進到市政府工作。一份簡單又高薪的工作，很不錯的退休生活，過得十分輕鬆自在。

然而，就算如此，每次只要他一閉上眼睛，就感覺到身體被鋼板撞擊的重量，聞到引擎機油的氣味與子彈煙硝味，空氣從副駕駛座竄入，他的頭都是玻璃碎片，而且再次親眼看到奧索里奧的身體掛在敞開的車門上。

因此，他不常闔眼。

不過，相對於他所經歷的事，能要求的補償卻很少，因為這裡是馬德里，而且在槍戰的過程中，他除了被玻璃割傷外，身上再也沒有其他傷痕，因此就連因公務受傷而加薪的資格都沒有。

他唯一獲得的，就是幾週休假，但那是他最不需要的。因此，他照樣上班，不斷地開罰單。然後，忽然有一臺奧迪A8與他們並排停車，對魯阿諾而言，這件無法想像的事，是一份宇宙將要給他的意外之禮。

奧迪的車窗往下拉，裡頭出現一個好看女性的面孔。不算漂亮，不到讓人痴迷的程度。況且她眼袋很重，頭髮亂七八糟，但還算有魅力。

「同事。」女人邊說邊出示警察徽章。駕駛同時也出示他的。「史考特警官與古鐵雷斯警官。」

「您好，有什麼需要幫忙的？」

「我們要拜託您一件事。我們需要兩名警員到這一個地址前駐守。」

「這件事得要由上級下令。」魯阿諾困惑地解釋。

女人看向他，綠眼珠看起來十分怪異。**鋒芒**，魯阿諾心裡浮現這個詞彙，但是又覺得自己太誇張了。

「跟奧索里奧有關，所以我想您知道我的意思。」

魯阿諾是千禧世代的人類，年紀快三十歲了。他那一代人剛好是從美好泡泡過渡到厭世的族群。只不過他對這樣的表達也毫無印象了。

「什麼……需要幫忙什麼？」

「我們找到兩名嫌疑犯。其中一位是四十多歲的男子，一頭捲曲的金髮，穿著西裝外套。陪同他的是一名金髮女子，身穿風衣，年約三十歲。我們相信他們將在兩個半小時內到達這個地址。」

魯阿諾接過紙條，看了一眼，再看向女子的眼睛，然後微微點頭。

「我們需要在門口調動兩個單位的人手。那條路很好找。如果你看到他們進入，不要干預，可以嗎？兩人都極端危險，僅駐守在出口處即可。」

「我得先無線電通報，得跟上級報告，打給……」

「不行，如果您這麼做，他們就不會出現。我們抓到他們唯一的可能，就是您**完全依照**我要求的事做就可以了。」

魯阿諾想到了奧索里奧，想到他日夜纏身的惡夢，想到奧索里奧尚未出生的孩子。

「我會遵照您的指示。」

「小心謹慎。」她再次強調。

「小心謹慎。」

魯阿諾目送奧迪離開，看著車子開進圓環，然後朝北方前進。他內心開始列清單。他沒有時間可以浪費了。

生命非常寶貴，絕對不能輕易交給命運決定。安東妮娜一邊思索，一邊看著後照鏡中越來越小的魯阿諾。**不過單憑一張紙條，就把命託付出去，其實也好不到哪裡去。**

16 太空大樓

當然，最後一定要壯觀華麗結束的。喬想著，抬頭看。

「這裡跟雨刷鎮不同。不會放煙火。」安東妮娜說，往上看。

「不用多，一個就夠了。」喬回答，抓抓脖子。縫針的地方比以往都還緊繃。喬突然很念**老娘**的保溼乳霜。

他們面前是一棟超高的太空大樓。是卡斯堤亞地區的四大樓之一。有兩百二十四公尺高，共五十六層樓。是西班牙第四高的摩天大樓，由鋼鐵水泥與玻璃組成的龐然大物。這裡的前身有各種說法，可以是一座紀念碑、陵墓或異物。

喬的觀點很簡單，就是一顆巨蛋。

這裡有某些優勢。首先，是單一入口，既沒有側面通道，也沒有停車位，保證了絕對的安全性。一個真正的老鼠洞。

「妳確定懷特會來嗎？」

「我保證。這是他最重要的勝利。他不僅要見證了自己多年的努力，也要從我的失敗，證明他的理論是正確無誤的。」

喬又看了一眼大樓的入口，街上停滿了黑色或灰色的官方公事車。有某幾輛賓士、BMW與奧迪插上國旗，所有的車牌都是紅底白字。

「我們應該讓這個地方布滿警力。」他說，想的是自己而不是她。

「我不能冒險。」安東妮娜邊搖頭邊回答。

喬的下個問題若是在幾天前，可能聽起來很諷刺，而且充滿了責備、誇大與厭惡。但現在經過這幾天一起經歷的一切後，他語氣有了很不同的基調，甚至帶有一絲溫情。

「不能冒險輸了遊戲？」

「不是，喬，是輸了你。」

喬驚訝地抿住雙脣，這是他從未預料過的答案。他甚至不確定她在今天之前是否有考慮過失敗，或者是不犧牲一切來贏得勝利。

小妞，在這件事上，我們倆達成一致。

就算如此，時間一直在倒數，而且他內心並不太看好她的計畫。

「請再說一次我們要做的事。」

「我們要上樓。我們要和他談話。我們要讓他自首。」

「這樣就夠了。這樣懷特就認為妳完成任務了。」

如此說來，似乎很簡單，小事一樁。

喬看著安東妮娜，想著她的腦袋此刻在想什麼。下了什麼決定，在猶豫什麼。她鼓起多大的勇氣才能面對一個將徹底改變她堅信的真相。

當然，她不是普通人。正因如此，喬非常清楚這一點，她會為別人改變。他很想把這些話告訴她，給予一些安慰，但他口齒笨拙，不懂得如何選擇正確又能療癒的詞語，不知該如何用幾個音節達到慰藉的力量。那不是喬的風格，也不是他的生命裡教會他的事。

「喬，謝謝你在此。」安東妮娜看著他的眼睛對他說。

喬露出笑容，因為就是如此，最終這是生命中最重要的事。工作的百分之九十都是並肩行動，另外的百分之十是突如其來的意外行動。

「今天電視上不會有大新聞，行動吧？」

安東妮娜把側背包、手錶與手機都放到奧迪的置物櫃中。喬也一樣，清空口袋，身上只帶證件與槍。不過，安東妮娜要求喬把手機帶上。

喬不能理解，那樣懷特就可以從手機聽取他們的對話。在最後一場賽局，把手機留在車上就能讓他得不到訊息。但他沒有跟安東妮娜爭論，他想她一定有自己的道理。

「小妞，穿上這個。」

「如果我們穿上這個，大概進不去。」

喬看著安東妮娜，看向防彈背心，然後看向大樓的大門。不甘心地咬住下脣，內心不斷重複計畫。接受她的看法，脫去背心。

「別擔心，這裡不會有人對我們開槍。」她補充說明。「這是另一個層次的敘事。」

小妞，真不想信妳。喬自忖，然後後車箱砰的一聲關上了。

17 晚會

寬闊大廳的另一邊，是接待處，那裡鋪著大理石。櫃檯是一個十公尺寬的透明水晶櫃，看起來十足的未來感。櫃檯後方有六名年輕漂亮的男女接待員。

喬走向其中一個男性。

「我們要到十七樓。」他說，並出示證件。

「在清單上嗎？」

「我們在執行警方的調查案件。」

迷人的年輕人顫動著他長長的睫毛。

「先生，如果沒有邀請函，便無法通行。您也知道，今日這裡有重要聚會。」他回答，用原子筆指向出口的位置，有一群穿著禮服的人正在刷著識別證進入。

「請您查詢我的名字。」安東妮娜說，出示證件。

迷人的年輕人站的位置比較高，訪客因此能看到接待人員的腿。不過這也授予接待員擁有較高的特權，能夠對訪客進行從頭到腳的掃描，一副十分輕視市井小民的樣子。

喬此時才驚訝地意識到他們兩人看起來多麼寒酸。他穿著一套皺巴巴的可怕綠色西裝，而安東妮娜的外套雖然在加油站的廁所用力沖洗多次，但仍然可看到一些嘔吐物的汙漬。他們看起來一點都不光鮮亮麗。

「正如我所言，這是私人聚會。」年輕人說。

「我在永久清單上。」安東妮娜又說了一次。

那一群擁有長長睫毛的人不敢置信地瞇起眼睛，但就算如此，接待人員仍然按照她的話做，反正最終還是可以讓這對邋遢二人組滾出去。

「史考特女士，很抱歉，這是您的證件。」接待人員表示，遞給她一張通行證。

「一張給我的同事。」安東妮娜要求。

當他們離開櫃檯，喬不斷咀嚼那句：**你真的知道我是誰嗎？**

「有時候，生命還是在站在妳這邊的。」當他們一起排隊進入時，他讚嘆自己的同事。

「不是因為我們沒剩多少時間了。」安東妮娜回答，看向入口處另一邊的時鐘。

儘管電梯很擠，但他們兩人仍有足夠的空間，因為其餘的人都努力讓自己靠向門口，遠離他們兩人，尤其是不斷飄散嘔吐味道的她。

十七樓的旅程很短暫，電梯緩緩平穩下來時，大家的胃裡都感受到一種輕微的下沉感。

「祝大家好好享受今夜。」喬回應著其他乘客責備的眼神，每個人都爭先恐後地趕緊走出電梯。

兩人最後離開電梯，通過第二道安檢匝道入口。悠揚的音樂從門內斷斷續續地散溢出來。喬認得歌詞，這是繆思樂團的《起義》：

他們不能強迫我們，他們不能貶低我們，他們不能控制我們。

音樂穿梭在七彩霓虹燈的閃爍之中，與一百人低語交談的音量交雜在一起。

「明明有無數的夜晚，偏偏選了今晚。」喬說，看向自動門前站著兩個笑容僵硬的女人。

「不是巧合，跟懷特扯上關係的事，絕不是巧合。」

他一副無所謂的樣子，因為這也不能讓他停止抱怨。

「俗話說得好，你在跳舞時世界就末日了。」

「誰說的？」

「妳的鄰居，他很會唱歌。好啦，走吧。」

沒有任何準備儀式，他們經過兩位笑容僵硬的女性，朝著大門前進，在門上掛著布條，寫著兩種語言：

第六十四屆大英國協紀念日

此外，正下方，有一排用浮雕鋼印的文字表達歡迎：

英國外交大使

18 晚會

安東妮娜不喜歡宴會。

無關美學。這場宴會是在大使館接待處舉行的，一個寬敞的現代空間，插滿了英國與其他大英國協聯邦國家的旗幟。但也不是精緻典雅的問題。會場光線十分昏暗，四周裝置了紅、藍光的LED燈，把所有的賓客的面容都變成同樣臉色，卻也是飄忽不定的鬼魂。這適合絕大多數年輕人，他們正處於人格成熟和淪陷的黃金時代。畢竟，這是大使館一年一度的盛會，邀請嘉賓必定經過精挑細選，皆是英語世界中又富有又有權勢的代名詞。

這些都不是安東妮娜討厭宴會的理由，因為她很習慣跟大老們相處（她是英國大使的女兒），懂得跟愛炫富又愛國的人交際（她是公務員）。

讓安東妮娜反感的，是參與宴會的人數。

安東妮娜的大腦習慣（幾乎是無意識）會為自己行動路線先進行規劃，在空間中畫出一條隱形的線。那些無形的路線會避開骯髒、有害、危險物品等，以及任何會對她個人喜好構成最大威脅的障礙。因此，在此，這份清單還包括路燈、垃圾桶與人類。如此一來，在擁擠的聚會中，想要不接觸另一個人的情況下移動，情況會變得很複雜。她試著浪費幾秒鐘，追蹤每具移動的身體，聽取圈子中無關緊要的對話，假設，假笑，記住每一件租來的燕尾服。並且，她也要同時避開端著精緻英式甜點的年輕可愛女服務生。

安東妮娜試圖尋找路線，但幾乎很難不與人重疊。因此她改變策略，開始故意大步走到擺放雞尾酒的長桌前，那裡被一群半醉半醒的客人圍住，她繞到桌子旁邊。

「借過。」安東妮娜說，閃過其中一個服務生。

此時，喬跟在她身後，一臉困惑地看著她的行動。

她一隻腳踏上一箱啤酒上，另一隻腳往上踩在兩箱紅酒箱上，第三步她走到桌子上，並撞倒了一排裝有冰塊的高腳玻璃杯，因此杯子一杯接著一杯像多米諾骨牌一樣不斷倒下，最後每樣東西在鋪著亞麻桌布的桌子上，全力倒向了一位身穿白色連衣裙的女士。不過，那位女士的臉上沒有流露出厭惡的表情，因為肉毒桿菌早就剝奪她這項情緒的表達能力，只是這並不妨礙她喉嚨的表現。

「這裙子實在太短了，穿到像這樣的正式場合很不恰當。」喬當場讓吼叫的女子無語。

如此一來，大家又把注意力移到引起事件的禍首，安東妮娜此刻正高過所有人半公尺，俯瞰每個人可憐兮兮的頭頂，不是禿頭就是昂貴髮型。每個人都朝她的方向轉了過去。

「好了。」她說。喬撐著她跳到地面上。

喬扮演讓賓客讓路的角色，他領著她穿過人群，到達舞臺的一側。那裡放著一臺巨型喇叭與幾張高桌子，其中駐西班牙的英國大使彼得・史考特先生，正在聽

（無精打采，不感興趣的樣子）一個身材微胖，不斷比手畫腳的人傾訴事情。

「安東妮娜？」彼得先生一看到喬巨大身形背後的女兒，便喊：「妳在這裡做什麼？荷耶回來了？」

安東妮娜一個箭步走向他。

「父親。」她微微點頭，向他問好。

……她經過他的身邊，走到他身後幾步一個雙手交叉的侍衛前。那個男人穿著西裝，身高有一百九十公分，體重八十七公斤，身形壯碩，受過精英訓練，是特種空勤團出身，擔任大使的私人保鏢，以及大使館安全的負責人。十分不友善地看著安東妮娜。

「諾亞．查斯（Noah Chase），」安東妮娜向上大吼，試圖要讓自己聲音蓋過喇叭。「您因涉嫌謀殺荷梅，以及奧拉謀殺未遂而被逮捕。」

大塊頭的英國人用怪異的眼神看向安東妮娜與喬，然後看向出口。他的方形下巴微微顫抖，之前那副不可動搖的確定性，頃刻間像紙牌屋一樣坍塌。

「我……」

他要抬起右手摸向外套的左邊，但他的手腕很快被喬抓住，保鏢想要掙脫，但那只是困獸之舉。

「別鬧更大了。」喬建議，與此同時，他將另一隻手伸進保鏢的西裝外套內，悄悄地把手槍拔出槍套，放到自己身上。

「安東妮娜，到底是怎麼回事？」大使詢問。

「父親，我沒時間解釋。我們得逮捕這個人。」

大使看著自己的女兒，彷彿她說的是沒人聽得懂的行話，而他似乎只能從喬架著保鏢出去，才知道發生了什麼事情。

「安東妮娜，請記得這裡是英國的領土，你們沒有司法權。」大使懇求。

「可能逮捕無效。」安東妮娜無奈表示。「根據我們兩國之間的協議，就算貴國政府不放棄查斯先生的外交豁免權，但屆時他得先對我們說明一切，並將一切公諸於世，刊登在報紙上。」

彼得先生看向查斯，他訓練有素的肌肉，似乎像是喬手中的玩偶。

「妳不能這麼做。」

「我有我要保護的人。」安東妮娜指向自己的同伴。「但不是你。」

大使面對女兒的嘲諷，咬緊下脣。

「或許我們該找個比較安靜的空間聊聊。」

19 辦公室

大約十五年前，英國政府決定以五千萬歐元出售位在阿瑪羅社區，有四十年歷史的外館大樓。決定把總部搬遷到太空大樓十七至二十一層，裝潢成超現代的辦公空間。新總部的選址與交易都是由彼得親自指揮完成的，而且當時宣稱（在經濟衰退期間）此次搬遷不需要英國政府任何支出。

在那樣的時代，執行這樣的搬遷引起了許多質疑的聲浪。大使十分清廉，是個自始至終都使用經典BIC原子筆的人，他無法忍受別人對他管理有絲毫疑問，因此邀請了三家不同的媒體，讓他們清查交易帳戶。最終事實證明，最後裝潢完成時，家具預算超支，帳目出現了八萬五千兩百七十四英鎊的赤字。

外交官召集審查的媒體，在他們面前以傲慢的姿態簽署了一張個人支票，交出一張跟超出預算一樣的金額。

彼得先生的辦公室就在十八樓，是大使館最重要的區域。十七樓是接待區，十八樓是辦公的行政區域，全樓層都鋪上厚重的地毯，以及用殖民時期的木製品裝飾，提醒遊客英國曾經是一個大帝國。

安東妮娜跟著父親走到轉角處，一間很大的辦公室內。喬壓著諾亞走在他們後面。保鏢遠離人群之後，鎮定了不少，所以也就更加使勁地抵抗喬，不願配合他的動作。

安東妮娜進到辦公室後，心裡感覺到刺痛。她以前只來玩過幾次。最後一次，是馬可士昏迷之後，她試圖向父親解釋隱形殺手的可能性，但他父親當時只想從她手中奪得荷耶的監護權。

但是，她刺痛的感覺並不是（或不單是）因為最後一次會面的情況，而是因為裝飾品。但也不是因為齊本德爾的古董扶手椅與書桌，或是柚木牆壁，或巨大的落地窗，更不是因為那個大理石櫃歪掉的立腳。事實上，那個櫃子的損壞是小時候在玩捉迷藏時，把它撞到地板上的，而且當時他們還在巴塞隆納，因此那是大使擔任領事期間留下的唯一一件家具。當然，她的父親一直都知道該如何表達出正確的訊息。

然而，不是的，她的刺痛無關於那些小細節，而是因為一幅畫。

安東妮娜不記得畫家的名字，但她也不認為知道過。不過，她記得十分清楚自己擺好姿勢站在他面前很久，那個畫家既瘦削又傲慢，整個過程中都沒笑過。

畫中彼得先生坐在一張雙人扶手椅上。他雙腿併攏，面朝正前方，他的身邊坐著一個含蓄微笑著的美麗女子，深情而神祕。寶拉把臉朝向女兒。小女孩當時六歲，頭髮與肩齊平，眼珠子比現在更綠，更明亮，但臉上沒有笑容，而是流露出淡淡的憂傷，就像已預示著來年即將要發生的大事，疾病已經在不知不覺中吞噬掉她的母親。三個被冰封住的人，雖然線條不太優美，色調也十分平庸，但油墨或許捕捉到了他們生命中最後的快樂時光。因此，她走進辦公室時，內心做好看見這幅畫的準備，但震撼感仍刺痛了她。

「那是妳？」喬詢問，並強迫查斯坐到一把古董椅子上，椅子的青銅腳瞬間因保鏢的重量晃動而吱吱作響。

「請小心使用家具，警官。我不太認為您能付得起維修費用。」喬正要回嘴，但安東妮娜制止了，因為她父親的話表現了他的憤怒。

「在我們開始之前，」彼得先生說：「我要告知你們，我的辦公室會屏蔽任何信號干擾，此處須保護重要的文件資料。」

「父親，我們沒有要記錄任何事。」安東妮娜表示。「我們只是想讓你知道這個男人在你背後幹的好事。」

「諾亞？真是可笑。你們沒有證據可……」

安東妮娜從口袋裡拿出諾亞的照片，把照片扔在十八世紀的古董辦公桌上。即使在晚上，也能清楚看到照片中人物臉上的血跡。因此，彼得一看到照片，就立刻明白了。

「這張照片是資訊顧問荷梅與他的妻子被刺殺幾分鐘之後拍攝的。女人傷勢嚴重，但救回來了。她已經指認了凶手。」

最後一句是謊話，但是當安東妮娜一看到查斯臉色瞬間刷白，她就證實自己是對的。

「諾亞？這是真的嗎？」大使驚慌地詢問。

保鏢雙手抱胸，看起來十分坐立不安，目光避開了他的老闆。

20 犯罪

大使看了他的保鏢好一會兒，最終移開了目光。但也逃不了多久，因為另一邊，他的女兒正在等著他的答覆。他腦海有千頭萬緒，但都像冰川下的魚：無法觸及。

「安東妮娜，我不曉得妳認為自己知道了什麼，但妳確定……」

「不。」她回答。

這是一個直截了當的否定，但同時又十分甜美，幾乎還帶著溫情。她說出口時，雖是搖頭，但臉上帶著微笑。那是一種滿是厭倦，卻又令人懷念的否定。沒有什麼比懷念從未發生的事情，更糟糕的了。

「那並不是我所認為，而是我所知道。」

「安東妮娜……」

她無視他的發言。當她繼續接著講述自己知道的事情，房間裡的燈光似乎變昏暗，只有她的臉在黑暗中顯得格外醒目。

「四年前，有一位叫索雷的資訊工程顧問，被一個叫懷特先生找上了。那人恐嚇索雷，表示要毀了他的人生，要向他的妻子揭露他外遇的事情。由於索雷並不服從懷特的指示，因為懷特殺了他的情人，並陷害於他。」

她深吸一口氣，聲音聽起來有些悲傷，因為痛苦，因為憤怒。

「事情波及到我們，是因為索雷找上我，拜託我解決懷特。他這麼做，導致懷特闖進到我家，射傷馬可士和我，就為了要消除他的指紋。至此，索雷就屈服了。他給懷特想要的一切。但又因某件事不如他所期望的，我不清楚是什麼事情，但懷特受傷了，很可能也受到監視。他的雇主插手，把所有好處都帶走。我的直覺那人就是查斯。畢竟，他跟著你很久了。對嗎，父親？」

「安東妮娜……」

她無視從黑暗裡發出的聲音。

此刻，只存在她自己。

只存在敘事。

這是最近這幾天解開的證據，從團團謎霧中拉出的每一條線，組成了這一個無可辯駁的真相。

「索雷擁有什麼價值非凡的東西嗎？他又是怎麼知道紅皇后的存在？兩道問題都指向一個簡單的答案。他是海姆達爾的程式設計工程師之一。」

安東妮娜微微搖頭，她仍要繼續建構整個故事。

「但他不是主要成員，他缺乏這方面的天賦。但他也算在圈內，所以能夠獲得原代碼的副本，那是程式最核心的部分。如果沒有原代碼，就算敵人能安裝程式也無濟於事，只要無法與中央電腦相連，那也只是個垃圾。」

大使雙腿顫抖，拉開辦公桌前的椅子，慢慢坐下。安東妮娜不受影響，繼續敘述。

「顯然，英國祕密情報局的手伸到這裡面來了。誰能支付得起懷特高昂的收費？誰需要一個外部黑手套，如此一來，他們的代理人就不用參與在外國領土的行動，反對自己的盟友？」

「安東妮娜，快沒時間了。」喬催促她。

她看向牆上的大鐘，她繼續說下去。

「女王陛下支付特勤局活動費用，但卻一無所獲。」

「不管妳信不信，我們都只想做到最好。」彼得先生回答，聲音充滿苦澀。「世界罪惡的根源，不能只是防範。」

「當然不會只是防範，還要確保你的政府得到想要的，他們要的更多。在此期間，他們繼續向索雷支付費用，以獲得海姆達爾乾淨且有用的副本。」

「那套程式在任何一臺電腦都可以打開。可以破解任何密碼。擁有那套程式，再也沒有隱私。安東妮娜，掌握在少數人手中的權力太大了。」大使解釋，努力不失任何一分尊嚴，直挺挺地坐在椅子上。

「你想說的權力太大，是因為掌握者不是自己吧。」喬一針見血。

「他們想要自己的海姆達爾副本。為了以防萬一，也為了他們自己的目的。他們與歐洲夥伴越來越少合作，沒人知道他們用那套軟體做什麼。」安東妮娜回答，並靠向辦公桌。

安東妮娜靠近彼得先生，他往後靠了一些。

「妳從何時知道這件事的？」

內容。

「我問懷特想要什麼的時候？從我們在索雷家的時候。」辦公室的另一邊，能聽見巴斯克語的厭惡和詛咒，但安東妮娜不能理解全部的內容。

「我是直到今天才知道，你參與了這一切。」

「我得服從命令。」彼得先生回答，垂下眼。

安東妮娜之前聽過這句話。有一個閣樓來堆放罪惡感，是很輕鬆的事。

「存在自由個體。例如，你的保鏢。當他看到我們快找上索雷，就想先下手為強，殺了我們。他並不是在完成你的指令。當然，那是兩碼子事。我猜，是責任或是保護欲。」

大使對此隻字未提，目光也沒有看下屬。他並沒有因為知道他做了什麼而憤怒，因為安東妮娜真正在談論的，並不是查斯的作為。

「因為索雷沒有用處了，所以決定殺了他。」

她的父親保持沉默。安東妮娜又看了一眼時鐘。期限快要到了。

「四年前，索雷就把原代碼給了懷特。」她繼續說：「查斯攔截了代碼，並交給了你。但你從未交給英國祕密情報局，你沒有遵從命令。」

大使萎縮了一些，兩眼泛淚，聲音顫抖。

「發生了妳丈夫的事情之後……我無法。」

「發生的事。」安東妮娜重複了一遍，聲音十分冷漠無情。

「我不曉得會找上妳。安東妮娜，妳得相信我。」

安東妮娜露出笑容，但一點都沒有幸福快樂的感覺。那笑容就像她左臉頰滑落的眼淚一樣悲傷。

「你把殘忍無情的凶手帶進我們的生活，我的丈夫因此被殺。當我來找你，告訴你凶手的事時，你不僅沒支持我，還讓我覺得自己瘋了。而且，你還從我身上奪走兒子的監護權。」

「妳並不是目標！」大使緊握雙拳，辯護。

「對某人而言就是。只要不是你女兒，別人就得要受苦，這種說法不能改變任何事。」安東妮娜否定地搖頭。「只會讓人更心痛。但最讓人痛心的，是你對一切都知情。只是不想承認自己的過錯，就把我當成瘋子，奪走我兒子的監護權。」

「我並不知情……」

「交出來給我。」

當彼得先生聽到那句話，眼睛瞬間睜大。

「什麼？」

「你知道的。父親，沒有時間了。快給我。他就要到了。我可以讓我們擺脫困境，但我需要你現在就交出來給我。快點。」

有個身穿外套、繫著領帶的人出現在門口。那是大使館的安全人員之一。安東妮娜認得他。光頭，耳朵戴著小耳機，聽不懂正在傳達什麼。

現在表達的聲音是另一個了。

「很感謝這一趟旅程。」在他背後的女性說話。

男人被推向前，他踉蹌地向前一步，在他放下第二隻腳之前，一聲槍聲響起。

男子身亡倒在地上，接著珊德拉出現了，臉上帶著前所未有的笑容，走進辦公室。在她身後，懷特慢步優雅地出現。

「大使，您已經聽到您女兒的話了。」他說，並把槍指著安東妮娜的頭頂。「我強烈建議您聽她的話，照她的要求交出來。」

21 雅加語

空氣瞬間結凍，每個人只敢面面相覷。

Mamihlapinatapai。安東妮娜想著。

雅加語，南美洲火地群島的游牧部落原住民語，意思是擱淺的眼睛。大家面面相覷，等著某人的眼神發起行動，但卻沒人敢用眼神示意。

因此，咒語被打破。

22 兩幅畫

「這裡人太多了。」珊德拉表示。

她把槍朝向查斯，再一次扣下扳機。爆炸聲在柚木牆上迴盪，保鏢向後倒，一朵紅色花朵在他的胸口綻放。喬想拔槍，但珊德拉的槍管已經在離他的眼睛兩個手掌的距離。

「警官，請別急，用手部動作即可。」

喬吞了一口口水，咬牙切齒但服從指令。他扭開西裝的釦子，把槍交給珊德拉，她把它收進風衣內。

「講到哪了？」懷特詢問，並靠近安東妮娜一步。「啊！沒錯，大使，你可以動作了。」

「做不到。」彼得先生說。

對懷特而言，他的語氣聽起來不太堅定，因此他把槍口抵在安東妮娜的太陽穴上。

「當然，您有權拒絕，但恐怕也要付出相當大的代價。」

「父親，別那麼做。」安東妮娜請求。

手槍似乎沒有移動，只有輕微的嘶嘶聲和一聲沉悶的撞擊聲。槍猛然暴擊了她一下，她的頭一震，額頭上出現一道方形紅色印記，鮮血快速地流到她的眼窩裡，然後滑過她先前流下的淚痕。

「我認為您最好照做。」懷特用冰冷的眼神要求。

彼得先生很勉強地站起身。

「拿那個要做什麼？」

「不關您的事，大使。不過，基於我們過往的交情，我能說有錢買家很感興趣，那些人不怎麼好惹。不過，我會變得超級富有，再也不用替別人辦事了。」

「最終，您也就只是個庸俗的宵小。」安東妮娜轉向他說。

懷特槍口一直指著安東妮娜，此時他走到她的另一側，離辦公桌旁的大玻璃窗近一些。

「女士，我很痛心。我承認聽您這麼說讓我太心痛了。一想到不是我擁有那個小玩具，的確很傷心。但我的等級的確很低，完全比不上北京或莫斯科的人。只要有那筆錢，我就能做自己真正喜歡的事。」

懷特睜大雙眼，用那一雙毫無生氣、無情的眼睛，享受著勝利時刻。

「現在，彼得先生，如果可以的話……」

大使轉身走向辦公桌後的那一幅畫。那是一八〇二年透納（Turner）的水彩畫作品，大小有一公尺長，六十公分寬，內容是在霧濛濛的瀑布前的兩棵枯死的乾枯木。這當然是複製品，原作在英國的泰德美術館展示中。

這個複製品擺放在此的目的，只不過是巧妙隱藏住安裝在後面櫃子鉸鏈上的門。因此，當畫轉動時，便看到裡面的保險箱。

「真是經典。大使，請小心打開。」

彼得先生輸入密碼，把他的指紋放在紅色傳感器上。保險箱咔嗒一聲，打開了。

珊德拉的視線可以完美地看到盒子，她把槍從喬身上移開，轉向大使。然後她的喉嚨裡開始發出一聲猛烈的嘶吼，就像野獸般的叫聲一樣。

喬趁那一瞬間，把手放到背後，那裡放著他從保鏢那裡拿走的槍。他充滿憤恨地射擊出去。珊德拉再次把槍口向喬的頭，但喬已扣下扳機。她的手臂瞬間癱軟，一臉疑惑。她的錯誤就在於先前並未搜身，確保警官身上沒有其他武器。

懷特先生見到此景，眼中沒有流露出一絲情緒，他只是開槍，並削過彼得先生頭骨側邊。

喬的反擊只能讓他胡亂開了三槍，因為剛才珊德拉的射擊聲，造成他內耳失鳴，導致他失去平衡。

安東妮娜尖叫，想要向前試圖阻止喬跌倒，以防他的頭撞上大理石櫃上。但她大腦快速運轉下，她很高興發現自己很久以前就讓大理石的立腳歪了，因此大理石櫃雖然會隨著喬撞擊而倒塌，也不會折斷他的脖子。

23 最後的問題

安東妮娜環顧四周，花了一秒半分析結果。她得同時面對三種情緒：

◆傷心欲絕，目睹父親破碎的腦袋癱在書桌和牆壁之間。
◆痛快淋漓，看到珊德拉的風衣浸滿鮮血，眼神中充滿困惑與痛苦。
◆憂心忡忡，見到喬眼睛瞪大，躺在地上，脖子上不停傳出頗具威脅性的嗶嗶聲。

「史考特，現在就只剩妳跟我了。」懷特說。

安東妮娜無視他，她向前察看喬的脈搏。喬整個人意識不清，但心跳穩定規律。

「請抑制住自己的衝動，別想拿警官的槍，或企圖撿起掉在妳父親旁的那把。我提醒妳，若是那樣，那槍就不只是對著他而已。」

安東妮娜面向他。

懷特揮動左手上一個小裝置，一個老式的遙控器。

「那個在此沒有任何用處。我父親的辦公室有信號干擾阻斷儀器。」安東妮娜表示。

「幸運的是，他有加裝藍牙連接器，可以適用在此狀況。」

他按下遙控器的其中一顆按鈕，喬的脖子開始發出明顯的嗶嗶聲。

安東妮娜起身，滿臉挫敗。懷特帶著勝利的微笑看著她。顯然，她不是一個喜歡失敗的女人，但是打敗自己喜歡的人又有什麼樂趣？

安東妮娜走到辦公桌旁，把手放到保險箱內，在一堆文件與檔案夾後方，找到一個紅色長條形隨身碟。

她左手拿著隨身碟，右手從背後拿出自己的手槍。

「哇賽！安東妮娜有槍。真是大新聞。」懷特笑著回應。

「就算殺了我們，我也不會讓你拿走這個。」安東妮娜說：「上百萬人為此遭殃。」

懷特興致盎然地看著自己對手的手臂。

「女士，您不是個神射手。如果現在扣下扳機……」

當懷特還在說話時，安東妮娜便開始一次又一次，把彈匣內僅有的六顆點九公厘的子彈打到離懷特一公尺半的窗戶上。在玻璃上炸出六個洞，懷特在此之間，一動也不動。安東妮娜開口。

「……沒錯，還差得遠呢。」

P290半自動手槍的卡榫往後滑，表明現在只是一個無用的垃圾。她放下那把槍，走向辦公桌旁。

「您逃不掉的，懷特。」她說：「為什麼不認輸？」

「認輸？我可是滿手好牌。」

懷特取走隨身碟。安東妮娜盯著躺在地上昏迷的喬，聽著他的脖子不斷發出致命的嗶嗶聲。她沒預料到在最後一場賽局裡，他會無法動彈。所以，她別無選擇，只能相信魯阿諾警員了。

「不盡然如此。」她說。

懷特放聲大笑，喪心病狂的笑聲。

「女士，妳還沒學乖嗎？我總是走在妳前面，我知道妳跟幾個市警要求協助。事實上，從我們遊戲一開始，我就能聽到妳跟警官的所有談話。」他說，把頭歪向她，露出自己耳朵上的耳機。

她沒有回話，也沒有做出任何動作，僅看向他手上的隨身碟。她離他至少有三公尺之遠。

「妳認為這座摩天大樓是個好地點，因為只有一個入口。」懷特繼續說：「但是，妳沒有算到頂樓很寬敞，大到足以停靠一架直升機。」

安東妮娜點頭，並噗哧笑了出來。**哈！**笑聲帶有諷刺效果。聲音很小，但卻很有力，一舉衝破堵塞在喉嚨裡的痛苦、憤怒與恐懼。

「有什麼好笑的？」

安東妮娜聳聳肩。

「您已經輸了，只是自己還不曉得。」

懷特瞇起眼睛。

「為什麼說我輸了？」

「因為我每天會花三分鐘想著如何自殺。」安東妮娜回答。

她話還沒說完，就把一塊硬碟扔到了他的臉上。懷特本能向後退了一步，他的後背猛地撞上玻璃窗。

原本那是一片牢不可破的超厚玻璃窗，但經過六發子彈的射擊，再加上一個八十公斤身體的撞擊，玻璃的中心出現一道巨大的裂縫。不過，這還不至於到破碎的程度。但若再加上安東妮娜在他傾倒時，也把自己撞過去，抱住懷特的腰，讓全身的重量都壓在他身上，這才足以粉碎這面玻璃。

懷特放開手上的槍，想要甩開安東妮娜，保持身體的平衡，但一切都太遲了。

兩人破窗而出，掉進了空無之中。

24 否定

從十八樓掉到地面，只要四秒的時間。

四秒對很多人而言，是微不足道的存在。但對安東妮娜而言，不一樣。在這四秒內（閉上眼睛，緊實地抱緊懷特的腰，掉到空中），安東妮娜想到：

◆計算下墜的速度（與時間平方成正比）。萬有引力定律導致的加速度運動，每過一秒，下墜的樓層數是前一秒的兩倍。

◆確認在墜樓的過程中，懷特按下遙控器按鈕時，至少已與目標越過十五公尺的距離，超出藍牙接收的範圍。

◆有一種莫名的平靜感，知道無論發生什麼事，自己的朋友獲救了。

她想到的，僅僅如此而已，就算是安東妮娜，她也是有極限的。她唯一沒有極限的，是她堅不可摧的意志。就算前方的路是盡頭，她還是勇往直前，所以她墜樓，身體不斷往下懸，但她不會輕易讓自己落地。

一瞬間，她睜開眼睛。世界十分模糊，只有風，黑暗所組成的虛無。但是，即使墜樓，她不會輕易讓自己落地。

她與懷特的身體撞到的是消防局的巨大充氣墊上。這就是在三個小時前，她在車裡交給魯阿諾的紙條內容。

無視我剛跟您說的話。請到消防局，拿到一片充氣墊，並請工作人員幫忙鋪設。請將它鋪在離太空大樓轉角處的書報攤上，位置應該是距離建築物兩公尺的地方。充氣墊的硬度是：九十二%。然後，您會在兩小時五十分鐘後，就是那個時間，不會更早，逮捕殺死你同事的人。

魯阿諾完全遵照安東妮娜的指示，雖然看似簡單，但執行起來並不輕鬆。說服消防員的大隊長為了一個看似笑話的紙條，要他把昂貴的裝備拿出來，就花了他約一個多小時的時間。此外，八名消防員不僅要幫忙運送充氣床墊，還需要幫忙展開充氣一個三百一十七公斤的橡膠物，光是打氣就花了好幾分鐘，然後還需要專家校準硬度的百分比。最終，他們成功地把一切都準備就緒後，不到幾分鐘後，在消防隊長與他的六名手下驚訝的眼中，看到了摩天大樓的十八樓有兩個人跳了出來。

安東妮娜在過程中也不放鬆，就算在充氣墊上她還是死抓住懷特不放。這事就算她在無數次的三分鐘冥想中經歷過相同的場景，但實際的體驗還是非常不同。

碰到氣墊時，撞擊力道猛烈到驚心動魄。她的臉直接撞上懷特的肚子，鼻子就在衝擊力下撕裂開來，吐出滿口鮮血，猩紅的血絲遍布四處。兩人撞到墊子上後又再往上彈至少六公尺高，然後在空中交匯。安東妮娜的右臂打到懷特的臉，讓他瞬間皮開肉綻，斷了凶手的顴骨，而他也是在那一刻昏了過去。

當他們回到墊子上時，第二次彈跳他們慢慢滾到充氣床的中心，兩人似乎像抱在一起的樣子。

飽受虐待，但還活著。

安東妮娜在失去知覺前，看到了魯阿諾把懷特銬上手銬。

她想要說些預防措施、警告。

這對她來說是不可能的。黑暗占據了她的世界。

康復期

從此刻開始，事情就相當無趣了。

安東妮娜送到醫院，當晚就進行了手部骨折的開刀手術，後來發現她肋骨也斷了三根。她整個人痛不欲生，一方面是因為她拒絕服用任何麻醉藥品，此外也是因為她清醒後打了幾通電話，過程十分勞心勞累。

第一通，她一醒來就打電話找厄瓜朵，但法醫似乎下定決心要銷聲匿跡。因此她先推延找她這件事。

第二通，事情是更為重要。她本來得親自處理很多細節，但門口有一名警衛駐守，不讓她輕易走動。曼多的缺席讓過程變得十分複雜，但她也不是一個容易放棄的人。因此，她打電話聯絡（對所有通話者而言，是一段漫長而艱辛的時光）目的，就是為了給予具體的指南，防止懷特逃跑。

「我敢說……」所有對話的開始。

「我敢說如果不遵守我的指示，您與您的家人都會受到生命威脅。」

甚至安東妮娜還強行要求海關聯絡人要告知所有自認為無關緊要的人，但他們中的每個人，就算身分十分尊貴的人，也都欣然接受她的意見。

「您是個殘忍的女人，但會照您說的做。」

「很好，因為我想到一個新的方案。每天只能送餐一次，而且要把食物先放在第一個房間。接著在第一扇門關閉後，第二扇門才能打開。無論如何，都不允許看守人與犯人直接接觸。這可行嗎？」

「女士，沒問題。天啊！也太硬了。」

「這項方案先實施五週。」安東妮娜快速計算後表示。「然後，我們再找個最終的方案。」

「什麼最終……？」

安東妮娜已經掛斷，一聲再見也沒說。她有另一通電話要接，一通會令她提心吊膽的對話。

「早安。」

「櫃檯給我訊息，要我打這支號碼。」卡拉・歐提茲回答。

「妳怎麼知道不是陷阱？」

卡拉帶著她的家人一起逃跑之後，安東妮娜不敢任意取得卡拉的聯絡方式，連個代碼也不知道。因為她不認為有什麼東西是真的安全。當她說「我會找到妳的」雖然是真心相信這件事會發生，只是她對於如何做到這一點，當時仍是一無所知。不過，由於懷特透露出他們就住在聖薩爾瓦多，這使事情簡單許多。她留訊息給櫃檯，因為她打電話過去時，時間很晚了。當然，她在留言中加了一點暗示，讓卡拉能聯想起隧道裡那個決定性的夜晚。

「很明顯，那位留言的人要求服務員在紙上畫一隻鴨子。」

「畫得好嗎？大部分的人都畫得很差。」

「看得出來是什麼，只是很像隻在吸菸的鴨子。」卡拉笑。「有兩個人很想和妳說話。但在此之前，跟我說些好消息。」

「你們要回家了。」

「結束了？」

「結束了。」

卡拉鬆了一口氣，並把電話遞給荷耶。

「媽媽，我搭飛機時看了一部電影，現在那是我最愛的電影了。妳知道是什麼嗎？」

安東妮娜回答他說不知道，但她很想聽聽。

喬呢？

喬在醫院醒過來，比起頭痛，他擁有更多的困惑與飢餓。他先問起安東妮娜與珊德拉。

當他得知前者活者，後者死亡，他就胃口大開，但他拒絕吃放在他面前平淡無味的食物，蘋果與優格只能塞牙縫。他想直接衝到咖啡廳吃塊三明治，向世界宣告：「我完好無缺，只是受點不要緊的小傷。」護理師卻阻擋他的去路。

最後，是安東妮娜本人（手臂打著點滴，穿著醫院露出內褲的長袍）到附近的餐廳，幫他買些像樣的食物。

「五顆煎蛋，三塊大香腸切片。」喬打開餐廳的外帶餐盒時，語氣十分平淡地說。

「我覺得分量剛好。如果你想要別的，我再去……」

安東妮娜不再提議，因為她看到喬兩眼泛淚，吃掉所有的蛋。

喬的脊椎上取下兩個爆炸裝置的手術，因懷特的連線機制失效，而變得容易許多。但安東妮娜仍從美國請來了一名神經外科醫生協助手術。

手術室裡有七個人，另外還有九位專家幫忙進行神經網路的連接。當最後一根螺栓落入鋼盤上，雖然喬當時意識尚未清醒，但眾人為此大大地鬆了一口氣。

他清醒後，與外科醫生的談話，也一直在一知半解之中。原因可能是麻醉劑尚未褪去，也可能和那個男人說外語有關，反正喬幾乎無法聽懂他說的話，但他仍非常禮貌地感謝了他，用他最好的英語發音說 Thank You。不過，對此他也懷疑醫生是否能聽懂。

他在醫院裡又待了幾天，訪客中來了一位不速之客，**老娘**駕到。

老娘違背自己的諾言，表示不會離開故鄉半步，但她來了。她進門時用眼角的餘光瞥了安東妮娜一眼，表情十分驚訝。

老娘命令安東妮娜回家休息，她太累了。

「我會照顧好他，妳就照顧好自己的那隻手臂。」

她從袋子裡拿出一鍋巴斯克燉魚和一條戈爾戈麵包店的麵包，接著開始閒話家常。她說起某個二表弟，長得超級和善的傢伙，好像還單身，若你決定離開馬德里那份超級重要的工作，回到故鄉，跟家人在一起，那個人可以考慮。你上臉書找找他的照片。

喬看著麵包店的臉書粉絲專頁，看到好幾個麵包師傅手拿著一個巨大的法式麵包，對著鏡頭微笑。

忽然，喬內心十分激動，對故鄉充滿了思念。他抓住**老娘**的手，把她拉到自己身邊，親了她的額頭，並對她說了些話。

老娘很高興聽到這個消息。

兩人都淚流滿面。

開始

安東妮娜·史考特每天只允許自己花三分鐘想自殺的事。對別人而言，三分鐘是微不足道的時間，但對安東妮娜而言卻很重要，因為思索死亡方式的三分鐘是專屬她的三分鐘。她無法捨棄這充滿意義，不可侵犯的神聖的時間。

之前，那是懸住性命的繩索，但現在那只是一個逃脫鍵，重整秩序的休止符，提醒自己遊戲不管玩得再爛，自己隨時可以終止。永遠都有出口，一切只要盡其所能就好了。現在她活得十分積極正面。她就像一個買聖誕樂透的投機分子，期待自己能夠中獎，就像一個渴望擁有初吻美妙時刻的少年。這些三分鐘的時間是非常神聖的。雖然這同時也會讓她想起從前墜樓時的痛苦，但不管怎樣，第一步都得先爬上去。

因此，此刻她非常、非常不喜歡那個走上樓的腳步聲，不僅硬生生打斷她的日常儀式，而且安東妮娜知道此人是來道別的，這便讓她更加討厭了。

喬·古鐵雷斯並不喜歡樓梯，因此他決定坐電梯。不過在上到頂樓前，他先在下個樓層走出來，因為他想維持傳統，順便健個身，也順便通知他的到訪。

最後四個階梯，他踩得震天價響，但這不是他胖的緣故，而是由於他長期缺乏運動，再加上最近幾天的忙碌疲憊。

他穿過那扇綠色、老舊、斑駁的門。

門未鎖，敞開。

安東妮娜．史考特盤腿坐在房子正中間的地上，悲傷地看向他。

「你來說再見？」

「我來跟妳說，兩天接我一個新職位的通知。」

「喔。」安東妮娜回答。

喬靜默了好長一會兒。他很開心，這一次瞭解安東妮娜不開心的另一種表現。

「我花了點心思才聽懂他們的意思。他們不太會說西班牙語，我的法語一句話也不會。」

她不動聲色地看著他，但沒有剛剛的壓抑。美妙的日子裡的一件新鮮事。

「你要去法國？」

「小妞，天啊！那不是唯一講法語的國家。」

她沒表現出半點認可的跡象，還是那張面無表情的臉。不過，只要足夠努力與慷慨，就能接受她那模樣。

「是到布魯塞爾。」

「啊哈！」安東妮娜說，仍無法瞭解。

「其餘的團隊負責人正在使專案重回正軌。這次資源會更少，錢更少，參與的國家也會比較少，不過還是一樣把紅皇后當成一項戰略項目。」

「真好，布魯塞爾是很美的城市。」

喬在心裡竊笑。如此聰穎的人，卻沒發現事有蹊蹺。

可能永遠都不會發現。

「當然，我接受那份工作。不過我提了個條件，允許為空缺推薦一名人選。」

「喬，你不必跟我說……」

「那並不容易。」他插話。「要很瞭解這個計畫，既要是原本的圈內人，又要具備管理能力。突然想到了一個我很信得過的人。」

喬側身。在他身後，走道上站著勞爾・柯瓦斯。五十多歲，一百八十公分的身高，褐色頭髮，灰眼珠，以及有寬厚的肩膀。西裝外套雖沒有制服燙得那麼筆挺，但他還是一樣的高帥挺拔。

「史考特。」他說，微微點頭。

「柯瓦斯警官。」她就像有人召喚魔鬼一樣，喊了出來。

「我已經不是了。妳可以叫我曼多。」

她的腦海中出現了雜誌指南中的一項關鍵指示。

第六：絕不吃回頭草。

不管怎麼想，事情絕不會順利。

安東妮娜起身，在屋裡繞了兩圈，停在客廳另一側，靠近天窗旁。

「喬，你過來一下？」

喬一副無辜的樣子走過去。

「怎麼了？」

「你沒發現他是個白痴嗎？」
「妳說過他很聰明。」
「不是那種白痴的意思。」
「布魯塞爾同意了。」
「是啊，但我不同意。」
「小妞，不同意也不行。布魯塞爾雖然認同妳的成果，但花費過高。」
「不公平。」安東妮娜抗議。「二對一。而且這次我們沒撞壞車子。」
曼多從口袋裡拿出一張紙，開始宣讀。
「烤漆、後視鏡、購物中心的柵欄……等，約損壞一萬七千歐元。」
安東妮娜搖頭否定，喪氣地看向喬。
「我必須坦承。他們需要的人員既要會拍馬屁，還要很體面。這是妳最好的選擇了。」
「小妞，我有顆大眼睛。」
「那你呢？」
「我？」
「流的血還不夠多？看的犯罪場景不夠多？不夠暴力？」
「一生僅此一回。」喬肯定。
「你願意嗎？」
「當然，願意。」
安東妮娜微笑。

她的笑容有一萬瓦特。

曼多遞給他們資料夾，裡頭夾了幾張文件檔案。當然，是關於一個懸而未解的事件。

「那我們等什麼？」

喬邊微笑，邊伸出手。安東妮娜把資料夾遞給他，但喬搖頭。**老娘**可不是生出一個傻子。

「還能是什麼？小妞，請交出車鑰匙。」

鳴謝

這個故事，我花了十二年才說完，但這不是我一個人的故事。因此，我想說聲謝謝。首先，謝謝你閱讀此書。因此，才能讓這部作品在四十個國家流通，獻上最誠懇的感謝，很確幸能與大家分享這個故事。在此，我要拜託你最後一件事。

你肯定已經意識到這個故事早在出版之前就已經存在了。如果還沒發現，我邀請您按時間順序重新閱讀完整的五部曲：《病號》、《傷疤》（以上兩本未有中譯本）、《紅皇后》、《黑狼后》、《白國王》。那麼你就會讀到更完整的故事，在你眼前發生了怎樣的變化。

接下來，我要：

鳴謝 Antonia Kerrigan 以及整個團隊。Hilde Gersen, Claudia Calva, Tonya Gates 等諸位，你們是最棒的。

鳴謝 Carmen Romero，Berta Noy 與 Juan Díaz，因為對這本書深具信心。Penguin Random House 的行銷團隊，策略很強，盡心盡力替我們的書籍進行宣傳。尤其謝謝 Eva Armengol、Irene Pérez 與 Nuria Alonso 不厭其煩回應我許多問題。另外還有 Rafaella Coia 與 Bettina Meyer 幫忙校正與排版此書。

鳴謝 Penguin Random House 的設計門，封面就設計了五十多版，半句怨言都沒有，只為了尋找最合適設計。

鳴謝 Juanjo Ginés，一個住在瘋人洞穴的詩人，整天在土耳其花園玩耍，但無論過了多久，永遠都在我身邊。

鳴謝 Manuel Soutiño，從頭到尾都陪著我，閱讀我所有的初稿。

鳴謝 Alberto Chicote，我實在太愛你了，你做的肉丸是史上無人可及的。

鳴謝 Dani Rovira，Mónica Carrillo, Alex O'Dogherty, Agustín Jiménez, Berta Collado，Ángel Martín，María Gómez，Manuel Loureiro，Clara Lago，Raquel Martos，Roberto Leal，Toni Garrido，Carme Chaparro，Ernesto Sevilla，Luis Piedrahita，Miguel Lago，Goyo Jiménez，Berto Rombero。你們個個都比我更有天賦、更善良、更好客。很榮幸與你們成為朋友。

鳴謝 Gorka Rojo，能準確地估計人們落地要多長時間。

鳴謝 Arturo González-Campos，至親好友，一起幹傻事的夥伴。可惜你年紀太大了，我們能一起瘋的日子不多了。

鳴謝 Rodrigo Cortés，聰明到令人受不了，一個不可缺少的好友。

鳴謝 Javier Cansado，不停威脅要退休，卻從沒做到過的人。

鳴謝 Emil Cioran，Fernando Savater 與 Alberto Domínguez Torres，從你們身上我瞭解了做夢與失眠。

謝 Joaquín Sabina 與 Pancho Varona，對我美言不斷。
鳴謝 Manuel Soutiño，總是在我身旁，不斷地鼓舞，友誼長存。感謝。我欠你太多了。
鳴謝 Bárbara Montes，我的太太，愛人與朋友。每天早上能在妳身邊醒來，看見妳沒有逃跑，就十分幸福了。感謝建議，以及妳一萬瓦特的微笑。我愛你。

最後的聲明。或許大家會想問，喬與安東妮娜在結束第一場冒險後，他們的人生是否還會有其他災難？大家覺得我的腦袋裡應該有在構思些什麼吧？

簡答：我不知道。

中論：由你來決定。

曾有個厲害的作者告訴過我，一個熱情的讀者能把書推薦給至少十個新讀者閱讀，說服大家一起活在同一個故事中。所以，我懷著無比的喜悅和感激之情告訴你，喬與安東妮娜已不再屬於我的，而是屬於你的了。

因此，由你來回答。

安東妮娜與喬會回來嗎？

敬謝

胡安・高美

逆思流

白國王【紅皇后三部曲】

（原名：Rey Blanco）

著　　者／胡安・高美（Juan Gómez-Jurado）
譯　　者／謝琬湞
執 行 長／陳君平
榮譽發行人／黃鎮隆
美術總監／沙雲佩
協　　理／洪琇菁
美術編輯／李政儀
總 編 輯／呂尚燁
主　　編／劉銘廷
國際版權／黃令歡、梁名儀
文字校對／施亞蒨
內文排版／謝青秀

出　　版／城邦文化事業股份有限公司 尖端出版
台北市中山區民生東路二段一四一號十樓
電話：（〇二）二五〇〇—七六〇〇
傳真：（〇二）二五〇〇—二六八三
E-mail：7novels@mail2.spp.com.tw

發　　行／英屬蓋曼群島商家庭傳媒股份有限公司城邦分公司　尖端出版
台北市中山區民生東路二段一四一號十樓
電話：（〇二）二五〇〇—七六〇〇（代表號）
傳真：（〇二）二五〇〇—一九七九

中彰投以北經銷／楨彥有限公司（含宜花東）
電話：（〇二）八九一九—三三六九
傳真：（〇二）八九一四—五五二四

雲嘉經銷／威信圖書有限公司　嘉義公司
電話：（〇五）二三三—三八五二
傳真：（〇五）二三三—三八六三

南部經銷／威信圖書有限公司　高雄公司
電話：（〇七）三七三—〇〇七九
傳真：（〇七）三七三—〇〇八七

香港經銷／城邦（香港）出版集團有限公司
香港灣仔駱克道一九三號東超商業中心一樓
電話：（八五二）二五〇八—六二三一
傳真：（八五二）二五七八—九三三七
E-mail：hkcite@biznetvigator.com

新馬經銷／城邦（馬新）出版集團 Cite（M）Sdn. Bhd.
E-mail：cite@cite.com.my

法律顧問／王子文律師　元禾法律事務所
台北市羅斯福路三段三十七號十五樓

二〇二二年十一月一版一刷

郵購注意事項：

1.填妥劃撥單資料：帳號：50003021戶名：英屬蓋曼群島商家庭傳媒(股)公司城邦分公司。2.通信欄內註明訂購書名與冊數。3.劃撥金額低於500元，請加附掛號郵資50元。如劃撥日起 10～14日，仍未收到書時，請洽劃撥組。劃撥專線TEL：(03)312-4212 ・ FAX：(03)322-4621。E-mail：marketing@spp.com.tw

國家圖書館出版品預行編目資料

白國王：紅皇后三部曲 / 胡安・高美(Juan Gómez-Jurado) 作；謝琬湞譯. -- 1 版. -- [臺北市]：城邦文化事業股份有限公司尖端出版：英屬蓋曼群島商家庭傳媒股份有限公司城邦分公司發行, 2022.11
面； 公分
譯自：Rey Blanco.
ISBN 978-626-338-599-3(平裝)

878.57 111015389